ハヤカワ文庫FT
〈FT595〉

紙の魔術師

チャーリー・N・ホームバーグ
原島文世訳

早川書房
8097

THE PAPER MAGICIAN

by

Charlie N. Holmberg

This edition made possible under a license arrangement originating
with
Amazon Publishing, www.apub.com.
Translated by
Fumiyo Harashima
First published 2017 in Japan by
HAYAKAWA PUBLISHING, INC.
This book is published in Japan by
arrangement with
AMAZON CONTENT SERVICES LLC
through THE ENGLISH AGENCY (JAPAN) LTD.

わたしの人生におけるすべての魔術の源である夫、
ジョーダンへ

紙の魔術師

登場人物

シオニー・トウィル………………魔術師の実習生
エメリー・セイン…………………紙の魔術師〈折り師〉
アヴィオスキー師…………………魔術師養成学院の校長、〈玻璃師〉
ライラ………………………………邪悪な〈切除師〉

第一章

この五年間、シオニーは精錬師になりたかった。

だが、タジス・プラフ魔術師養成学院の卒業生のほとんどが専門の物質を選べるのに、シオニーは対象を指定されてしまった。「折り師が足りませんのでね」とアヴィオスキー魔術師は執務室で説明した。

こう聞いてから一週間足らずが過ぎたが、いまだに涙で目の奥がひりひりするのを感じた。「紙はすばらしい媒体ですよ」と、アヴィオスキー師は続けたものだ。「けれども近年人気がなくなっておりましてね。この分野に残っている現役の魔術師がたった十二人という状況では、実習生の一部を振り分けるしかないのですよ。残念ながら」

シオニーも残念だった。そう言われたときには胸が張り裂けそうだったし、いまこうしてエメリー・セインのねぐらの門前に立ってみると、いっそ鼓動が止まっていればよかったと思ったほどだ。

　とぎれとぎれに見た夢で想像していた以上に奇怪な建物を見あげて、旅行鞄《かばん》の木の持ち手をぐっと握りしめる。セイン師――テムズ川のこちら側で唯一の折り師――の所在地がロンドン郊外の荒れ地というだけでも悪いのに、その住まいは怪談に出てきそうな場所だった。黒い壁は六階建ての高さにそびえたっている。本道から舗装していない小道に足を踏み入れた瞬間、急に不吉な風が吹きつけて、古びたペンキがひらひらとはがれた。館からは不揃いな三つの小塔が悪魔の冠のように突き立ち、そのうちひとつは東向きの面にぽっかりと穴があいている。壊れた煙突の裏から鴉《カラス》かカササギが鳴き声をあげた。館のすべての窓は――七つしか見えない――厳重に鎖錠した黒い鎧戸に隠れており、奥にはごくかすかな蠟燭《ろうそく》の炎さえうかがえない。何年分もの枯れ葉が軒に積もり、歪曲した屋根板――やはり黒い――の下につまっている。すっぱい汗のようなにおいのする液体が近くでぽたりぽたりとしたたっていた。

　敷地自体、花園もなければ芝生もなく、仕切りに並べた石さえない。せまい庭にはまったく人の手が入っておらず、雑草さえ生えないほど乾いてひび割れた地面に岩が転がっているだけだ。玄関のドアはてっぺんの蝶番《ちょうつがい》だけでぶらさがり、そこまでの通り道を作っているタイルはばらばらに砕けてひっくり返っていたし、風雨にさらされて灰色にあせたポーチの板は、どう見ても呼び鈴を鳴らしているあいだ体重を支えてくれそうにない。

「最悪だわ」シオニーはつぶやいた。

付き添ってきたアヴィオスキー師が隣で眉をひそめた。「魔術師の自宅で目に見えるものを信じてはいけませんよ、ミス・トウィル。知っているでしょう」

シオニーはからからの喉に唾をのみこんでうなずいた。たしかに知っていたが、いまはどうでもいい。暗く不吉な館は自分の気持ちや、この数日で悪い方向に進んだ事柄すべてを反映しているようだった。もしかしたら、ゆうべアヴィオスキー師が応接間で地図を調べているとき、ホテルで見つかるかぎりの紙を集めて一枚ずつ焼いたせいで、みずから不運を招いてしまったのかもしれない。あるいは、シオニーの想像力をふくらませる必要があるとセイン師が示しているのだろうか。

シオニーは溜め息を押し殺した。十九年の人生でようやくここまできたのに、せっかく獲得した成果が——しかも圧倒的に不利な状況をはねのけてだ——なにもかも飛び去ってしまった。寒々しくむなしい気分だ。あらゆる野心はいまやただの紙切れと化した。今後の人生は、帳簿をつけたり時代遅れの本を読んだりして過ごすだけになるだろう。

楽しみといえば、届くとひとりでにひらく手紙を家に書くぐらいしかなくなるに違いない。選べる物質はいくつもあったのに――ガラス、金属、プラスチック、ゴムでさえ――アヴィオスキー師が選択したのは紙だった。アヴィオスキー師は気づいていないようだが、折り術が消えゆく魔術になっているのは、紙を使ってできる技がまるで役に立たないからなのに。

子どものようにひっぱっていかれるのはごめんだ。シオニーは背筋をのばし、門に向かって小道をとぼとぼと歩いていった。柵そのものは、地面に逆向きに突き刺した槍を有刺鉄線で束ねたものにすぎない。一歩ごとに風が勢いを増し、門の掛け金に手をのばすと帽子が吹き飛ばされそうになった――

あまりにも唐突に周囲の光景が変わったのでシオニーはとびあがり、あやうく旅行鞄を取り落とすところだった。手をかけているのはありふれた金網の柵で、昔の戦いや壊れた牢屋の廃棄物で作られたものではない。上空の雲間から太陽が現れ、風は思い出したようにそよそよと吹くだけになった。目の前の館が普通の黄色い煉瓦《れんが》を使った三階建ての家に縮む。白い鎧戸はどれも開放してあり、ポーチは馬の群れがはねても壊れないほど頑丈そうに見えた。

シオニーは手をあげ、目をみはってこの変容をながめた。門から手を離せば陰鬱な幻影が復元するのではないかと予想したが、掛け金を外しても家はそのままだった。戸口までの通り道に敷石はなく、尖った岩のかわりに赤やすみれ色や黄色のチューリップが両脇にずらりと並んでいた。

シオニーはまばたきして門をあけ、もう少し近寄った。いや、チューリップではない。少なくとも本物ではなかった。庭の花はひとつ残らず折り紙で作ってあるらしく、どの花にも完璧な折り目がついている。蕾《つぼみ》は実物そっくりだ――雲が通りすぎて午後の陽射しをさえぎったとき、どれもかすかに花びらを閉じたほど真に迫っていた。まるで花が懸命に花らしくあろうとしているかのようだ。

すばやく目をやって、金網の柵からさがっている紙切れに気づく。その向こうには人間の背丈より高く、ここまで乗ってきたタクシーより幅の広い紙が何枚も見えた。（幻影だわ）去年の冬、諜報活動に関する講義を受けたことを思い出す。そのときの講師は、紙人形を使って外見を偽るやり方に触れていたが、どんな方法にしろ、まさか家全体に使うとは想像もしなかった。

アヴィオスキー師が脇に歩み寄り、絹の手袋を無造作に指から一本ずつ引き抜いた。家の変化に動揺した様子はなかったものの、それみたことかと勝ち誇るわけでもない。セイン師がその場で戸口に現れるのではないかと半ば予期していたが、ドアは――いまでは一枚板で、オレンジに近いほど淡い茶色に塗ってある——ひっそりと閉じたままだった。

(もしかしたらぜんぜん悪い人じゃないのかもしれないわ)と、眉をひそめて考える。

(ただ変な人ってだけで)

シオニーは紙の花々を通りすぎ、すぐ後ろに続くアヴィオスキー師と戸口に近づいた。五フィート三インチの身長をせいいっぱいのばして立ち、げんこつで強くドアを叩く。上の空でさわった髪は生のサツマイモのようなオレンジ色で、ゆるく編んで左肩にたらしていた。今朝わざときれいに整えてこなかったのだ。いちばん上等の服や学院の制服も着てこなかった。胸を高鳴らせる理由はなにもない——なぜ着飾る必要がある? セイン師のほうも特別な考慮などしてくれていないのに。

内側からは足音ひとつ聞こえないまま把手《とって》がまわり、ドアがひらいたとき、シオニーは悲鳴をあげてあとずさった。

出迎えたのは骸骨だった。

アヴィオスキー師でさえ驚いたらしい。もっとも、表に出しては唇をすぼめ、尖った鼻の上に載った丸縁眼鏡を直しただけだった。「おやまあ」

目のない骸骨の頭がほとんど機械的な動きで上下を見た。片手を心臓の上にあてたシオニーは、六フィートの体すべてが紙でできていることに気づいた——頭も脊椎も肋骨も脚も。何百、ひょっとすると何千もの白い紙片を、巻いたり折ったりつまんだりして組み立て、さまざまな関節をつなぎあわせているのだ。

「頭がおかしいんだわ」今度は声に出してシオニーは言った。アヴィオスキー師はそれとなく叱責しようとして、大きくふんと鼻を鳴らした。

骸骨は脇によけた。

「ほかに驚くことはある？」シオニーは誰にともなくたずね、せまい戸口でできるかぎり骸骨を避けて家に入った。入口から古びた木材のにおいのする長い廊下が始まり、三方向に分かれている。ふたつは右、ひとつは左だ。右側の最初のドアをひらいたところは小さな居間で、がらくたでいっぱいになっているにもかかわらず、手際よく整頓されていた。燭台《しょくだい》から本までありとあらゆるものが実に整然と棚に押し込んであり、炉棚には陶器のオカリナとビー玉のセット、そしてまた本がきっちりとつめこまれている。いつも通り、室内の細部のひとつひとつに至るまで目に入った——たとえばソファのすりきれたクッションは、セイン師が左端に腰かけてソファを後ろにずらすのが好きなことを示している。片隅には小さな風鈴がつるしてあった——風鈴をさげるには妙な場所だ。窓をあけないかぎり居間に風は入らないし、あけたとしてもほとんど通らないだろうから。おそらくセイン師は、風鈴の見かけが気に入っていても音は聞きたくないのだろう。

まったくおかしな人だ。

隅のサイドテーブルには読んでいない手紙の束が完璧に揃えて積んである。その隣にはオルゴールらしきものがあり、手紙の束やオルゴールとぴったり一列に並ぶように知恵の輪かなにかが置いてあった。がらくたを溜め込む癖があるのに、こんなに……几帳面な人ははじめてだ。どうも不安になった。

廊下の左側のドアは閉じており、その向こうにどんな部屋があるのかは見えなかった。しかし、もっと家の奥に進み、右側の二番目のドアになにがあるのか確かめるかわりに、シオニーは大声をあげた。「セイン先生！　ここにお客がいて、本物の人間に迎えていただきたいと思ってるんですけど！」

「ミス・トウィル！」アヴィオスキー師が声をひそめて叱ったとき、紙の骸骨が玄関のドアを閉めた。「お行儀よくなさい！」

「でも、顔を見せないのは失礼でしょう？」とシオニーは問いかけ、口にした言葉がどれほど子どもっぽく響いたか耳にしていやになった。「すみません。ちょっと緊張して」

「わたくしに思い出させる必要はありませんよ」アヴィオスキー師が切り返したちょう

どそのとき、右側の二番目の戸口から、本物の人間がなにかの帳面を手にして現れた。

「戸口に客がいるな」男は帳面を閉じながら言った。その勢いで波打つ黒髪がふわりと動いた。軽やかなバリトンの響きでつけくわえる。「ノックでわかったはずなんだが」

シオニーは旅行鞄をいっそう強く握りしめ、とびあがるまいとした。それに、男の台詞《せりふ》について深く考えることも避けようとつとめる。揶揄《やゆ》されているのかどうか判断がつかなかったからだ。

セイン師は予想よりずっと若く、たぶん三十歳かそこらだった。わざわざ着飾ろうとしていないのはこちらと同じだ。魔術師の礼装でもなく、なにか特別な恰好をしているわけでもない。無地のスラックスと飾りのないハイネックのシャツを身につけ、その上に軽量で大きすぎる藍色のコートを羽織っている。裾はくるぶしまで届く長さで、袖は手のひらが隠れるほどゆったりしていた。いたって平均的に見え、肌は白くも浅黒くもないし、身長は高くも低くもなく、体格は細くも幅広くもない。黒い髪は耳のすぐ下の長さで、櫛《くし》を通してはいるが乱れているといった感じだった。もみあげが顎まであり、鼻梁《びりょう》の中央のちょっと上がわずかに盛りあがっている。唯一目立っているのは双眸《そうぼう》のあざやかさだった——夏の木の葉のような緑で、額の奥に光でも隠しているかのように輝いている。

セイン師はちらとも笑みを浮かべず、体を動かしたり眉を寄せたりもしなかったが、その輝く瞳から、ややおもしろがっているのが見てとれた。こちらに対してなのか自分自身に対してなのかははっきりしない。シオニーは歯を食いしばった。

「セイン先生」アヴィオスキー師がうなずいて言った。このふたりはどの程度の知り合いなのだろう。「これが電信で知らせたシオニー・トウィルです」

「ああ、わかりました」セイン師は答え、ソファのそばにある読んでいない手紙の束にかどをぴったり合わせて帳面を載せた。ふりかえってじっと見つめているシオニーと視線を合わせる。「シオニー・トウィル、四人きょうだいの長女で、卒業生の首席だったな。あの牢獄から今年は何人抜け出した？」

シオニーは空いている手をとにかく動かそうと帽子を直した。「二十二人です」

「それでも立派なものだ」相手は無造作といっていい口調で応じた。「きみもあそこの学習習慣をここで有効に活用してくれるといいが」

シオニーはうなずいただけだった。たしかにきちんと学習する習慣はついている——そのことは誇りに思っていた——しかし、もともと勉強はいつでも簡単なことだった。記憶力が抜群で、多くの場合一、二度読むだけで内容を憶えられたからだ。おかげで多くの難解かつ退屈な講義を乗り越えることができた。願わくはここでもその能力が役に立ってほしいものだ。

アヴィオスキー師が咳払いし、沈黙が長引く前に口をひらいた。「わたくしの鞄にこの子の新しい制服が入っております。結合式の準備は整っているでしょうね」

「もちろん」セイン師は答え、軽く手をふってその質問を退けた。シオニーを見る。「家の中を少し見てまわりたいだろうな」

シオニーは体がすくむのを感じた。この男は手のひとふりでやすやすと自分の未来をつぶしてしまえるのだ！　ひとたび物質と結びついてしまえば、もう引き返すことはできない——結合は一生続く。念のため脱出経路を探し、すぐさま背後に紙の骸骨を見つけて二度目の悲鳴をあげた。自分で紙から魔物を作れるなら、家に憑く幽霊など誰に必要だろう？

「ジョント、停止せよ」セイン師が言うと、骸骨はたちまち床に崩れ落ち、紙でできた骨の山になった。ていねいに折った頭蓋骨がてっぺんに載っている。

シオニーはその山からあとずさった。紙で執事を組み立てるなんて、どれだけ病的な人間なのだろう。ほかに玄関に出る人はいないのだろうか？

「ひとり暮らしなんですか？」とたずねる。

「それで満足しているからな」セイン師は答え、ふたりを廊下の先へ案内した。「書斎目で立ち止まってつけたした。「そして食堂がこの奥にある」と、廊下の右側の二番目で立ち止まってつけたした。

シオニーはのろのろとついていき、またぞっとするような紙細工がとびだしてくるのではないかと疑いながらかどをのぞいた。

かわりに目に入ったのは、両側に鏡をかけた短い廊下とベンチがひとつ、それにかの花瓶が載っているありふれた低い鏡台だった。廊下のつきあたりは品物が豊富に揃ったせまい台所で、天井に近い壁際には青緑と黄色の紙をきっちり折った三角形が並んでいる。水溜めひとつの流しを囲んでいるのは大理石の調理台だ。両側に黒く塗った食器棚がそびえているが、作業する余地は充分にあった。流しの上の金属格子にはささやかながら深鍋や平鍋が揃っており、煤《すす》けた底を見れば使い込まれているのがわかった。格子のへりには骸骨の——ジョントの——骨によく似た紙の蔓草がからんでいる。あれにも用途があるのか、それとも、本物の人間から離れて閉じこもっていることに紙の魔術師が飽きただけなのだろうか。この家に飾りつけられた紙細工のうち、どれだけが術のために使われていて、どれだけが無意味な装飾なのだろう？

わたしの今後の人生は、聞こえのいい装飾家同然の存在になるしかないのだろうか。

シオニーは頭をふってそんな考えを追い払い、台所の残りの部分を見やった。セイン師のコンロは慣れたものより細長く、しかも旧式だったが、みすぼらしくはない。折り術の授業の合間にここへ逃げ出して料理ができるとわかったことで、いくらか安心した。結局のところ、奨学金をもらえなかったら調理学校へ行くつもりだったのだ。学費はタジス・プラフ学院の十分の一だし、シオニーには料理の才能があった。その気なら入学できたに違いない。

台所を通り抜けて食堂に入る。天井からはまるで生きているような紙の鳥が何百羽も細い糸でつるされていた。茶色い敷物に載った普通の四角いテーブルの上にぶらさがり、邪魔にならない位置で静かにゆれている。その近くに黒塗りの高い食器棚が立っており、皿や本、ナプキン、瓶、水差しなどが整然と押し込まれている――どれもあまりにぎゅうづめにされているので、ひとつとりのぞくだけで残りの品がなだれおちそうだった。食器棚のてっぺんにずらりと並んでいるのはおかしな紙の球と円錐で、もっと小さな球と円錐から作られており、それがさらにちっぽけな球と円錐でできている。目が痛くなった。こんなに物がぎっしりつめこまれていなければ、この家は居心地がよかっただろう。

テーブルのふちに高く積み重ねてある紙のほうへ歩いていくと、その上に手を置いて、家の柵を覆っていた紙の幻影のことを考えた。「この家にかけためくらましは不気味ですね」と辛辣に言った。

アヴィオスキー師が食堂に足を踏み入れながら警告のまなざしを送ってきた。セイン師はこう答えただけだった。「ああ、楽しいだろう？」

セイン師がシオニーの脇を通りすぎ、長い把手のついたドアをひらくと、上へ続く急な階段が見えた。「ついてきてくれ」

シオニーはまだ旅行鞄を持ったまま言われた通りにした。九段目は体重を乗せるときしみ、二階にたどりつくころには膝が痛くなっていた。

「きみの部屋だ」セイン師はドアを押しあけて言った。「荷物をおろしたければ」

シオニーは部屋に踏み込んだ。すべての棚がからで、ほかの場所とはまったく対照的だ。積み重ねた束も山もがらくたもないが、絨毯《じゅうたん》についた跡から判断するに、この部屋にあった家具は移動されたか取り外されたばかりのようだ。一週間前に予告されていたにもかかわらず、ついさっきシオニーの到着の準備をしたばかりらしい。

いっそう奇妙なのは、壁にも天井にも紙細工がいっさいないことだ——完全にむきだしのままだった。唯一の窓があるほうの壁に、ありふれたツインサイズのベッドが据えてある。その脇には三段の棚が作りつけられ、ベッドの脚から二、三歩の位置に簡素な書き物机が置いてあった。シオニーの数少ない着替えを収納するには充分な小型のタンスと、新しい燭台の載った小さなテーブルもある。

タジス・プラフの寮の部屋より棚の数は少ないが、いくらか広い。それでも、寮の部屋のほうがもっと温かみがあってくつろげる気がした。とはいえ、自分で手に入れた場所だったからかもしれない。シオニーはあそこに行きたかったのだ。

「ありがとうございます」なんとか言うと、旅行鞄をおろす。中にしまってある一八四五年製のタサム雷管式ピストルのことをちらりと考え——精錬師になる予定だったので、卒業祝いに父がくれたのだ——見られないようにあとで荷ほどきをしようと決めた。セイン師もそう予想していたらしく、案内を続行した。

「この先には」シオニーが寝室のドアを閉めると、セイン師は続けた。「洗面所と私の部屋と図書室がある」廊下のつきあたりにある別の階段のところで立ち止まる。アヴィオスキー師には「ここに結合式の用意をした」と言い、図書室を示した。

シオニーの足取りが遅くなった。すると、家の案内は結合式でしめくくられるらしい。

廊下の端にあるドアをながめる。台所にあった階段に続く戸口とそっくりだ。「三階にはなにがあるんですか？」と訊いてみた。ひょっとしたら上にはなにかはげみになるものがあるかもしれない。とびおりられるような窓とか。一階と二階の天井の位置からして、三階のほうがはるかに高さがあるようだ。こういう片田舎の家にしては変わっている。

「大きな術だ」セイン師は答えた。表情は変わらないのに、輝く瞳が微笑している。あの目がどれだけ内心を暴露しているかわかっているのだろうか。

教えないことにしよう、とシオニーは心に留めた。ここでなんとかやっていこうと思うなら、有利な点はすべて確保しておかなくては。

セイン師が肩で三階への階段をふさいでいたので、シオニーはしぶしぶアヴィオスキー師のあとから図書室に入った。自分の寝室よりわずかに広い。側面の壁にしか本棚がなかったものの、天井までずっと書架だった。予想通り、隙間という隙間に本が押し込まれ、背表紙がびっしりと並んでいる。二列になっていて、奥にある本の題名が見えない場合もあった。棚は埃を払ったばかりらしい――ついいましがただろう。そう考えた瞬間くしゃみが出たからだ。そのせいで、向かいの壁にある大きな窓が埃の通り道を強調していることに気づいた。窓をぐるりと囲む紙の鎖や、その下にある松材の机に目がとまる。机の上には大きさも色もさまざまな紙が積み重なっていた。薄い色から濃い色へ、ざらざらの紙質からなめらかな紙質へと順番に整理されている。小さな電信機が奥の右端に設置してあった。

机の前の一脚しかない椅子は後ろ向きになっていて、無地のキャンバスを置いた低い画架が立てかけてあった。きめの細かいオフホワイトの厚紙だ。なんの飾りもごまかしもない、ただの白い紙。

観察しながら、シオニーはそれがなんだか悟った。

わたしの墓だ。

物質との結合式については知っていた——去年、学院のきびしい課程で学んだ多くの科目のひとつだ。なにも派手なことはない。たんに精神をその物質に結びつけ、それのみを通じて魔術を使えるようにするというだけのことだ。たとえば、ある女性がガラスと火の両方に術をかけることはできない。どちらかひとつだ。紙と結合したら精錬師になれる望みはなくなる。授業中よく夢想したように、宝石に魔法をかけたり弾丸に術をかけたりすることは不可能になるのだ。

不公平だと思うが、これ以上不満を並べても無駄だ。みんなわかっている。アヴィオスキー師も、おそらくセイン師も承知しているだろう。シオニーは物質を選ぶ権利を獲得したのに、前の卒業生たちが折り術——いちばん弱い魔術——を無視したせいで、選択肢を奪われたのだと。

セイン師は八×十一インチのありふれた白い紙をよこした。全体の中では小さめだ。シオニーは指でつまんでひっくり返したが、なんの指示も見あたらなかった。表面にはどんな種類の文字も書かれておらず、魔術であろうとなかろうと折り目もない。

「これはなんのためなんですか？」とたずねる。

「感じてみたまえ」セイン師は言い、また背中で手を組んだ。

シオニーはなんらかの説明を期待して紙をつまみ続けたが、セイン師はその姿勢を崩さなかった。しばらくしてからシオニーはその白紙を手のひらではさみ、両手をこすりあわせて徹底的に紙を〝感じて〟みた。

紙の魔術師は目もとで微笑し、なにも言わずにちょっと皺の寄った紙を受け取った。

「文言は知っているか？」と、少しやさしくたずねる。もしかすると、シオニーの目つきも同じぐらい読みやすいのかもしれない。

シオニーは麻痺したようにうなずいた。車の中でアヴィオスキー師と交わした長い会話が心に浮かんでくる。〝これを選ぶかあきらめるかです。均衡を保つためにこうしなければならないのですよ〟アヴィオスキー師は言った。〝噂や笑い話に耳を貸すのはおやめなさい、ミス・トゥイル。折り術は鋭い目を持ち、手先が器用でなければできません――あなたはどちらも備えています。ほかの学生たちもこの道を受け入れました。あなたもそうしなければ〟

この道を受け入れた。だが、本当に？　あの台詞はただ、シオニーが進んで夢をあきらめるように説得しようとしていただけなのでは？　ふたりの魔術師がじっと見守っている。アヴィオスキー師は内心をうかがわせないいつもの冷静な顔つきで、セイン師は瞳に奇妙なユーモアをたたえて。

シオニーは唇を引き結んだ。魔術に関するかぎり、紙を選ぶかあきらめるかの二者択一だとわかっている。魔術師になれないぐらいなら折り師になりたい。

じっとりと湿った手をあげ、椅子に置いてある紙に押しつける。目を閉じて歯を食いしばり、シオニーは言った。「人によって作られし物質よ、作り手が汝《なんじ》を呼ぶ。われが汝と結びつくがごとくわれと生涯結びつくべし、わが命つきて大地に還るその日まで」

こんなに単純な言葉だが、役割は果たした。

シオニーの手がふいに温かくなり、熱が腕から体へと伝わったかと思うと、またすっと消えた。

これで終わりだ。

第二章

「いつも結合式は信じられないほど期待外れだと思うのだが」セイン師は椅子から画架をとりあげて述べた。「とっておきたいかな？」

シオニーは何度か目をしばたたき、結合した手を胸もとにあてた。「なにをとっておくんですか？」

セイン師は手に持った大きな紙をふった。「これに特別な思いを持つ者もいる」

「いえ」シオニーは言った。やや強すぎる口調だったかもしれない。セイン師は気づいたふうもなく、紙を壁際に置き、画架のほうは紙の束ときっちり平行になるようテーブルに載せた。

机に空きがなかったので、アヴィオスキー師は床にしゃがみこみ、可塑師——たった三十年前、ゴムの魔術師がプラスチックそのものを発見したあとで生まれた魔術師の種類——の手で作られた硬いプラスチックの書類鞄をあけた。そこからぱりっと折りたたんだ赤いエプロンと丈《たけ》の短い黒のシルクハットをひっぱりだす――実習生の服装だ。

胃がちりちりして、頭の奥に心から望んだ夢が砕け散った名残を感じつつも、シオニーは静かな敬意をもって衣裳を受け取った。

学生用の緑のエプロンと違い、実習生のエプロンには腿の位置にひだがあり、襟もとに細い緋色のふちどりがついている。胸を覆う生地ももっと多い。首とあばらの後ろで結ぶようになっており、小さな半円形のポケットが腰の両側についていた。

光沢のある固いシルクハットは技能のしるしだ。学生はシルクハットをかぶらない。こうして進み出したのが刺激に欠ける細い道だとしても、このエプロンと帽子が自分の価値を証明してくれる。シオニーがなにかを成し遂げたということを。なにしろ、タジス・プラフを卒業すること、とりわけ一年で首席として卒業することは至難の業なのだ。

「ありがとうございます」シオニーは言い、エプロンを胸に抱きしめた。

アヴィオスキー師はにっこりした。学院でいつも向けてくれていた笑顔だ。この笑顔のおかげでアヴィオスキー師が大好きになった。（この先生のもとで勉強できたらいいのに）選べるものなら、紙よりはまだガラスの魔術のほうがいい。

アヴィオスキー師は背筋をのばし、シオニーの未練をばっさりと断った。「ひとりで玄関まで出ますよ」と言う。「案内してくれる紙の使用人がもうひとりいるなら別ですが」

セイン師は目でほほえんで言った。「お送りするのは別に迷惑ではないですよ、パトリス。シオニー？」

「わたしは……ここにいます、もしよかったら」と答える。いまアヴィオスキー師と一緒に車まで行ったら、逃げ出して二度と戻らないのではないかという気がしたのだ。われながら情けないとはいえ、新たな義務に慣れるまでしばらく待つ必要があるのはわかっていた。そうしなければ、簡単な逃げ道に近づいたとき逃げずにいられる自信がない。永久に紙と結びついてしまったのだし、せっかくタジス・プラフで一年やりとげたのに、いますべて投げ出してしまったらまるで無意味だ。

セイン師は一度うなずくと、さっき〝感じ〟させた皺くちゃの紙を返してよこした。シオニーは当惑して受け取った。紙のなにかが変化したと気づいたのは数秒後で、そのあいだにセイン師とアヴィオスキー師は図書室の戸口まで行っていた。

紙を手の中でひっくり返してみる。依然として折り目も文字もなかったが、うまく表現できないながら前と違う感じがした。もちろん感触は紙のままだ——写生画家が使いそうな中くらいの軽さ——しかし、さわると皮膚の下でなにかがうずいた。これが結合の効果なのだろうか？　だからセイン師はその前に紙にさわらせたのだろうか。いま違いに気づくように。

シオニーは少しばかり混乱して紙を椅子に置き、急いで図書室の戸口へ行った。聞き取れないほど静かに話し合いながら廊下を歩いていくアヴィオスキー師とセイン師をのぞく。あとをつけずにはいられなかった。魔術師たちが階段をおりて姿を消したとき、きしむ足音を忍ばせて廊下を進んだ。ふたりが食堂に入って見えなくなったところで、九段目を踏まないよう気をつけながら、こっそり階段をおりる。小走りで追いかけていくと、アヴィオスキー師がとうとう外へ出たところが見えた。あとに続いたセイン師が踵《かかと》で玄関のドアをあけたままにしている。ひそひそ声で話しているので、当然のことながら自分に聞かせるつもりのない内容なのだろう。まあ、たしかに、シオニーがおとなしく言われた通りにするなどとアヴィオスキー師が信じるはずはない。

ドアの近くに積み重なったジョントの動かない紙の骨に目をやりつつ、そっと廊下を歩いていく。まだ教師たちの会話は聞き分けられなかったが、これ以上近づく勇気はなかった。

かわりにセイン師の書斎の把手をまわし、中に入る。

この部屋にはどの部屋よりたくさんのがらくたが整然とつめこまれていた。向かいの壁に設けられた窓からの光が室内を照らしている。上部が半円形の窓は、術のかかった正面の門に面していた。黄色い紙のカーテンが脇に寄せてあってガラスが見えているが、外側はずいぶん長いこと拭いていないようだ。窓の下に据えた金属の棚には、さらに多くの本や書類挟み、それにさっきセイン師が持っていたのと似た帳面が並んでいる。棚の斜向《はす》かいには四段の高さのヒマラヤ杉でできた三連の棚が三つあった。隙間を最小限にするよう、紙の山がぎゅうぎゅう押し込まれている。すでに折ってある紙がもっとあった――たぶん時間を節約するために最初の部分だけ折ってあるのだろう。あのV形に折った紙で始めるつまらない術が山ほどあるに違いない。実習期間の大半は、セイン師が手の空いたとき使えるように、最初だけ折った紙を作って過ごすことになりそうだ。

シオニーは溜め息をついた。

ふたつめの四角い窓は外側が蔦《つた》らしきものでふさがれており、前にさまざまな紙の鎖がさがっていた。きつく編んで鋭く尖っているものもあれば、端が破れた大きな輪をゆるく組み合わせ、ひっぱっただけで全部ばらばらになりそうなものもある。青い鎖、ピンクの鎖、色とりどりの鎖。もちろん色は関係ない。タジス・プラフでの「物質の歴史」講座でその程度のことは知っていた。

薄緑の絨毯に小さな紙くずが散らばっているのに気づく。ここは掃除していないのだろう。それとも、シオニーをいっそう脅かそうと、到着する前に術をかけたばかりなのかもしれない。そんな術がないかとあたりを見渡したが、室内にものが多すぎて、どこが机の上でどこがそうでないのかの区別もろくにつかなかった。対照的に壁は大部分むきだしで、額に入ったセイン師の魔術師免状がかけてあり、書類挟みをおさめた棚がさらにいくつも机の後ろのかごに押し込まれているだけだ。

玄関のドアが閉まる音が聞こえたが、シオニーは急がなかった。しゃがみこんで絨毯《じゅうたん》から紙片を拾いあげ、指で広げる。あのかすかな興味深いうずきをまた皮膚の下に感じた。この紙くずはなんだろう。どれも親指の爪より小さく、妙に対称形になっているようだ。

書斎のドアがひらいた。「楽しんでいたかな?」セイン師が軽い調子でたずねた。(少なくとも癇癪《かんしゃく》持ちじゃなさそう)と考える。口に出してはこう言った。「紙吹雪を作ってたんですね」細長いハート形に切った紙を観察する。「これはその残りでしょう?」

セイン師はうなずいた。緑の瞳のきらめきをのぞけば落ちついた表情だ。「実に鋭いな」

シオニーは立ちあがり、胴から脛《すね》まで覆っている褐色のスカートをはたいた。目の輝きで本気だと伝わらなければ、ばかにされていると思っただろう。本当にわかりにくい人だ。

「シオニー」セイン師は戸口の枠によりかかって言った。長い袖をたらして胸の前で腕を組む。「呼び捨てにしてもかまわないだろうな」シオニーの反応は待たなかった。「折り術などつまらないと思っているだろうが、実際にはそうでもない。精錬術ほど刺激的でも、可塑術ほど革新的でもないが、それなりに創造力を発揮することはできる。見せてみようか？」

シオニーはうんざりした表情を隠し、相手の申し出にまるで興味がないことを悟られまいとした。なにしろ、この男のもとで少なくとも二年、場合によってはもっと長く実習することになるのだ。好意を持ってもらわなくては。なんとか礼儀正しい笑顔を作り、戸口のほうへ動いた。

セイン師は廊下に出たが、そのあとに続いたとき、ごちゃごちゃした机の上にある品に視線がとまり、シオニーは立ち止まった。封筒に見覚えがなければ、目を引かれたりしなかっただろう。それは、自分の旅行鞄の脇ポケットにしまいこんだ便箋のセットと同じものだった。

あとずさりすると、左端をぴったり揃えて手紙や葉書をつめこんである針金の紙挟みに手をのばした。紙挟みの中央寄りにあった桃色の封筒を選んで引き抜く。驚愕のあまり、今回は指先にうずくような感覚を覚える余裕もなかった。宛先はセイン師ではなく、魔術師内閣だ……そしてシオニーの筆跡で記されている。魔術師内閣宛にしたのは、シオニーに奨学金を提供してくれた女性が匿名だったため、それ以外に連絡をとる方法がわからなかったからだ。

女性ではなく男性だったようだが。

手紙をあけなくとも内容は知っていた。一字一句たりとも忘れていない。

匿名の篤志家様

わたしに提供してくださった奨学金のことでは、どれだけお礼を申し上げてもとうてい足りるものではありません。もっとも、お伝えしたい方のお名前を存じ上げていないのですが。幼いころから魔術の秘伝を学びたいというのがわたしの夢でした。ただ、家族の財政状況と個人的な事情があり、つい数日前までその夢を叶えることは不可能と信じていたのです。ですが、ありがたいことにタジス・プラフ魔術師養成学院に正式に入学が決まりました。誇りに思っていただけるよう、一年で卒業するつもりです。

この喜びと感謝の気持ちはとても言いつくせませんが、せいいっぱいの試みを辛抱強く受け止めていただけると幸いです。奨学金をいただいてわたしと家族の人生は好転しました。おそらくこの先ずっと。惜しみないご援助のおかげでどんなことでも達成できるという気がしています。いままでは世俗的な理由で意欲をそがれることはありえないのですから。

わたしの人生に劇的な変化をもたらしてくださったと知っていただけますように。いまはただ、いつかお名前をうかがい、ささやかでもお返しができる日が訪れることを祈るばかりです。

心をこめて
シオニー・マヤ・トウィル

いくらか体がこわばり、くらくらするのを感じながら、シオニーは言った。「あなたが……援助してくださった方なんですか？」

戸口のすぐ外にいたセイン師は片眉をあげた。

シオニーは持っていた手紙をひっくり返した。「これはわたしのお礼の手紙です」胸の鼓動が速まる。首筋に赤みが上ってくるのがわかった。「わたしの奨学金。あれは…

…あれはあなたからだったんですね」

相手は左側に首をかしげただけだった。「あそこの授業料は途方もない額だな」

「どうして？」声がふるえるのを抑えようと唾をのみこんで、シオニーは問いかけた。喉の内側がひりひりしてくる。「どうして……援助してくれたんです？」

財政的な援助を受けないかぎり、魔術予備学校に行くことは――実習生すべてに要求される条件は――無理だと、はじめから承知していた。だから中等学校で一生懸命勉強し、タジス・プラフに合格したあとミューラー学術賞に推薦されたというのに、なんの説明もなくその奨学金を取り消されたのだ。シオニーは打ちひしがれて荷物をまとめ、アックスブリッジへ引っ越す準備をした。そこで一年かそこら家政婦として働き、調理学校の学費を稼ぐつもりだった。出発の四日前、タジス・プラフから連絡があり、一万五千ポンドの奨学金が匿名で提供されたと知らせてきた。一年分の授業料と教科書代、寮費をまかなうのに充分な金額だ。奇跡だった――ホワイトチャペルズ・ミルスクワッツの名もない貧乏人にそれほどの大金を貸してくれる銀行などあるはずもない。経験から知っていた。

電信を受け取ったあと、シオニーは泣いた。そして次の日にこの手紙を書いた。

それなのにセイン師が――今朝まで会ったこともなく、いかれた妖術使いのたぐいだろうと判断していた相手が——利息も返済も要求せずにそのお金をくれた人だったのだ。名前さえ伏せて。

セイン師はシオニーの問いに答えなかった。かわりにあっさりと「いいかな？」とたずね、腕を大きくふった。その動作でこの話は終わりになった。セイン師が奨学金について話し合いたければ、提供した段階で名前をあきらかにしていただろう。

シオニーは動揺しつつも手紙をおろした。うなじをさすりながら魔術師について廊下に出て、台所と食堂を通り抜ける。向こうは話を打ち切ったつもりかもしれないが、こちらにほうっておく気はない。階段で訊いてみた。「わたしを実習生にしたいって頼んだんですか？」

「きみが割り当てられたのはまったくの偶然だと請け合おう。いや、ひょっとすると、アヴィオスキー先生のほうでは少々たちの悪い冗談のつもりだったのかもしれないな。これを冗談と呼べればだが。もとからあの人は……皮肉な冗談を言う傾向があると思っていた」

（どこが偶然なの！）あぜんとして答えを思いつくこともできず、シオニーはセイン師の通ったあとをたどって図書室へ戻った。実習生の制服が床に置いてある。赤いエプロンはつけたが、シルクハットは残しておいた。もともと、こういうときよりおおやけの場で使うものだ。

セイン師は椅子をまわしてシオニーを座らせた。テーブルから紙を数枚とまな板のようなものをとりあげ、短い緑の絨毯に腰をおろしてあぐらをかく。長いコートがまわりに広がって、まるで女性のガウンの裾のようだった。

「い――椅子を持ってきましょうか」シオニーは申し出た。心の一部はまだ折り師になることに失望していたものの、別の部分では、相手がなにをしてくれたか知りつつも、理由はさっぱりわからないまま、こうしてセイン師の前に座っているのを不思議だと感じていた。奨学金の提供者に宛てて四回も書き直した手紙が、実際にはセイン師に届いていたと知っているのに。どんな礼儀作法の授業も教科書も、こんな状況に対処する方法は説明していなかった。

「いやけっこう」セイン師は板の上にかがみこみながら言った。目に髪がかぶさっているのも、長い袖が手の邪魔になっているのも気にしていないらしい。「個人的に、人の膝の上では決して折らない主義でね」

あちこちにさまよっていた考えがその発言ではたと止まる。「人の膝ですか、それとも自分の膝？」とたずねる。

セイン師がちらりとこちらを見あげた。喉から音は出なかったものの、シオニーはそのまなざしに笑い声を読み取った。「私が誰かの膝の上で紙を折ったら、よほどの変人だと相手に思われそうだが、そうじゃないか？」

「どっちみち変人だと思われそうですけど」シオニーは言い、唇から出たあとでその台詞に気づいた。かっと赤くなる。セイン師の慈善行為があきらかになる前は、いつもの皮肉であんなに胸がすっとしたのに。後援者から指導役に変わった相手に対処するには、直前に特別なことなど起きていないというふりをするのがいちばんかもしれない。それがなにより簡単だ。

膝の上の板に視線を戻す前にセイン師がほほえんでくれたのは、いくらか助けになった。「すべては折り目からできている」オレンジ色の四角い紙を半分に折り、さらに半分に折るという作業をしながら説明する。「だが、それは知っているな。こつは正しく折ることだ。なにもかもぴったり合わせないと、術は効かない。完璧な像を映す鏡でなければ魔法をかけられないのと同じだ」

「または、ちゃんとした材料がないのにパイを焼くようなものですね」シオニーはそっと言った。セイン師はうなずいただけだったが、そんなささやかな承認でさえ重要な気がした。ごくありきたりの両手が紙をあちこち動かし、回転させたりひっくり返したりするのを見守る。手がふれると紙はするりとまがり、セイン師は少しも苦労することなく思い通りに操っていた。シオニーはその動きを観察し、映像を記憶にしまいこんだ。

セイン師は紙を凧《たこ》のような形に折ってから、ひらいて細長い菱形にした。複雑すぎることはない。それでも、ほぼ完成するまで紙の中に鳥を見ることはできなかった。台所にさがっている鳥たちではなく、長い首と尾、先端が完璧に尖るように折った幅広い三角形の翼を持つ鳥だ。

セイン師はそれを手のひらに乗せてさしだすと言った。「息吹《いぶ》け」

シオニーは息を吸い込んだが、その命令はこちらに向けられたものではなかった。

紙の鳥は頭をゆらし、脚もないのにセイン師の手の上で一度はねてから、オレンジの翼を羽ばたかせて舞いあがった。図書室の中をひらひらと飛びまわり、本物の鳥のようにすばやく上下しながら空中を進む。シオニーは目をみはって見つめた。鳥は部屋を二回めぐったあと、書《カリグラフィー》道の本がいろいろ置いてある高い本棚に止まった。

もちろん命を吹き込む術については耳にしていたし、自分でジョントを目にしてもいたが、魔術が実際に展開するのをながめるのは、なんというか、魔法のようだった。こういう術を見るのははじめてだ。タジス・プラフで教えている紙の魔術師はいない。それにアヴィオスキー師が言った通り、イングランドには十二人しか登録されていないのだ。シオニーが実習を終えたら十三人になる。だが、それは二年から六年先のことだし、まだ本物の折り師としての自分を想像するのは難しかった。

とはいえ、魔術は心から求めている。たとえこんなに簡単な魔術でも。

「どんなものでもその術は可能なんですか？」シオニーはたずねた。

「想像力を働かせることはできる」セイン師は答えた。「だが、完全に新しいものを作るのは時間を食う。どの折り方に効果があり、どれに効果がないか見つけなければならない」

「いくつぐらいご存じなんですか？」

セイン師はばかげた質問だとでもいうように静かにくっくっと笑っただけだった。手はすでに別の生き物をこしらえている。緑の紙でできたちっぽけな蛙《カエル》だ。「息吹け」と命じると、それはぴょんとはねて遠ざかった。しょっちゅう立ち止まり、まわりを見て方向を変える。蠅を食べようとして口から長い舌を突き出すだろうと半ば予想したが、もちろんこの単純な生き物には舌がなかった。

「ジョントは」今度は白い紙を折りながらセイン師は言った。「とくに厄介だった。成功するまでに何カ月もかかった。とりわけ脊柱と顎のところが。人間の骨格は少々複雑だからな。肩の関節といった部分にどんな折り方が適しているか解明しようという場合には、ことにそうだ。だが、一六〇九枚の紙で作ってあっても、あれはひとつのものとして動く。統一体として作ればひとまとまりで命を持つ。それが今日最初に学ぶことだ」

手の動きが止まり、ぷっくりした魚が現れた。立体的な体にするため中央をふくらませてある。胸びれを作っているのはオレンジ色の鳥の翼と似た折り目だった。セイン師は作品をとりあげてささやきかけ、放してやった。魚は本物の魚が水中を泳ぐように空中に浮かびあがり、尾びれをぱたぱたと前後に動かして天井まで上っていった――そこが普通の紐でつないだ細長い白い紙で覆われていることにシオニーは気づいた。白い魚はすぼまった口で紐を食いちぎり、輪になった結び目をほどいた。

驚いたことに、雪が降り出した。シオニーの親指の爪ほどの小さな紙くずから手ぐらいの大きさの紙切れまで、大量の紙吹雪が宙に舞う。紙の天井が崩れるにつれて、何百もの紙片がなだれおちた。どうやったものか、あらゆる動きがぴったり計られていて、本物の雪のように感じられる。シオニーは笑い声をあげて椅子から立ち、ひとひら受け止めようと手をさしのべた。冷たかったのでぎょっとしたが、手のひらの上でとけはしなかった。ちりちりとうずくだけだ。

「いつこれをやったんですか?」とたずねる。ぱりぱりした紙吹雪がさらに天井から舞い落ち、シオニーの息が図書室の空気を白くかすませた。「これを作るには……ずいぶん長くかかったんじゃありませんか」

「それほどでもない」と返事があった。「学ぶにつれて作業が早くなる」セイン師はまだ床に座ったままで、周囲の魔術にもまるで平然としていた。もっとも、当然だろう――自分の作品なのだから。「アヴィオスキー先生はきみが折り術に割り当てられて大喜びしたわけではないと言っていたし、それを責めることはできない。だが、紙を通じて術をかけることにもそれなりの斬新さがある」

シオニーは受け止めた雪片を手から落とし、不思議に思いながらセイン師を見た。

（これ全部をわたしのためにやったの？）

もしかしたらそんなに変な人ではないのかもしれない。（それとも、こんな変人ぶりならそのうちよさがわかるのかも）

最後の紙吹雪が落ちると、セイン師は立ちあがり、背後の棚からハードカバーの薄い本を引き抜いた。もう一度椅子に座るよう身振りで示す。シオニーは従った。

その本を渡される。表紙には銀で浮き出させたネズミの絵と『ゆうかんなピップのぼうけん』という言葉があった。受け取りながら、例によって皮膚の下が微妙にうずくのをすばやく認識する――この感覚に慣れることがあるのだろうか。

「子どもの本ですか？」と問いかける。少なくとも紙吹雪には多少なりとも威厳があった。

「私は時間を無駄にしないたちだ、シオニー」と答えが返る。まるで心を読んだかのように、セイン師は顔をしかめて散らばった紙吹雪を見やった。口もとのゆがみより目もとの動きで示されている表情だ。きっと紙吹雪がすべて平行に列をなし、整然と落ちたほうがいいのだろうが、本物の雪はそんなふうに降ったりしない。「これからきみにひとつ教えよう。それを宿題だと思うように」

シオニーは椅子の上でうなだれた。「宿題？　でも、まだ落ちついても――」

「最初のページを読みたまえ」セイン師は顎をしゃくって言った。

シオニーは唇を引き結び、本の最初のページをひらいた。葉っぱの上に腰かけた灰色の小ネズミが描かれている。ぱっと記憶がよみがえり、以前この絵を見たことがあるとささやいた。頭の中が渦巻き、やがて七年ほど前のある雨の日の午後に落ちつく。隣人の息子の子守りをしていたときのことだ。その子は母親が行ってしまったことを嘆いて三十分も戸口ですすり泣いていた。ぼろぼろになった版ではあったが、あの家族がこの本を持っていたのだ。男の子に読んでやったことを思い出す。四ページ目には泣きやんだものだ。

セイン師にはその思い出のことを言わなかった。

「ある日の朝、ネズミのピップがからだを動かそうと外に出ると、住んでいるきりかぶのすぐそばに、くさび形をした金色のチーズがおいてありました」と読みあげる。ページをめくろうとするとセイン師に制止された。

「よろしい」と言う。「それでは、もう一度読んでみたまえ」

シオニーは一瞬沈黙した。「もう一度？」

相手は本を指さした。

また溜め息が出そうになるのをこらえてシオニーは読んだ。「ある日の朝、ネズミのピップがからだを動かそうと外に――」

「少しまじめに取り組んでみたまえ、シオニー！」セイン師は笑い声をあげて言った。「プラフでは物語の幻を扱っていないのか？」

「わたし……はい」実のところ、なんのことを言われているのか見当もつかなかった。

苛立つまいと最善をつくしていても不満が募りはじめる。同じ間違いを二回するという経験はあまりなかった。最初になにを間違えていたのかわからないときてはなおさらだ。

セイン師は腕組みをしてテーブルにもたれ、問いかけた。「その話はなにに書いてある？」

「それはどういう質問ですか？」

「きみが答えるべき質問だ」

シオニーはきゅっと目を細めた。セイン師の口調には叱責の響きがあったが、きびしい表情というわけではない。「どう見ても紙に書いてありますけど」

セイン師は指を鳴らした。「そういうことだ！　そして紙はいまやきみの領域となった。つまり、そのことになにか意味を持たせてみたまえ。あとは落ちついて」と、思いついたようにつけたす。

シオニーは顔を赤らめ、紅潮したことがはっきりわかってしまう白い肌を呪った。咳払いすると、頭を冷やすためにゆっくりと同じ文章を読み直す。

セイン師が三度目に繰り返すよう手でうながした。

シオニーは唾をのみこんで目を閉じ、隣人の家に戻ってみようとした。小さな男の子を膝に乗せ、その子の大好きな本を手に持っていたときの状況に。（あの子に読んであげてるみたいに）と考える。（そのことになにか〝意味〟を持たせるの）そうすればほうっておいてもらえるかもしれない。セイン師が正気かどうかという評価をもう三回も修正しているのだ。

「ある日の朝、ネズミのピップがからだを動かそうと外に出ると」七年前、世話をしている子どもをなだめようとして使った抑揚を交えて読んでみる。「住んでいるきりかぶのすぐそばに、くさび形をした金色のチーズがおいてありました！」

「そらできた。見てみたまえ」

シオニーは目をひらき、あやうく本を取り落としそうになった。

そこには宙に浮かぶ幽霊さながらに、鼻をぴくぴく動かしている灰色の小ネズミが座っていたのだ。後ろにくたびれたミミズのような尻尾がたれている。その脇には幅の広い葉が一枚ついた切り株と、楔形をした金色のチーズがある。本の挿絵とそっくりだ。映像全体は鼻の高さに浮かんでおり、その幻影越しに反対側の本棚が透けて見えた。

喉に言葉がつまる。「な、なに？ わたしがこれをやったの？」

「ああ」セイン師は応じた。「絵本のように挿絵が見えれば助けになるが、最終的には、望めば小説を読んでその場面を目の前に展開することができるようになる。正直なところ感心した――まず実際にやってみせなければならないだろうと思っていた。きみはすでにこの物語になじみがあるようだ」

シオニーはまたもや赤くなった。褒められたからでもあり、個人的には子どもっぽいと思うものを読んだことがあると指摘されたせいでもある。ぼんやりした映像は、読まれない物語の常として、そのあとほんの一瞬続いただけで薄れていった。

シオニーは本を閉じて新しい師匠をちらりと見た。「これは……すばらしいですけど、表面的でもあると思います。美しいだけというか」

「だが、楽しめる」セイン師は切り返した。「決して娯楽の価値を否定しないことだ、シオニー。上質な娯楽はただでは得られないし、誰もが求めるものでもある」

「それでは、もうひとつ技を」セイン師はテーブルから淡い灰色の四角い紙をとり、押しつける板を使わず手だけで折りはじめた。折り方は比較的単純に見えたが、折り終えたときに持っていたのは卵を入れる奇妙な箱のようなものだった。ただし四つしか卵が入らず、蓋がない。

コートの内側のどこかからペンをひっぱりだし、それになにか書きはじめる。左利きだとシオニーは目にとめた。

「それはなんですか?」立ちながら椅子のクッションに『ゆうかんなピップのぼうけん』をおろしてたずねる。

セイン師の口の端がぴくりとあがった。「偶然の箱だ」と答え、その箱をひっくり返して上にかぶさった四枚の三角形をひらいた。爪先立ちになってセイン師の腕越しにのぞくと、三角形に折った弁のめいめいに記号を走り書きしている。その形は、カーニバルのとき占い師の小屋で引くカードに描かれている運勢の記号だった。

「わたしは占い師なんかじゃありません」と言う。

「いまは占い師だ」相手は答え、偶然の箱を指でつまんだ。前後にかたむけて配置を示す。「自分が一時間前とはまったく違っていることを思い出したまえ、シオニー。前のきみは魔術について読んだだけだった。いまはその力を持っている。否定したところで普通の人間には戻らない」

シオニーはとまどいつつもうなずいた。

「さて」セイン師はまたテーブルによりかかった。「きみのお母さんの旧姓を教えてくれ」

シオニーは指を組み合わせたりほどいたりした。本当にセイン師の頭がおかしかったら、母の旧姓を告げるというのは非常にまずいことになりうる。学院で勉強しているあいだに、名前を使った古代の呪いのことはさんざん耳にしたし、名前の力についても繰り返し警告された。

セイン師は偶然の箱から目をあげた。「私を信頼しても大丈夫だ、シオニー。心配なら考えてみたまえ。その情報を調べることは可能だし、プラフにきみの恒久記録を要請すれば、もっとくわしいこともわかるぞ」

「すごく安心しました」シオニーはつぶやいたものの、相手の台詞に微笑を誘われた。

「フィリンガー（Philinger）です」

セイン師は偶然の箱を口のようにひらくと、反対の方向に割って〝フィリンガー〟の一文字ごとに一回ずつ動かした。よくある苗字なので綴《つづ》りは合っている。「では、きみの生まれた日付を」

シオニーが教えると、セイン師はまた箱の弁を前後にしゅっしゅっと動かした。

「ひとつ数を挙げたまえ」

「十三」

「八より下の数だ」

シオニーは溜め息をついた。「八で」

セイン師は片手を離して弁をひとつ持ちあげ、シオニーには見えないように、書かれた記号を確認した。やや焦点の合わない目つきで一瞬待ってから、口をひらく。「おもしろい」

「なんですか？」シオニーは問いかけ、横からのぞこうとしたが、セイン師はあっさりと偶然の箱を見えない位置に遠ざけてしまった。

「自分の未来を視《み》ることは不運を招く。近ごろの学院は新しい実習生になにを教えているのだろうな？」舌打ちして訊かれたものの、冗談なのかどうか判断がつかなかった。下にある箱に視線を向けていたので、内心が読めなかったからだ。「どうやらきみは、この先ちょっとした冒険をするようだ」

（そうね。あなたと一緒に暮らすのはずいぶんな〝冒険〟でしょうから）シオニーは考えた。誰にとっても冒険だろう。もっとも、心の片隅ではその思いが脳裏に浮かんだとたん後悔していた。個人的に不愉快なことはなにもされていないはずだ……いまはまだ。

「それだけですか、占いの結果は？」とたずねる。

「少なくとも私が視たのはそれだけだ」セイン師は答え、偶然の箱をよこした。指がちりちりして、体がまたもや新たな結びつきを認識する。

「わかったか？」セイン師が問いかけた。

「いまやってみせたことですか？」

「そうだ」

「はい」簡単だった。

「では、やってみたまえ」

シオニーは指で箱を持った。「お母さまの旧姓はなんですか？」

「ヴラダーラ（Vladara）」と答えがくる。「rはひとつだ」

シオニーはセイン師がしたように箱をあけたり閉じたりして、それから生年月日の数だけすばやく動かした。推測はあたっていた――三十歳、来月三十一になる。最後にセイン師が選んだ数は三だった。

「三という数は縁起が悪いですよ」シオニーは三角形の弁をあげながら言った。「精錬師にとってだけだ」相手は反論した。意図的なのかどうかはともかく、精錬師になることはないとさりげなく思い出させる台詞だ。まだ胸にかかえている落胆を隠そうとして、シオニーは頰の内側をかんだ。

上部がくねくねした渦巻状の記号が目に入る――知らない記号だ。見たことがあれば思い出しただろう。意味を教えてほしいと言い出す前に、視界が二重になり、不思議な映像が心に入ってきた――女性の影だが、知り合いではない。奇妙なことに、名前も頭に浮かんだ。これは普通のことなのだろうか？

シオニーは偶然の箱をおろし、眉間に皺を寄せて相手を見た。「ライラって誰です？」

セイン師の表情はゆるがず、姿勢も変わらなかったが、たしかにその瞳が一瞬暗くなり、またもとに戻った気がした。ただ……いや、前ほど強く輝いていない。図書室の窓の外で日がかたむいてきたせいかもしれないが、そうは思わなかった。

セイン師は二本の指で顎を叩いた。「おもしろい」

「誰なんですか？」

「知人だ」と言い、口もとだけで微笑する。「きみには生まれつきこの術の才能があるかもしれないな、シオニー。われわれのどちらにとってもいいことだ。これと物語の本の練習をしたまえ――土曜日までにあの本の完全な幻を見たい。さて、荷ほどきをしてはどうかな？」

セイン師は偶然の箱の話題にはそれ以上触れなかった。かわりに戸口へ歩いていくと、廊下に首を突き出して叫んだ。「息吹け！」一拍おいて呼びかける。「ジョント、ここへきてこの厄介なしろものをどうにかしてくれないか？」

シオニーは偶然の箱をテーブルの上に置き、〝厄介なしろもの〟が紙吹雪を指すのか、それとも自分のことなのだろうかと首をひねった。

第三章

シオニーは『ゆうかんなピップのぼうけん』を小脇にかかえ、ジョントが戸口に現れるまで自分でも紙吹雪を拾った。従順な性質で紙製とはいえ、まだ生きた骸骨にはおじけづいていたので、そのあと部屋を出た。スカートのポケットにいちばん小さな紙吹雪をひとひら入れて持ち帰る。研究のためだ。

セイン師はすでに自室に姿を消していたので、シオニーも自分の寝室にこもった。本とシルクハットをテーブルの上におろすと、ベッドの上に旅行鞄を持ちあげ、持ってきたベージュのつば広帽子の隣に置く。

旅行鞄の留め金は二回カチッと音をたててひらいた。学生用の緑のエプロンがてっぺんに載っている。荷造りの最後で念のため入れることにしたのだ。それを脇に置いてブラウスとスカートを引き出し、生地の皺をのばそうと一枚ずつふる。さいわい紙の魔術師はタンスにハンガーを入れておいてくれた。シオニーは時間をかけて全部の服をつるしていった。

最後のスカートで手を止める。いったい下着とピストルをどこにしまおうかという考えが、奨学金についての驚くべき事実へと移っていった。一万五千ポンド。その金がなかったら今日どこにいただろう。調理学校に入学できるだけの貯金ができることを期待しつつ、貴族の屋敷の床みがきでもしていただろうか。

そもそも、なぜセイン師はお金をくれたのだろう。今日まで一度も会ったことはない――会っていたら憶えているはずだ。奨学金には名称がなく、二度目はなかった。セイン師がほのめかしたように、たんに成績がいいから一回きりの寄付の対象として選ばれたとは信じがたい。

そうなのだろうか？

赤の他人にあれほどの金額を寄付し、自分のもとでの実習さえ求めないとは、魔術師エメリー・セインというのはどんな人間なのだろう。

シオニーはまた旅行鞄に向き直りながら、魔術師がどれだけ金を儲けられるものかと考えはじめた。よほどの大金に違いない。あるいは、家じゅうに集めているがらくたと同様、金もせっせと貯め込むたちなのか。大金を稼いでいるほうならいいのに。そうでなかったら罪悪感に襲われてしまう。穿鑿《せんさく》しないほうがいいのだろうが、勝手に考えるだけならセイン師も止められない。

だがひとまずその件はおくとして、シオニーは目の前の作業に集中した。旅行鞄には化粧品や髪留め、日記帳、図書館から遠すぎてここでは役に立たない図書カードなどが残っている。手をのばしたとき、また別のほうに考えが向いた。鞄の隅で下着の奥に押し込まれている青緑色の犬の首輪をつかむ。持ちあげると、かじりすぎてすりきれた両端に親指を走らせた。きのうビジーの名札を外して母親に渡した。いまでは母が自分のかわりにジャックラッセルテリアの世話をしてくれているのだ。

溜め息をつく。この数年間ずっと、タジス・プラフ魔術師養成学院ではとくに、あの犬がいちばんの親友だった。決められた一年で卒業しようと思えば、友人を作る暇はほとんどない。やることがありすぎるのだ。だが、ビジーに課題はないし、毎日授業が終わると寮の部屋の戸口で熱心に待っていてくれた。友だちとしては最高だ。

「犬を飼っているのか？　それともずいぶん大きな猫か？」

ぎくりとした。シオニーは旅行鞄をばたんと閉じて下着と銃を隠し、勢いよくふりむいた。セイン師がかなり大きな本の山をかかえて戸口に立っている。まだ敷居を越えて寝室に踏み込んではいない。戸を閉めておくべきだった。

シオニーは首輪を握りしめた。「飼ってたんです。学院で一緒にいたんですけど、アヴィオスキー先生がここに連れてきてはいけないっておっしゃったので。アレルギーをお持ちだそうですね」

セイン師は輝く瞳に考え深げな色を浮かべてゆっくりとうなずいた。「昔から動物のまわりでは調子がよくなかった。子どものときでさえ」と、同意する。「蜜蜂のほうが好きだったな」

「蜜蜂？」シオニーはたずねた。

セイン師は訊くほうがおかしいという顔をした。いたって普通の好みだと言わんばかりだ。それ以上反応しないのは、どうやらいつものことらしい。

「入ってもいいかな？」と問いかけてくる。

シオニーはうなずいた。

セイン師はドアを爪先で蹴ってあけ、部屋に入ってきて机の上に本の山を置いた。シオニーはひるんだ――自分用ではないかと恐れていたのだ。

「ピップに飽きたときに読むといい」セイン師は言い、片手で山のてっぺんを叩いた。

シオニーは横向きに体をまげて題名を読んだ。『若者のための占星術』『人体の構造第一巻』『マーカス・ウォーターズの花火製造の手引き』『航空学各論』『鎮魂――道教論』ひとつ読むごとに口がぽかんとあいていった。

「でも、これは紙とはなんの関係もないでしょう」と言う。

「ふむ、きみがなぜタジス・プラフに入学できたのかわかるな」セイン師は含み笑いした。シオニーににらまれても平然と続ける。「紙はたんなる削った木材以上のものだ、シオニー。この本はどれもこの先の授業に役立つ」

顎をとんとんと叩いて窓を見やる。「腹は減っているか？」

シオニーはビジーの首輪をおろした。「とくには。車で食べたので」

「ではコンロの上になにか置いておこう」と応じ、セイン師は廊下へ戻っていった。「少し休んでおくといい」呼びかけながらも声が遠ざかっていく。「明日は忙しくなる予定だ。タジス・プラフ仕込みの勤労規範を無駄にしてはいけないからな！」

シオニーは机の本をながめ、紙の魔術師がいったいどんな作業を用意しているのだろうとあやぶんだ。実習生を謙虚にさせようとして、あるいは意志をくじこうとしてか、多くの魔術師が一年目は肉体労働を強いると聞いたことがある。ここでは違うといいのだが。もっとも、本の分厚さを見ると、セイン師がまず精神的に追い込もうともくろんでいても不思議ではなかった。ともかく草むしりを押しつけられないことはたしかだ——正面の庭には一本たりとも本物の花を見かけなかった。

シオニーはほかの荷物を出すと、ベッドの脇の壁に作りつけられた棚に、化粧品と髪留め、日記帳、ビジーの首輪を載せた。下着とピストルは旅行鞄に入れておくことに決め、ベッドの下へ押し込む。外では太陽がのろのろと西へ下降していた。セイン師が給料をくれるなら、部屋に時計を用意する必要がある。朝になったらこの件を訊いてみなければ。

シオニーはマットレスに腰かけて『若者のための占星術』のすりきれた表紙をひらき、はじめの四章を拾い読みした。それから『人体の構造』の図に目を通し、肺や腎臓や心臓や肝臓の絵の下に添えてある説明文を読む。腹に『航空学各論』を載せて枕に寝そべり、紙の雪のことを考えているうち、いつの間にかうとうとしていた。夢の中には魔法の大砲やほかのさまざまな術が出てきた。アヴィオスキー師が精錬師になる許可さえくれれば、そうした魔術を学べたはずだったのに。

はっと目が覚めたが、どうして起きたのか思い出せなかった。墜落する夢を見たのかもしれない。十一歳のとき、叔父のいとこの裏庭でまだらの牝馬から落ちて以来、二週間に一度は見る悪夢だ。窓から太陽は完全に消え失せていた。ガラスに顔を押しつけると、頭上に半月と満月の中間あたりの月がちらりとうかがえた。ずいぶん遅くなってしまった――たぶん深夜の一時ごろだろう。

腹の虫が鳴き、シオニーはまばたきして眠気を払うと、立ちあがって横にずれてしまったスカートを整えた。髪も左耳の脇で編み直す。ぐしゃぐしゃになっていたに違いない。もっとも、誰が起きていて見るわけでもなかった。この家にはセイン師と命を吹き込まれた骸骨執事しか住んでいないのだから。

蠟燭の明かりで台所までおりていくと——真っ暗な場所をうろつくのは慣れない感じがした。タジス・プラフではいつも、最近使われるようになった例の電球が廊下を照らしているか、火の魔術師がランタンをともしたままにしていたからだ——コンロの上に片手鍋と器が見つかった。片手鍋には冷たくなった米飯が入っており、器はなにかに漬けたツナのようなものでいっぱいだ。シオニーは頭をふった。セイン師は普段これを食べているのだろうか、それとも客に出すものなのだろうか？　米飯とツナが客用の食事なら、ひとりでなにを食べているのか想像もつかない。アヴィオスキー師がここにシオニーをよこしたのは、イングランド一変わっている紙の魔術師にまともな栄養を摂取させるためだったのだろうか。セイン師が衰弱して、国に十二人しかいない紙の魔術師がたった十一人になってしまわないように。いったいどんな食料が置いてあるのか、あした戸棚を調べてみなければなるまい。

とりあえずは器を見つけて冷たい米飯をよそったものの、ツナは残しておいた。自室へ向かって二歩進んだとき、かすかな音が聞こえた——引き出しが閉まったのかもしれない。口に米飯をひとさじ押し込み、忍び足で食堂と台所を通り抜けると、廊下にひとすじの光が見えた。具体的には左側——いまは右側——のドアだ。書斎だった。

シオニーはもう一口食べた。こんなに遅くまで起きているとは、どんな趣味を持っているのだろう。黒魔術に手を染めていると考えて噴き出しそうになったが、ぐっと声をのみこんだ。どれほど変人でも、セイン師が悪事を働いたり、禁じられた魔術——人間の肉体を導管として使う切除術に手を出したりしているところは想像しにくい。

魔術干渉の歴史を教えていたフィリップス師の講義を思い出すと、首筋がぞっとした。切除術についてこう語っていたのだ。

「物質魔術は人間が作り出した物質を通じてのみ実行することができますが、はるか昔、人間が人間を生むからには、人もまた人間が作り出した存在であると判断した者がいました。そこから黒魔術は始まったのです。さて、教科書の百二十六ページをひらいて——」

シオニーは親指で首筋の悪寒をなでた。いまではそんな術が出てくるのは怪談かタジス・プラフで教わる歴史の講義ぐらいのものだ。第一、紙の魔術をかけるところをこの目で見た以上、セイン師が切除師ということはありえない。

低く身をかがめてこっそり廊下を進みながら、床板がきしんで自分の存在を知らせないことにほっとする。書斎に近づくとなにかの調べが耳に入った。セイン師が鼻唄を口ずさんでいる。もっとも、旋律は特定できなかった。その節は……外国の歌のようだった。

ドアが細くあいたままになっている。シオニーはちょうど中がのぞける程度に人差し指でそっと押した。

セイン師はドアに背を向け、机のすぐ後ろにある細長いテーブルの上で作業していた。右肘のところに普通サイズの白い紙の束があり、長い藍色のコートは椅子の背にかけてあった。紙の束から一枚抜き、シオニーに見えない位置で折りながらも鼻唄を続けている。なにを作っているのだろう、午前一時に？

シオニーは音をたてないよう注意して戸口から離れ、食堂まで戻った。秘密は嫌いだ。少なくとも自分が知らない秘密は気に入らない。朝になったらセイン師に問いただそうか。いや、やめておくべきだろうか。

早朝のどこかでセイン師は寝たらしい。八時をきっかり一分過ぎて、戸棚をあさろうと一階へ行ったときには書斎にいなかったからだ。

シオニーは実習生のエプロンをつけて髪を一本に編んだものの、最近街で人気が出てきたように、目をふちどったり頬紅をつけたりする手間はかけなかった。そもそもそんなことをする理由がない——感心させたい相手などいないのだから。食堂から台所へ椅子をひきずっていき、その上に立って戸棚をすべて調べた。どれも驚くほど品物が豊富だった。たとえばチョコレートケーキを作るのに必要な材料が全部揃っている。もっとも、大部分未開封だということにも気づいた。流しの下にはばかでかい米袋があり、パン箱には半分食べたパンのかたまりが、裏口に近い調理台の後ろで見つけた冷蔵箱には卵といろいろな種類の肉がしまってあった。冷蔵箱には紙吹雪も二、三つかみ入っていた。どうやって入り込んだのだろう。それともなにかの術の一部なのだろうか。首をひねったものの、ベーコンから払いのけるだけにして、卵を一箱とチェダーチーズ一切れ、一束のフェンネル（セリ科の野菜）をつかむ。

フライパンをおろしてコンロの火をかきたてたとき、なんともおかしなこすれる音と、そっと床をたどる紙の音がした。ジョントだと思い、へらを持って身構えたが、階段へのドアがぎいっとひらくと、その陰から現れたのはずっと小さなものだった。

シオニーは驚いて息をのんだ。そこには紙の犬が小さな紙の尻尾をふって立っていたのだ。

頭から足先から尻尾まで、何十もの紙がほぼ継ぎ目なく組み合わさって体を作っている。紙でできているので目はなかったが、鼻孔がふたつとはっきりした口があり、その口があいて吠え声らしい奇妙なかすれた音を出す。ラブラドール・レトリーバーとテリアの雑種に似ていて、体高はシオニーの膝までしかない。

犬はもう一度吠えると、走り寄ってきて靴のにおいを嗅ぎはじめた。

ぽかんと口をあいたシオニーは、背中がちりちりするのを感じながら、へらをコンロの脇におろし、フェンネルの束を床に落とした。しゃがみこんで犬の頭をなでる。さわった感じはびっくりするほど頑丈で、紙の体が指先をうずかせ、本物の毛皮をなでているかのようだった。

「まあ、こんにちは！」声をかけると、犬はとびあがって前足を膝に押しつけ、それからなんと乾いた紙の舌でなめてきた。シオニーは笑い声をたて、耳の後ろをかいてやった。犬は昂奮してあえいだ。「いったいどこからきたの？」

ドアがきしみながらひらき、セイン師の到着を告げた。少し疲れた様子だったが元気そうで、まだあの長いコートを着ていた。「この犬なら私も蕁麻疹《じんましん》が出ない」と、微笑に瞳を輝かせて言う。「本物の犬とは違うが、いまはこれで間に合うかと思ったのでね」

シオニーは目をみひらいて立ちあがった。紙の犬がかすれた声で吠えたて、鼻先でくるぶしをつついてくる。「先生がこれを作ったんですか？」肺の上で肋骨がねじれるように感じながら、そうたずねた。「これ……これをゆうべやってたんですか？」

セイン師は後頭部をかいた。「起きていたのか？　すまない――この家にまたほかの人間がいるのに慣れていなくてね」

（また）シオニーはいぶかった。セイン師は自分の前にひとりぐらい実習生を預かっていてもおかしくない年齢だろう。もしそういう意味だとすればだ。セイン師の前の実習生について、わざわざアヴィオスキー師に訊いたりしなかった。

シオニーのためにこれを作ってくれたのだ。ビジーのことがあったから。

セイン師から犬へ、またセイン師へと視線を移す。もう目が勝手にうるんできていたので、泣き出さないように腕の裏側をつねった。

「ありがとうございます」と、静かすぎるほどの声で言う。「これは……これはすごく大事なことなんです。わざわざこんなこと……ありがとうございます」へらをつかむ。

「朝食はいかがですか？　いま作ろうとしていて――」

「ではちょうどよかったな」セイン師は言い、つかの間、階段の上のなにかに気をとられた。「手間でないなら」

シオニーは首をふって否定した。セイン師は目もとでほほえみ、また階段を上って姿を消した。

もっと卵をとってこようと冷蔵箱に戻ると、紙の犬が床のにおいを嗅ぎながら後ろにくっついてきた。紙の関節がひとつのものとして動く様子を見守る――なるほど、セイン師が言っていたのはこのことか。

シオニーはフェンネルを床から拾いあげた。

「フェンネルって名前にしようと思うの」エプロンのポケットに卵をすべりこませながら犬に言う。「猫につけたほうがいい名前かもしれないけど、おまえは本物の犬じゃないし……とにかく、おまえに合ってるもの」

フェンネルは理解しなかったらしく、首をかしげただけだった。

セイン師は書斎で朝食を食べた。さまざまなものが整然と並んでいる机には、本や帳面がいくつか広げてあった。シオニーは本を読みあげて幻を創る術を昼食の直後まで練習した――いまでは十四ページのうち三ページをまわりの空気に描き出すことができ、フェンネルはネズミが現れるたびに追いかけようとした。犬にずいぶん気を散らされたものの、まったく気にならなかった。ビジーの古い首輪をフェンネルの首に留めてやったほどだ。ぴったりだった。

正午のすぐあと、セイン師は図書室にシオニーを呼び、そこの机に置いてあるさまざまな紙を見せて、厚さときめの細かさの重要性を説明した。やや気をとられているらしく、あちこちで同じ台詞を繰り返したが、シオニーは指摘しなかった。とにかく肉体労働を課されずにすんでほっとしていたのだ。そんな雑用のことを考えてもきのうほど腹は立たず、授業をありがたくさえ感じた。セイン師に教わっている内容が知りたいという好奇心を刺激しはじめたのだ。気がつくと講義に熱中しており、授業の終わりに紙の詳細を復唱したときには、簡潔にとはいえ褒められてにこにこした。

「きわめて正確だ」セイン師は言った。窓の外をうかがい、シオニーには見えないものをガラス越しにながめる。

「なにか気になってるんですか？」相手が紙束を机の上に戻そうとして違う山に重ねたので、ついにそうたずねる。その手から紙束をとりあげると、どの山もまっすぐになるよう気をつけて正しい位置に置いた。

「ふむ？」

「なにか気になってるんですか」と繰り返す。「今日は上の空みたいなので」

午後はいつもこんな感じだというなら別だが。知り合ってからまる一日はたっていないので、比べようがない。もっとも、頭がおかしいからではないという確信はあった。

「たぶんそうだろうな」しばらく考え込んでから、セイン師はまばたきしてわれに返った。「新しい実習生がきたりして、いろいろ気にかかることがある」

「わたしが最初なんですか？」

「2・5番目だ」と答えがあった。

「2・5？」シオニーは問い返した。「0・5人の実習生なんてどうやって？」

「この前の実習生は期間が満了するまでいなかった」セイン師はろくに説明になっていない説明をした。

（期間が満了？）シオニーは考え、ぎくっとして唾をのみこんだ。事故に遭ったのだろうか？　辞めた？　解雇された？　魔術師はよく実習生を解雇するのだろうか。

頬の内側をかむ。セイン師に馘《くび》にされることはないはずだ。これだけ国に紙の魔術師が求められている以上、折り師の志望者を失うわけにはいかないし、シオニーはもう紙と結合している。

いままで立場が保証されていないと考えたことはなかったので、胃がむかむかした。たとえ精錬師ではなく折り師になる道だったとしても、ここまでくるにはあれだけの努力が必要だったうえ、奨学金を受ける幸運まで必要だったのだ。

一瞬、車がぶつかる瞬間を思い出して目の前に星が散った。ワインをこぼしてミセス・アップルトンに金切り声でどなられたときの焦げたタマネギのにおいが漂ってくる――

まばたきしてその記憶を払いのける。実習はたんなる職業のひとつではない。解雇されたら戻ることはできないのだ。シオニーは紙のみと結合しているにもかかわらず、法的にはまだなにをする許可も与えられていない。廃魔術師になってしまう。

「いやなものでも食べたような顔をしているな」セイン師が言い、電信機のすぐ脇にある机の右上の山から石板色の厚紙を引き出した。

「なにかと結合しておいて辞めるなんて、本当にもったいないって思っただけです」

「たしかに。さて、基本の折り方をやってみせよう。プラフで習っていなければという話だが？」

シオニーは習っていないと首をふった。

セイン師は板を持って床に座り込み、正方形の紙を板の上に載せた。「きみにどの程度観察力があるかためしてみよう、シオニー」と言う。つまり試験だ。

シオニーは集中した。紙の魔術師は三角形になるよう紙のかどとかどを合わせて折った。厚い紙はきっちりと折り目を保った。「これは三角折りだ――四角形を三角形にする折り方すべてをいう。そしてこれが二重三角折り――」また半分に紙を折る。「――三角形をもっと小さな三角形にする折り方だ。むろん余白は作らない」

シオニーはうなずき、黙って観察した。きのう紙の鳥を作ったとき、このふたつの折り方をしたあとまた四角形を作り、それからあの鳶《トビ》を完成させていた。セイン師は同じ折り方を再現させて名称を言わせ、そのあいだじゅう魔術が効くためには紙の端がぴったり合っていなければならないと強調した。そのあとまたあの遠くを見る目つきになり、瞳から本来の輝きがいくぶん失われた。

「命を吹き込む術を始めよう」セイン師はまた窓をのぞきながら言った。「折り方を学ぶには手ごろだ」

「これを練習してもいいですけど」シオニーは提案した。「もしほかに用があるようでしたら」

もっとも、あの知識を求める心の奥底では、ここにいて教えてくれたらいいのにと思っていた。

なんとばかげた考えだろう。

セイン師はうなずいて立ちあがった。長いコートが脚のまわりで衣擦《きぬず》れの音をたてる。

シオニーはひどくがっかりした。セイン師が廊下に消えると、フェンネルが部屋に頭を突っ込み、ちょこちょことシオニーの膝の上にあがりこんだ。そこで三回ぐるりとまわって横になり、眠ってしまう。もっとも、紙でできた犬が疲れるはずはないという気がする。なにもかも魔法のせいに違いない。

自分で作った三角折りと二重三角折りを両手に持ち、ひらいた戸口をじっと見つめてセイン師のことをいぶかる。フェンネルを作ってくれるために夜更かししていたことを思い出し、胸にかすかな罪悪感がこみあげた。とはいうものの、まさかそれがあの……上の空の原因ではないだろう。こちらは神妙にふるまっていたのだし。少なくとも今日は。

「機嫌をとらなくちゃ」とフェンネルにつぶやく。「どんな実習生だって魔術師の先生には気に入ってもらう必要があるんだから。でないと二年じゃなくて六年ここにいるはめになるもの」

頭では折り方をわかっていたが、手が覚え込むまで練習した。それから台所にひっこみ、戸棚から香料やワインをとりだしながら、小声で『ゆうかんなピップのぼうけん』を暗誦する。なんとか四ページ目を宙に描き出そうと、あれこれ声の抑揚を変えてためしてみた。コンロにパスタをゆでる水を入れた鍋をかけ、ゆうべの片手鍋を洗ってそれもコンロに載せる。ホワイトソースを作ろうと、バターをとかして小麦粉と牛乳を加えた。レモンとニンニクと合わせて、冷蔵箱の縛った鶏に添えるのだ。レモンが見つからなかったので、トマトとバジルにした。トマトとバジルは誰でも好きだし、家に置いているならセイン師も好きなのだと——使っても安全だと自信が持てる。これまでの人生で、なにかアレルギーのある人はほかにもアレルギーを持つことが多いと気づいていた。すでに実習生として出だしでつまずいているのだ。蕁麻疹はもっと状況を悪くするだけだろう。

鶏がきちんと仕上がり、パンを切ってペンネにソースをそそいだとき、セイン師が書斎から現れた。

「こういう時間があるなら、もっと課題を与える必要がありそうだな」シオニーが天火をのぞきこんで鶏肉を確認していると、そう論評する。「こんなにいいにおいがするのは、この家に住みはじめて以来はじめてだ」

シオニーはその褒め言葉ににっこりしたくなるのをかみ殺し、ほつれた髪を耳の後ろにはさんだ。「お礼がしたかったんです。なにもかもありがとうございます。それに、きのうの態度をおわびしたくて。いつものわたしなら考えられないんですけど」

「別にこういうことをしてくれなくてもよかったが」セイン師は言った。輝く瞳に興味深げな色が浮かんでいる。

「もう少しでできます」シオニーは応じて戸棚に駆け寄り、前に見た緑の陶器の深皿を探した。いちばん上の段に載っていたので、調理台によじ登ってつかむ。「お座りになりたければすぐテーブルの用意をしますから」

セイン師はほほえんだ、というか、会心の笑みと微笑の中間の表情になった。目もとも口もともほころんでいる。「わかった。ありがとう。だが、そのあとで読書の課題を出して、二百枚紙を折ってもらうぞ」

シオニーはまずパスタを陶器の深皿によそってテーブルに置き、続いて鶏と天火で焼いた野菜を幅の広い皿に移すと――配膳用の盆はなかった――セイン師の前に出した。相手はなにも言わなかったが、眉をあげた様子から、感心しているのがわかった。少なくとも、そういう意味だといいのだが。この鶏が別の機会のためにとってあったもので、許可なく料理したことを指摘されているという可能性もある。もしそうなら、味で不快感を忘れてくれるよう祈るしかない。

シオニーは四角いテーブルの反対側にある椅子に腰をおろしてから、もう一度立ってたずねた。「鶏の切り分け方はご存じですか？」

「ジョントが知っていると思うが」

シオニーは蒼ざめた。相手の目に笑いを見てとる。冗談だったのだろうか。

どちらにしても、フォークとナイフをとりあげ、自分で鶏を切り分けた。なけなしの勇気をふりしぼって問いかける。「それから、実習になにかの給付金かお給料が含まれてるのかどうか、お訊きしたいと思ってたんですけど」

セイン師は声をたてて笑った――胸からでも喉からでもなく、そのあいだのどこかから出てきた軽い笑い声だ。「ああ、なるほど。そういう計略か」

シオニーは赤くなった。「違います、さっき言ったのは心からです、本当に。でも、夕食のときには話をするものでしょう。同じ家に住むことになるんだったらなおさらです。だから手はじめにわたしのお給料の話でもと思っただけで」

「教育委員会がきみの給料を決める」セイン師は言い、トマトとバジルのパスタをいくらか自分の皿にすくいとった。「したがって、そう、給料はもらえる。たしか一月十ポンド、私が別に払うと決めた分があればそれもだ」

（十ポンド？）目をみはったのを隠そうと、自分の皿にとりわける作業に集中する。思っていたより多い。倹約すれば毎月半分は家に送れるだろう。

ふたたび紙の魔術師に目をやる。「それで……別にいくら払ってくださるんですか？」

セイン師はゆったりとフォークを持った。「心配しなくとも、飢えさせるつもりはない」

シオニーは米飯とツナのことを考え、飢えるという問題について意見を述べようかと思ったものの、ぐっとのみこんで椅子に座った。紙の魔術師は食前の祈りを唱えようとしなかった。シオニー自身もめったに口にしなかったので、鶏肉を一口分切りながら相手を目の端で見守った。

セイン師はフォークでペンネをふたつ刺し、口に持っていった。味わいながらかみしめると、その瞳がさらに少し明るくなった。「いやいや、シオニー」のみこんでから言う。「私が術を教えるためにいるわけでなかったら、パスタに魔法をかける方法を発見したのかと思うところだ」

シオニーはにっこりした。「お気に召しました？」

セイン師はうなずき、もう一口すくった。「香りにおとらずうまい。多才な人物だというしるしだ。褒めるべきだろうな」

「わたしをですか、パスタをですか？」

相手の瞳の中で光が躍った。答えはなかった。

シオニーは鶏肉の味を見て、ぱさぱさではなかったのでほっとした。三口食べたところでセイン師が言う。「四人きょうだいの長女か」

「妹がふたり、弟がひとりです」シオニーは答えた。「そちらは大家族ですか？　お姉さんや妹さんがたくさんいて、ずっと悩まされてきたように見えますね」

「実に多くの人間に悩まされてきたが、姉妹はひとりもいない。私はひとりっ子だ」

（それでいくつか納得がいくわ）とシオニーは思った。

ふたりともしばらく黙って食べ続けた。沈黙が長引くのがいやだったので、シオニーはたずねた。「いつ食料を買うんですか？」

セイン師はちらりとこちらを見た。「なくなったときだろうな。買い物がいちばん嫌いでね」

「どうしてですか？」

相手はフォークをおろしてテーブルのふちに頬杖をついた。

「街に行く必要があるからだ」と宣言する。「しかも外は暑い」

シオニーはもう一口分鶏肉を切りながら手を止めた。「そばかすができるんですか？」

セイン師は笑った。「さて、話題を変えるにしろ――」

「わたしが言いたいのは」シオニーは言いはじめた。「そばかすができるんだったら、外に出ないのもわかるってことです」やはりそばかすのある両手を見やる。三月から十月のあいだは、日光があたるとどこでもそばかすに覆われてしまいがちなのだ。

「私にそばかすはできない」セイン師は答えた。シオニーがしかめっつらで自分の手を見おろしていたに違いない。そのあとつけくわえたからだ。「別にそばかすが悪いということはない、シオニー。ここできみがほかの人間と同じように見える必要はまったくないだろう」

シオニーはほほえみ、笑みを抑えようとしてパスタを口に押し込んだ。

「暇な時間がずいぶんあるようだから」セイン師は言った。「明日の朝、最初の試験をしよう」

第四章

セイン師は約束を守り、翌朝シオニーに最初の試験をした——正確には朝の六時で、ジョントを使いによこした。目を覚ますと鼻先すれすれの位置で紙を折った骸骨の顔がにやりとしており、シオニーの金切り声に、一階の居間でネズミのにおいを嗅いでいたフェンネルが駆けつけたほどだった。この前セイン師がしたように「停止せよ」と命じると、ありがたいことに紙の執事はベッドの足もとに崩れ落ち、厚紙でできた無害な骨の山となった。

ささやかな、ほとんど考えもしない呪文だったが、紙と結合して以来はじめて、シオニーは本物の力を持っている気分になった。

セイン師は前日に書斎で見せたさまざまな紙の種類について質問した。鋭い記憶力のおかげでシオニーはすべて正しく答えた。紙の魔術師は評価として満足そうにうなずき、勉強するようシオニーを残して立ち去った。

〝勉強〟にはセイン師に指定された教科書を読むことも含まれた。いちばんおもしろそうだったので『マーカス・ウォーターズの花火製造の手引き』から始めたが、印刷された文字は細かく挿絵もまばらで、理解するのが難しかった。読んだのは一章の半分だけだ。台所へ行ってトーストを食べたあと、『人体の構造第一巻』を読みはじめる。そちらはずっと興味をそそられる――いささかグロテスクだとしても――読み物だった。

それから何日か、シオニーは図書室の紙束を自由に使って基本の折り方を練習した。セイン師は思いついたときその場で試験するのが常だったので、急いで覚えようと奮闘した。木曜日には二回も試験があった。金曜日には折り紙の練習をしすぎて、右手の人差し指の先にまめができた。その結果、土曜日にセイン師は紙吹雪の作り方を教えてくれた――実習生としての一日目、図書室で降ったのと同じものだ。

「切り方も多かれ少なかれ折り方と同じ規則に従っている」図書室の床にあぐらをかいて座り、膝に板を載せたセイン師は説明した。「術が効くためには正確に作らなければならない。飾りにするなら別だが。それなら気にしなくていい」

「これは飾りですか?」シオニーはたずね、このあいだくすねて机の引き出しに隠したちっぽけな雪片のことを考えた。最後に確認したときにはまだ冷たかった。

セイン師は白い正方形の紙を半角折りにして、細長い三角形を作った。「どう思う？」

あのとき降っていた雪を思い出す。絨毯《じゆうたん》に散らばったありとあらゆる形と大きさの精巧な雪のかけら。ひとつひとつが本物の雪のようにほかと違っていた。「装飾です」と答える。

「実に鋭いな」セイン師は言い、鋏《はさみ》をとりあげた。「雪が冷たくなるために必要な切り方はひとつだ。観察したまえ」

三角形を持っていちばん厚い折り目に鋏を入れ、いちばん高い頂点の一センチ下を切る。小さなアーモンド形の紙が切り取られて板の上に落ちた。

「冷えよ」と命じる。見てとれるような変化はなにもなかったが、渡されると紙片はひんやりしていた。冷たさでまめの痛みがやわらぐ。

「あとは工夫する意欲だ」セイン師は告げた。

月曜日までに台所の食料品がとぼしくなってきた。

「わたしが買ってきてもいいですよ」シオニーは申し出た。「別にかまいません」

セイン師は机から顔をあげた。小さな帳面がひらいてあり、表紙の片側をレモンティーの入ったマグカップで、反対側はバターナイフで押さえてあった。左手にペンを持っている。「そんなことは要求していないよ、シオニー」

「別にかまいません」シオニーは繰り返し、スカートのひだをなでつけた。「ここに住むんだったら、自分の役割を果たしたほうがいいでしょう」（それに、この家から出て一息つくのも悪くないし）「言わせていただければ、戸棚の残り物でまともな食事を作り続けるのは無理です」

セイン師はまた口もとより目もとでほほえんだ。「それも要求していない。読書はどんな状況だ？」

「人体解剖学の本は読み終わりました。もう少しで道教のほうも終わります」

セイン師は椅子に座ったままふりむくと、背後の棚を見渡した。身をかがめて右側のいちばん下の棚から分厚い本を抜き出し、こちらによこす。表紙には『人体の構造第二巻』と書いてあった。

シオニーは顔をしかめて本を受け取った。

「だが、どうしてもと言うなら」相手は続けた。「タクシーを呼ぼう。あまり遅くなりすぎないように」ペンのインクをつけていない側で唇を叩く。「きみに命を吹き込む術を教えるべきだろうな。では、戻ってきたときにしよう」

セイン師は紙幣を何枚か渡すと――もう現金を預けてもらうほど信頼されていることにシオニーは驚いた――また帳面にとりかかった。

命を吹き込む術の授業が実際に始まったのは実習の二週目だった。八インチ四方の黄色い紙をすべての方法で折るという下準備から始まり、その都度折り方の名称を挙げなければならなかった。その結果できあがったのは、星のような折り目がついた皺くちゃの正方形だった。紙の下準備をすると、完成品の動きは鈍くなるが、折るのが楽になる——とセイン師は説明した。

「さて」紙の魔術師は言い、下折りしていない四角い紙を示した。「簡単なもので始めよう。蛙だ」

最初の日、紙の蛙を作ってもらったことを思い出す。セイン師の指がひとつひとつ折り目を作っていくのが心の中で見えるほどはっきりと憶えていた。これ以上教えてもらわなくても同じものを作れる自信がある。だが、そのことは口にせずに紙の魔術師の作業を見守り、忘れている折り目はないかと確認した。ひとつもなかったので、内心で自分を褒めてやる。

「息吹け」セイン師が命じると、紙の蛙はぶるっとふるえて命を持ち、ぴょんと手からはねた。その膝から二フィート離れたところで「停止せよ」と命令され、また命を失う。

一見簡単そうな術にもかかわらず、やってみたくて手がうずうずした。せっかちだと思われたくなかったし、セイン師の授業を無視したくもなかったので、両手を落ちつかせる。そして折っていいと許可が出るまで待った。

わずかに背筋をのばし、自分の黄色い正方形の紙をちらりと見て、この数日間の記憶をたどる。こんな自制心と緊張感がいつ身についたのだろう？　紙の犬のように従順に座っていようと決めた記憶などないのだが。

ドアの脇の隅っこで紙の片耳の後ろをかいているフェンネルに目を走らせる。

それでも、シオニーは唇をなめて折りはじめ、いま見せてもらった通りの手順で続けた。セイン師のまなざしを感じたが――妙に強い視線だ――なにも言われなかった。

紙の端をぴったり合わせるように注意して紙の蛙を作り、手に乗せてさしだすと、少し皺の寄った作品を点検する。「息吹け」とささやくと、ほっとしたことに蛙は命を得た。まず片脚を、それからもう片方をもぞもぞ動かし、眠たげに手のひらからとびおりる。微笑が唇をくすぐった。

フェンネルが頭をもたげてこちらをうかがい、空気をくんくん嗅いだ。

「よくできた」セイン師は言った。「下折りなしでやってみる前に何度か練習してもらいたい。明日は鶴とカケスにとりかかろう」

「蛙は一日だけですか？」シオニーがたずねると、セイン師は床から立ちあがった。あの妙な藍色のコートが脚のまわりに落ちる。

紙の魔術師は黒い眉をあげた。「一日以上は必要ないだろう」と言い、まだはねているシオニーの蛙に顎をしゃくってみせる。「精錬師になりたがっていたにしては、ずいぶん手際がいい」

シオニーはぎょっとして蛙を落とした。蛙はくるりと仰向けになり、ひっくり返ったカブトムシのようにばたばたした。フェンネルが部屋を横切って駆けつけ、前足で叩く。

「どうしてそのことを知ってるんですか？」

セイン師はほほえんだだけで、折り板を机の脇に置いた。机の左前と左後ろの脚のちょうど真ん中で、さっきの位置から一インチもずれていない。「読書を忘れるな」とつけくわえ、部屋を出ていった。


シオニーは約束通り鳥の折り方を教わったほか、魚も教わり、あとになって下折りせずに蛙を折る試験を受けた。その試験には不合格だったが、それはただ、セイン師の蛙と競走させて勝たなければだめだと主張され、二ヤードの差で負けたからだ。おかしな成績のつけ方もあったものだ。成績をタジス・プラフに提出する前に、何度でも〝試験〟を受け直していい、という約束がなければ抗議していただろう。

った。図書室の電信機が鳴り出したのは、この試験のためにまたもや蛙を折っていたときだった。図書室の机に向かって座り、紙の山をいくつか押しのけて作業できる余地を確保したシオニーは、急に電信機がカタカタカタと音をたてたのでびっくりした。踵のところでうたた寝していたフェンネルがとびあがり、装置に向かって吠え出した。もっとも、紙の喉から出るささやかな音では、機械と張り合うわけにもいかない。シオニーは半分しか折っていない黄緑色の蛙をおろすと、椅子を後ろにずらした。立って電信機の上にかがみこみ、装置から突き出た細長い紙に目を通す。

そーりはるニテ発見

単語が視界からさっと消えた。別の手が紙の隅をつまんで機械から引き出したのだ。ふりかえらなくても、セイン師が後ろに立っているのがわかった。目の前をかすめた伝言の末尾に、アルフレッドという名前がちらりと見えた。

シオニーは一歩さがって、紙を読むセイン師を観察した。今回ばかりは、輝く緑の瞳も内心を隠している。その顔に見てとれるのは、集中した表情と今朝髭を剃り残した箇所だけだ。セイン師はたちまち電文を読み終え、両手で紙をまるめた。

「ソーリハルになにがあるんですか？」シオニーはたずねた。北西に百マイル以上離れた町だ。

セイン師は小さな笑みをよこして――口もとだけで瞳は笑わない、例の奇妙な微笑のひとつだ――言った。「ただの友人だ」そしてきびすを返し、途中でフェンネルを踏みそうになりながら、すたすたと図書室を出ていった。

シオニーはその後ろ姿を見送り、廊下を横切って寝室へ消えていくところをながめた。ソーリハルで〝発見した〟とは、いったいどんな友人だろう？

つかの間立ちつくし、師匠の瞳から光が消えたことをいぶかる。偶数のページが全部破り取られた物語を読んでいるような気がした。あの電文にはなにが書いてあったのだろう。

下唇をかんでふたたび椅子に身を沈め、また蛙にとりかかったものの、折る作業には半分しか注意を向けていなかった。後ろ足を折りはじめたとき、セイン師が紙や本や帳面や鉛筆を山ほどかかえて戻ってきた。シオニーの隣におろすと、机に載った紙の山ふたつをまっすぐに整えてから口をひらく。

「自習だ」紙の魔術師は言い渡し、オフホワイトのタイプライター用紙を一枚机からとった。板を手にして床にあぐらをかく。数秒ためらってから、シオニーは同じ紙を一枚とって合流した。

「よく見ていたまえ、手早くやるから」セイン師は言い、紙を縦に置いた。一インチの幅で折り、親指で折り目をつけると、ひっくり返してまた一インチ折る。

「紙の扇子だ」と説明し、また紙を裏返した。「きっと前に作ったことがあるだろう」

「子どものときに」シオニーは答え、その顔を見やった。

セイン師は紙を何度もひっくり返してはたたんでいった。どうやってか、物差しもないのにどの折り目もぴったり合っている。「こつは均一にすることだ」と解説する。「どの面も同じ長さと幅でなければ術がもたない。そうしたければ計ってもいいが、最初の折り目に集中し、それを参考にしても出来映えは変わらない。残った部分があったら切り取ればいい」

余白を残さずに扇子を作り終え、一方の端をひねる。「留める必要はない」とつけたした。扇子をシオニーから遠ざけて戸口のほうに向け、軽くはためかせる。一、二、三回、紙から風が吹き出した。普通の風にしては強すぎるが、実害を与えるほどではない。

セイン師は扇子をおろした。「簡単なものだ。私が出かけているあいだ、これを練習しておくように」

頭の中でその言葉が転がりまわった。「で、出かける?」と繰り返す。「どこに出かけるんですか？」

「魔術師の仕事だ、いつも通り」と答えてセイン師は立った。折り板を床に置き、持ってきた品物の山に向き直る。『張り子の技術』」と、いちばん下にある本の題名を読みあげた。「読みながらメモを作っておくように。詳細なメモをとればレポートを出せとは言わない」

シオニーはぽかんと口をあけた。「でも──」

「『生きた紙の庭園』」相手は次に積まれている本を示した。「同様にしたまえ。五章と六章、十二章にしおりをはさんでおいた。そこに練習してほしいことが書いてある。あとは『二都物語』。これはただのおもしろい本だ。読んだことがあるか？」

言葉が喉につまり、シオニーは紙の魔術師を見つめた。この人はまた頭がおかしくなった。変人ではないと思わせておいて、いまはっきりと──

「それから、紙の扇子を完璧にしておいてもらいたい」とつけくわえ、セイン師は手をひっこめた。「うまく作れば、嵐もかくやという強風が起こせる。前に指示した読書も忘れるな」

シオニーは頭をふって立ちあがり、問いかけた。「いつまでお出かけの予定なんです？」

セイン師は肩をすくめた。「そう長くならないといいが。何日も続けて日課を中断したくはない。念のため、パトリスの連絡先は知っているか？」

「パトリス？」シオニーはやや高い声で繰り返した。「アヴィオスキー先生ですか？わたし……はい、でも——」

「けっこう！」セイン師はシオニーの肩を叩き、大股で図書室から出ていった。「それでは出発する。火事を起こさないよう努力してくれ」

シオニーはあとを追った。「いま行くんですか？」

「そうだ」と答えてセイン師は自室に姿を消した。電信を受け取ってから図書室に宿題の山を届けるまでの数分で、なんとか荷造りをしてのけたらしい。鞄をひきずって廊下に戻ってくる。片手で後ろへ黒い髪をかきやった瞬間、瞳がゆらぎ、唇がひきしまるのが見えた。心配しているのだ。

「なにも……問題はないんですか？」シオニーはたずね、どこまで立ち入っていいのかわからずに図書室の敷居際で躊躇した。

「うん？」と問い返される。図書室の時計がカチカチと時を刻むわずかな間に、顔つきがやわらいだ。「大丈夫だ。それでは、充分気をつけたまえ、シオニー」洗面所のところまで廊下を歩いていくと、そこでふりかえってつけくわえる。「ドアに鍵をかけたままにしておくように」

シオニーはその姿が階段をおりて消えるのを見送り、下を歩く静かな靴音に耳をかたむけた。フェンネルが靴下をなめる。

図書室の窓辺へ走っていって外をのぞくと、庭に咲いた紙の花々を通りすぎ、魔術のかかった門を抜けて土の道を進んでいくセイン師が見えた。タクシーが待っているのだろうか?

息で目の前が曇ったときはじめて、ガラスに顔を押しつけていることに気づいた。紙の魔術師は視界から消え、シオニーはひとり残された。辺鄙《へんぴ》な土地にぽつんと建つ、ろくになじみのないごちゃごちゃした家の中に。

(ドアに鍵をかけたままにしておくように)

心が沈み込んだ。

第五章

〝張り子は伝統的に二種類の形で作られる〟シオニーは疲れた手で帳面に書き込んだ。〝細長い紙片と紙マルチで、これに膠《にかわ》もしくは糊《のり》を加える〟

溜め息をついて鉛筆を置くと、寝室の反対側を向き、ベッドの上にある唯一の窓をじっと見る。陽射しが枕に木の葉の影を投げかけていた。

セイン師は今日帰ってくるだろうか？　もしきたら、いちばん新しい課題の山はまだ十分の一も終わっていない。まさかそれで罰を受けることはないだろうが、紙の魔術師が予想通りに動くことはめったにない、とだんだんわかってきていた。

ドアも窓もゆうべ鍵をかけたままの家はひっそりとしていて、息をひそめれば隣の部屋で図書室の時計がチクタク動いているのが聞こえるほどだった。フェンネルは一階へ冒険に出かけ、ジョントの生気のない骨は書斎のタンスに押し込んでほうってある。いまやここは……死んだように活気がなかった。

シオニーは下を見やった。張り子の本の単語がぼやけてちらちらしている。あくびを洩らして本も帳面も閉じ、床に落とすと、どさっと大きな音が返ってきた。『人体の構造第二巻』をひっぱりだし、心血管系を詳述した章の半ばにはさんだしおりまでページを繰《く》る。動脈の解剖図をながめ、ページをめくり、四つの部屋を示すため縦に切った心臓の略図を見つめた。一段落読んでまた本を閉じる。

フェンネルが階段を上ってきて立ち止まり、またおりていく音が聞こえた。机から離れたくて、シオニーは課題をほうりだし、一階へ行った。

そこではフェンネルがセイン師の書斎の戸口を嗅ぎまわっていた。セイン師が食べ物を置きっぱなしにすることはないので、たぶんジョントのにおいがするのだろう。ドアをあけると、紙の犬は鼻をくんくんさせながら駆け込んでいった。後足で立って窓からさがっている紙の鎖を調べ、それから案の定、紙の執事のにおいをたどってタンスへちょこちょこ走っていく。

シオニーは蔦に覆われた窓を見やった。家の中がひどく静かだ。きたばかりの実習生をひとりきりにするなんて、魔術師としてあまりに無責任では？　アヴィオスキー師に報告すべきだ。

視線をさげて机を見る。（その前に、せっかく留守なんだから、この機会を活用した

ほうがよさそうね）

シオニーはごくかすかな笑みを口もとにちらつかせ、セイン師の机の前の椅子に腰かけて引き出しをあけはじめた。どれにも鍵はかかっていなかった。おもしろそうなものはなにも見あたらない――会議のメモが書いてある帳面が数冊、予備のペンと鉛筆。頂点がたくさんある奇妙な紙の星は、鎚矛《メイス》の頭部についていた棘《とげ》つきの球のようだ。糸くずをとるブラシ、小さな裁縫セット。どの引き出しも、閉める前に中身を全部きっちり整えておくように心がけた。ペンが数ミリずれていてもセイン師は気づくに違いない。針金の紙挟みに手をのばし、一年以上前に送った礼状のへりに指を走らせた。一万五千ポンド。

唇をかむ。いまはその謎のことを考えたくなかった。ほかの手紙をぱらぱらとめくり、名前を読み取る。〝師〟〝博士〟がついているものもあった。〝アルフレッド・ヒューズ〟という名に気づく。電信のことを思い出して引き抜くと、ただの古いクリスマスカードで、写真もついていなかった。記憶が刺激された――この名前は前に聞いたことがある。アルフレッド・ヒューズというのは魔術師内閣の一員ではなかっただろうか？そう……間違いない。練り師――ゴムの魔術師だ。一度タジス・プラフで講義をしたことがある。セイン師には高い地位の友人がいるらしい。

奇妙なことに、どの手紙にも〝セイン〟という苗字はなかった――家族からの手紙は一枚もないようだ。セインはひとりっ子と言っていたが、両親はどうしたのだろう？親戚は？　親戚ぐらいいるだろうに。

次に本棚をあさってみると、端から端まで教科書や古い小説、帳面でいっぱいだった。唯一目立っているのは一八八八～一八八九年版のグレンジャー学院の卒業アルバムだ。十二年違いとはいえ、シオニーと同じ中等学校に通っていたらしい。アヴィオスキー師がそんなに若い魔術師のもとに自分を送り込んだのは不思議だが、折り師の場合、ほかの選択肢が少ない。アヴィオスキー師がタクシーの中であんなにしゃちほこばって座っていたのは、シオニーのことを心配していたからかもしれない。

フェンネルが靴に前足をかけた。

「わかってる、やることがあるのよね」シオニーは溜め息をこらえて言った。紙の犬を腕に抱きあげ、尻尾をふる様子に笑い声をたててから、セイン師の椅子を慎重に机の下へ押し込む。

その日の残りは蛙と扇子を折り、うんざりするほど人体について読み、張り子についてのメモの余白にいたずら書きをして過ごした。

次の日もセイン師が戻ってこなかったので、シオニーは気をもみはじめた。

自分が心配性だと思ったことはなかった。短期間共同作業をしただけだし、そもそも一緒に働きたいと思ってさえいなかった相手を案じるのはばかげているかもしれない。

それでも気にせずにはいられなかった。

出かける直前に見た瞳のゆらぎが脳裏に浮かび、電文を見せようとしなかった態度を思い出す。そして不安になった。

アヴィオスキー師に連絡しようかとふたたび考えたものの、やめておいた。なんと言えばいい？ 少なくとも今日はエメリー・セインに迷惑をかけたくない。そこで、心配ごとから気をそらそうと雑用にはげんだ。

昼食にはひとり分のフィッシュアンドチップスを揚げた。調理台を拭きあげて台所を掃いた。洗濯物を洗おうと集めた。

自室の外で廊下の先をうかがう。セイン師が閉めていった寝室のドアが見えた。一緒に洗濯してあげたほうが親切ではないだろうか？

自分の汚れ物を階段の脇に積みあげておき、紙の魔術師の寝室に入ってあたりを見まわす。当然のことながらベッドはシオニーのより大きく、向かいにある窓ももっと大きかった。戸口の横にある鏡台の上には三つの違う燭台が置いてある。青銅の持ち手が三つ欠けていた。まわりにビーズのコレクションと宝石箱らしきもの、機械の一部のように見えるさまざまな紙の小物がずらりと並んでいる。ベッド脇のテーブルにはブランデーの瓶とグラスがひとつ。その隣にカバーのない小説、船が入った瓶、灰色とすみれ色と桃色に塗った丈の高い紙箱がある。

大きめの紙の束と筆記用具、本が収納された棚。長いコートと正装用のスラックスでいっぱいの衣裳戸棚。汚れた服であふれそうな洗濯籠。

馬に目隠しをするように、顔の両側に手をあてた。今日はこそこそ探りまわったりしない。もう十九歳だ——人の私生活を尊重できる。

シオニーは指の関節が赤くなるまで服を洗い、裏庭で紐に干した。

翌日起きたときにもひとりだった。人体の本を読み終えたあと、洗濯物をとりこんでたたんだ。セイン師が服をどうしまっているのかわからなかったので、戻ったら片付けられるようベッドの上に置いておいた。

外へ出ようとして本棚の前で立ち止まる。まったく、この人はたくさん本を持っている。どうしてこの本は図書室ではなく私室にあるのだろうと思いながら、題名をよく見てみた。穿鑿《せんさく》しているというほどではない。ただの好奇心だ。

教科書は数冊しかなかった――大部分は気晴らしに読んでいるものらしく、人気作家とあまり聞かない作家と両方の作品があった。『二都物語』をもう一冊と、マシュー・アーノルドの詩集を見つける。同じ段の端には聖歌集があった。

「変ね」と言い、革表紙の本を棚から引き抜く。表面に散っている埃に指の跡が残った。セイン師は敬虔なたちには見えない。食前の祈りも唱えていなかった。本の背がぴしっと音を立てた。シオニーはページをぱらぱらとめくり、背表紙がとてもきれいな状態なのを目にとめた。

それから、表紙に金文字で記された銘に気づいた。「セイン夫妻」と書いてある。

「セイン夫妻？」シオニーは疑問を声に出した。もうひとりのセインとは誰だろう？セイン師はもちろん結婚していないし、両親のものにしてはこの本は新しすぎるようだ。ひょっとしたらノリッジかどこか庶子がいて、誰かが巧妙に脅迫しているということかもしれない。

その考えに笑ってしまった。またページをめくる作業に戻り、知っている讃美歌や知らない讃美歌を見ていく。

最後のページからなにかが落ちた――野草の押し花だ。

シオニーはかがみこんで紫とオレンジのやわらかな花々を拾いあげ、もろい美しさを観察した。花の種類はよくわからない。どちらのセインがここに押し花を入れておいたのだろう。

フェンネルが廊下から吠えた。シオニーは聖歌集を棚に戻し、埃だらけの指をスカートでぬぐった。師匠の部屋から出ると、背後でドアを閉める。

その後はもう入らなかった。


数日後、朝の六時ごろに寝室をどんどん叩く音で目が覚めた。シオニーは悲鳴をあげてとびおき、ドアに鍵をかけたままにしておくようにというセイン師の警告を思い出した――

「今日は紙舟について勉強しよう！」セイン師の陽気な声がドアの向こうから響いた。

「朝早くからだ！　始めるぞ！」

首筋が脈打った。いちばん上の毛布をベッドからはがして寝巻を隠すと、細くドアをあける。そこに立っていたセイン師は、出発したときのままきちんと服を着込み、あの藍色のコートをまとっていた。

「わたし……いつお戻りだったんですか？」シオニーはたずねた。

相手は肩をすくめた。「たったいまだ。ジョントをどこへやった？」

「あの……」と答えかけたものの、かわりにこう言う。「お出かけはどうでした？　お友だちに会ってきたんですか？」

「ともかく事態は進んだ」と返事があった。「洗濯をしてくれてありがとう。だが、そんな必要はなかった。その服を着る私がここにいなかったのだからな。十分後に図書室で」

一度両手を打ち合わせ、すたすたと廊下を歩いていってしまう。

六日間。六日間も留守にしておいて、言うことはそれだけなのか。

シオニーはドアを閉めてうなじをさすった。（もっとも、どこへ行ったか知る権利なんてわたしにある？）

頭をふって着替え、髪をとかして左耳の後ろで編む。少なくとも、また試験をするという話は出なかった。

図書室にたどりついたときには、セイン師はすでに絨毯《じゅうたん》に座って板を膝に載せたいつもの姿勢になっていた。そばに長方形の紙が何枚か置いてある。近寄りながらシオニーは相手を観察した。服は汚れていないし、髭もきれいに剃ってあるが、少し背をまるめていて、目の下にうっすらと隈《くま》がある。疲れているのだろうが、なにが理由で？　どうして休んだほうがいいときに授業をしようとするのだろう？

シオニーは向かい側に腰をおろし、なにも訊かなかった。それなら秘密を守らせておけばいい。

「舟は半折りから始めて、二重端折りをふたつ作る」セイン師は折りながら説明した。

「紙の舟なんてなんの役に立つんです？」シオニーはたずねた。「誰も乗れないし、沈んじゃうでしょう」

「ああ、だが魔法の紙舟は簡単には沈まない」

「簡単には？」

「沈むことは沈むが」シオニーにというより自分の膝にうなずきかけて言う。「時間がかかる。何世代もの折り師が努力を重ねても、いまだに防水の紙はできていないが、水をしみにくくすることには成功した。空を飛ばして伝言を送るのが面倒だったり、危険だったりという場合には舟を使うのが便利だ。電信機やあの電話という不思議な装置がある時代には少々旧式かもしれないが、それでも学んでおいたほうがいい」

折りかけの紙をひょいとふってみせ、両端を折って舟の底を作る。「命を吹き込む術のように折りたまえ。規則は憶えているだろう」

シオニーはうなずいた。だが、セイン師が最後の折り目をつけたときに顔をあげると、ゆったりしたコートの袖がめくれて、右の前腕に包帯が分厚く巻かれているのが見えた。

まるで喉から臍《へそ》まで胴に弦が結びつけられたように、体の奥でなにかがびいんと鳴った。シオニーはやんわりとたずねた。「その腕はどうしたんですか？」

折っていた指が止まった。セイン師はちらりとこちらを見てから、自分の腕をながめた。手のひらで袖をひきおろす。「ぶつかっただけだ」と言った。「歩くのにどれだけ集中力が必要かよく忘れるものでね」

シオニーは眉をひそめた。さっきの弦がねじれる。あきらかに師匠はなにか隠していると感じた。

あの腕は痛むのだろうか。

魔術師は紙を一枚よこし、いまの折り方をまねさせた。シオニーはなんとか一度目で正しくやってのけた。ほとんどなぐさめにはならなかったが。

セイン師は怪我をしていない腕に板をかかえて立ちあがった。「さあ、川へ行ってためしてみよう！」

体の弦がいまにも切れそうにぴんと張った。全身の筋肉、とくに首筋と肩と膝がこわばる。「か、川？　外の川ですか？」

セイン師はにやっとした。「家の中にはありそうもないが」

足に根が生えたようだった。セイン師が立ちあがらせようと片手をさしだしたが、腕をあげて応じることができなかった。脈が速まり、頰が紅潮する。「わたし……」シオニーは咳払いした。「洗面所でためせませんか？　湯船で？　お願いですから」

セイン師は手をおろした。「それでもいい。水がこわいわけではないだろうな？」

顔がいっそうほてった。

「なるほど」相手はまじめな表情になって言った。「正直なところ驚いた。そういうふうには見えないが」

シオニーはなんとか力を抜いて肩をすくめた。「誰でもこわいものはあるでしょう？」

紙の魔術師はゆっくりとだがうなずいた。「たしかに。まさしく……その通りだ。では、湯船にしよう」

もう一度手をさしのべる。シオニーはその手を握って助け起こしてもらい、離す直前に指先に奇妙なうずきを感じた。

顔を冷やそうと指を頰に押しあてる。セイン師について洗面所へ行き、ふたりで浴槽を囲んで、二艘の舟に「浮け」「持ちこたえよ」と術をかけた。シオニーは自分の舟が沈まないうちに寝室へ戻り、『若者のための占星術』をとりあげたが、なぜか集中できなかった。

シオニーが最後のフィッシュケーキを揚げ鍋に落とすと、フェンネルがかさかさと鳴き声をたてた。期待するように尻尾をふる。

「食べられないでしょ、ばかね」シオニーは紙の犬をたしなめ、足で後ろにどかして天火をあけた。アスパラガスを盛った浅い陶器の皿をひっぱりだす。中等学校の最後の年にケータリング店で働くまで、アスパラガスは大嫌いだった。どうやら重要人物は誰もがアスパラガスを食べるようだと知って、自分もがまんして食べるようになったのだ。

階段のドアがひらき、今朝よりいくらか疲れがとれたらしいセイン師が現れた。シオニーが夕食を作っているあいだに昼寝をしたのかもしれない。「うーん」と言う。「ふたり分作っていることを期待するよ」

「ふたり分作ってます。ただし、張り子のメモを見せないで燃やしてもよければですけど」シオニーは答えた。フォークでフィッシュケーキを持ちあげ、ひょいひょい動かして魔術師と紙の犬両方の注意を引く。「あれは時間がかかるだけでやりたくないんです。どうしても必要なら終わらせますけど、フィッシュケーキを山盛りにした籠は先生にあげないでひとりじめにしますよ」

セイン師は笑った。「そういう脅迫は教育委員会に非難されると思うが。実際、委員会が送ってきた手紙を読むべきだな……」

シオニーがフィッシュケーキを空中にぶらさげると、セイン師は手をふった。「わかったわかった、燃やしなさい。腹が減って死にそうだ」

シオニーは勝ち誇った笑顔でフィッシュケーキを戻し、最後の分を揚げ鍋からひきあげると、すでに食事の用意を整えたテーブルに皿を運んだ。セイン師が椅子を引いてくれ、そのあと自分の席についた。

「また食料がいります」シオニーは言い、フィッシュケーキをひとつ皿にとってからセイン師にまわした。「それから、お給料は月の何日にいただけるのかと思って」

「金の話をしないかぎり、うちの実習生の料理は食べられないらしいな」と答えて、相手は自分の皿にフィッシュケーキを二個載せた。また食前の祈りを省略してフォークを持ちあげる。「だが、私は――」

紙の魔術師の唇から少なくともあとひとこと洩れたが、廊下ですさまじい爆発音が響いてその声をかき消した。

シオニーはアスパラガスの皿をテーブルに取り落とし、ぱっとふりむいた。木くずと紙くずが廊下からの風に乗って食堂に舞い込む。鱈とチャイブの香りに埃とペンキのにおいがまじった。セイン師がぱっと立ちあがった。

大きな足音が皮肉な拍手さながらに廊下に響き渡った。踵のある硬い靴だ。シオニーは一歩踏み出したが、セイン師が片腕をのばして制止した。楽しげな表情はあとかたもなく消えている。顔つきが一変していた――陽気でも上の空でもなく、石のようにひややかだ。すっくと立ち、山猫が毛を逆立てるようにコートがふくらんで見えた。

食堂に女が足を踏み入れた。驚くほどの美人だ――背が高く、長い髪は黒光りするほど濃い褐色に波打っている。コーヒー色の双眸、そばかすの気配さえない真っ白な肌。身につけているのは豊満な体にぴったり合った黒いシャツと、膝の上にパネルのついた細身のズボンだ。高さ二インチの灰色のハイヒールをはき、くるぶしのまわりを二本の紐で留めている。

どこか見覚えのある姿だった。どこでこの女の顔を見たのか、ほんの数秒で特定できた。

偶然の箱だ。

セイン師は蒼ざめた。「ライラ？」

胃が沈み込む。それしか反応する余裕がなかった。濃い赤の液体が入った小瓶を握りしめて女が進み出る。

あっという間のできごとだった。セイン師はシオニーの腕をつかんで背後にかばおうとしたが、その女、ライラは赤い液体を自分の手にたらし、シオニーに投げつけて叫んだ。「吹き飛ばせ！」

巨大なこぶしで殴られたような衝撃が襲った。肺から空気が押し出され、はねとばされてテーブルのかどに叩きつけられる。その勢いでテーブルがひっくり返り、陶器の皿が粉々に砕けて堅い木材の上に散らばるとともに、まだ熱い料理が大音響をたてて床にぶちまけられた。シオニーは食堂の壁に尻を打ちつけ、床に崩れ落ちた。

一瞬、なにもかも真っ黒になってから、光と影に変化した。なにかが近くの壁にどんとぶつかり、シオニーは何度かまばたきした——振動が木材から伝わってきたのだ。視界がはっきりして、背中がずきずき痛むまま顔をあげると、セイン師が見えない手で壁につるしあげられていた。しゃべろうともがいているが、なにか目に映らないものに顎を押さえつけられて口がひらかない。首筋の動脈が盛りあがっている。

シオニーが両手を見ると、血がついていた。ほんの一瞬ぎょっとしたものの、その血が冷たく、自分のものではないことに気づく。ライラが投げつけてきた液体は——血だったのだ。

（血）

全身が凍りついた。

（肉の魔術）

ライラは切除師だ。禁じられた魔術の使い手。

視線を戻すと、ライラがセイン師の襟首をつかんで胸骨まで引き裂き、胸をあらわにしたところが見えた。「ようやく出ていくところよ、あなた」ライラはささやいた。「一緒にきてもらうわ」

右手をその胸に突っ込む。シオニーは叫び声を押し殺した。金色の塵がライラの手首をぐるりと囲んできらめき、セイン師が歯を食いしばって絶叫する。ライラが赤く染まった手を引き抜いたとき、血まみれの指にはまだ脈打つ心臓が握られていた。

シオニーの額とこめかみにびっしりと汗が浮かんだ。自分の心臓が鼓動を速め、頭がくらくらする。

（頭をさげて！）と考えた。皮膚が冷たい。意識を失ったふりをしようとしたが、体がふるえ、目から涙が流れ落ちた。こんなにあっさりとセイン師を打ち負かせるのなら、シオニーなど一瞬で殺せる。たぶんそうするつもりだろう。

床にカツカツとヒールの音が響いた。シオニーは目をひらき、倒れた椅子のあいだからのぞいた。ライラはセイン師の血を数滴手のひらにたらし、微笑すると、それを床に投げつけた。赤い煙が渦巻き、その姿が消え失せる。

女が消えたとたん、シオニーは声をたてた。ひどい打ち身に腰が悲鳴をあげたものの、急いで立ちあがってセイン師に駆け寄る。たどりつく前に、体を壁に押さえつけていた術が切れ、セイン師は前のめりに床に沈み込んだ。

第六章

「だめ、だめ！」シオニーは声をあげた。涙がぽろぽろと頬にこぼれおちる。片腕でセイン師の首の裏を支えて横たえ、胸の真っ赤な深い穴に息をのんだ。まだそのまわりをきらきら光る黄金の魔術がふちどっている。シオニーの心臓がひとつ打つごとに、穴はぐんぐん縮まっていく。

フェンネルが隣でかさかさした紙の鳴き声をたてた。シオニーはふるえながら犬を見やり、みるみる皮膚が土気色になっていくセイン師をふりかえった。

急いで立ちあがり、台所の椅子をひとつ押し倒しながら書斎へ走る。

頭の中が渦巻き、脚は無感覚で、手は汗ばんでいた。廊下にある玄関のドアの残骸を乗り越えて書斎へ駆け込む。紙を収納した棚に走り寄り、かきまわして厚めの紙を見つけた。分厚くはないが、選り好みしている暇はない。

食堂に駆け戻って、飛び散った血に足をすべらせた。強く膝をついて顔をしかめたものの、その場で紙を木の床板に押しつけて折りはじめる。折り方は知らない――知る手立てもない――だが、ためしてみなくては。

セイン師の作品が次々と脳裏に浮かんだ。折り紙の鳥、魚、偶然の箱。家じゅうに置いてある紙の小物や像、鎖。学院でメモをとった数少ない紙の魔術の講義。三角折り、二重三角折り。名前を知らない折り方。なんでもいい。（ただ端をぴったり合わせて）

紙を半分に折り、また半分にして、四角形になるまで手を動かした。セイン師が作った長い首の鳥の始まりだ。そこからは自分で考え、『人体の構造』の図を思い起こした。

手が止まる。　紙は心臓のように見えた。　もしかしたら……

セイン師のほうへ、閉じかけている胸の穴へ這い寄ると、紙の心臓に命じる。「息吹け！」

心臓は手の中で弱々しく脈動した。それを血に濡れた空洞に押し込み、皮膚が穴をふさぐ寸前に手をひっこめる。

紙の魔術師は動かなかった。

「お願い」シオニーは血まみれの指で叫んだ。頬を軽く叩き、ぴしゃりと打ち、胸もとに耳を押しつける。紙の心臓が弱々しく脈打つのが聞こえた。死の床についた老人の心臓のように。

セイン師の体は動かない。

「死なないで！」と大声で叫ぶ。顎から相手の胸へ涙が流れ落ちた。魔術で助けられなかったら……自分にはこれしかないのに！

シオニーはあえぎながら立ちあがり、階段を駆けあがって図書室へ突進した。電信機をつかんで、送信先を知っている唯一の人物につなげる——アヴィオスキー師だ。

ふるえる指がすばやくモールス符号を押した。からからの喉に唾をのみこむ。

せいん負傷　至急オイデコウ　緊急事態　切除師ガ心臓ヲ盗ム

シオニーは死体でも避けるように装置からあとずさり、手のひらを口に押しつけてすすり泣きを押し殺した。

フェンネルが足もとで吠え、紙の脚で荒々しくはねた。

視線を向けたとたん、犬は廊下にとびだした。シオニーはフェンネルのあとを追って階段を駆けおり、食堂へ戻った。セイン師の姿が目に入る直前、ぜいぜいと耳ざわりな息遣いが耳に届いた。

「セイン先生！」と叫び、脇に膝をつく。

まるで死人のようだった。目は細くあいているだけで、白い皮膚に血管が浮きあがっている。指をあげてどこか示そうとしたものの、ぱたりと落とす。「窓」と、喉から言葉をしぼりだした。「二番目……鎖。とって……」

シオニーはとびあがって書斎に駆け戻った。そこの窓にさがっている鎖をはっきりと思い出したのだ。左から二番目を数えてひっぱりおろす。長方形に折った紙できっちり編んだ鎖だ。また、右から二番目の、楕円形をゆるく輪にした鎖もつかんだ。

大急ぎで食堂に戻り、ふたつをセイン師に見せる。「どっち？」とたずねた。

相手は長方形のきっちりした鎖のほうに力なく顎をしゃくった。「胸の……まわり」とささやく。

シオニーは鎖の先端をつまんでセイン師の上に身を乗り出し、鎖を背中の下に押し込んでから、両端が重なるように前に持ってきた。

「鎮めよ」セイン師が弱々しく言うと、その命令に応じて鎖が締まった。セイン師は深く息を吸って咳き込んだ。

シオニーは楽にしてやろうとその頭を持ちあげた。咳がおさまるとセイン師は目をあけてこちらを見た。

シオニーは息をのんだ。その瞳……

光が消え失せている。

輝きも感情もない。ただの生気のないガラスの双眸。

涙がまた新たにあふれだした。

「アヴォスキー師に電信を打ちました」言葉がとぎれとぎれに喉の奥をふるわせた。

「きっときてくれます。誰かがきて助けてくれるはずです」

「賢明だった」セイン師は答えた。かぼそい声は単調といっていいほどだった。「いちばん近い医者も……遠い」

「どうしよう」シオニーはつぶやいてセイン師の額から髪の房をかきやった。「あの人はいったいなにをしたの？」

「ライラは……私の心臓を奪った」教科書を読みあげるように淡々とした声が返ってくる。

「知ってます」シオニーはささやいた。「どうして？」

「私を止めるためだ」

「なにから？」

だが、セイン師は答えなかった。ガラスめいた瞳が眼窩《がんか》でのろのろと動き、無表情に部屋に見入る。

黒い房を全部払いのけてしまっても、シオニーはその額をなで続けた。「その鎖はなんですか?」肩で頬をぬぐって訊いてみる。ずっと話をさせておけば、もしかして……

「活力の鎖だ」今度は頭上の天井にぼんやりした瞳の焦点を合わせて、セイン師は静かに答えた。「しばらくはこの新しい心臓を動かし続ける」

「しばらく?」

「紙の心臓は長くもたない。とりわけ、下手な作りのものは」と言う。「鎖で一日は持ちこたえる。せいぜい二日だ」

「でも、死んじゃだめです!」シオニーは叫んだが、セイン師はその大声にも、鼻梁に落ちた涙にもひるむ様子さえなかった。シオニーの存在にまったく気づいていないように見える。「まだあんなに教わることがあるのに! こんなにいい人が死ぬなんて!」

反応はなかった。

シオニーはそっとセイン師の頭をおろして立ち、どうしても止まらない涙をぬぐいながら破片を踏み越えて居間に行った。ソファからクッションを、その後ろに押し込まれた物入れから毛布をとると、できるだけセイン師を居心地よくしてやろうとした。動かす勇気はなかったからだ。まだくんくん鳴いているフェンネルが隣に座り、後ろで心配そうに尻尾をふった。

日没の二時間後、三名の人物が瓦礫の散乱した廊下を越えて食堂に入ってきた。そのうちのふたりは面識がなかったが、三人とも知っている。精錬師のジョン・カッター師も練り師のアルフレッド・ヒューズ師も魔術師内閣の一員だった――カッター師は農業大臣、ヒューズ師は刑事大臣だ。アヴィオスキー師がふたりのあいだに立っていた。

喉がひりひりして涙が涸れるまで泣いたシオニーは、思い出せるかぎり詳細に事情を語った。セイン師と偶然の箱で占ったことも含めてだ。ひょっとしたら、なにかの間違いでライラが現れるよう自分が願ってしまったのではないかと考えた。今回のことは全部自分のせいではないのだろうか。

「ばかなことを言ってはいけません」カッター師とヒューズ師が蠟燭四本の明かりで床に横たわっているセイン師を調べているとき、アヴィオスキー師は請け合ってくれた。「エメリー・セインの未来を操ることができる人物は、エメリー・セイン本人だけですよ」

ヒューズ師はしばらくセイン師の上にかがみこみ、ゴムの手袋で首や胸をつついた。練り師だと知っていたので、シオニーはつかの間、魔法の手袋だろうかといぶかった。使った一組をごみに捨てるかわりにコートのポケットに入れたのでなおさらだ。「これはたしかに切除術の仕業だな」と低い声で言う。「しかも強力だ。あの連中、とくにライラがここにくることは結界で防げると思っとったが」

「結界？」シオニーは動悸が激しくなるのを感じつつたずねた。「なんの結界です？　あの人はどうしてセイン先生を傷つけようとしたんですか？　あれは誰なんです？」

ヒューズ師は顔をしかめ、短い白髭をなでた。アヴィオスキー師は片手をシオニーの肩に置いて言った。「寝たほうがいいかもしれませんね、ミス・トウィル。大変な一日でしたから」

「いやです！」シオニーは叫んだ。「セイン先生と一緒にいさせてください。なにか手伝わせてください！」

アヴィオスキー師は眉をひそめた。そういう表情をすると、薄暗い光のもとではずっと年老いて背も高く見えた。「あなたはもうタジス・プラフの学生ではないかもしれませんが、ミス・トウィル、まだ教育委員会の管轄下にあるのですよ。二階へ行って少し休みなさい。頼んでいるわけではありません。朝になったらもっと話をしましょう」

皮膚の下で骨から力が抜けた。床のセイン師が見えるよう、シオニーはヒューズ師から一歩離れた。目は閉じており、呼吸はかすかだが規則的に響いている。カッター師がそばのメモ帳になにか書きつけた。

シオニーは胸もとで両手を握りしめ、セイン師を見つめながら体の脇を通りすぎて階段に向かった。ヒューズ師が背後でドアを閉めたものの、鍵を持っていないので、錠をおろしてはいないとわかっていた。

一瞬ためらってから、足音高く階段を上って寝室の戸口まで行った。そこで靴を脱ぎ、

細心の注意を払ってきしむ九段目を飛ばし、こっそり一階へ戻る。

一段目にしゃがみこむと、ドアの鍵穴から洩れてくる細い光を避けて耳をすました。

「……近づいた」ヒューズ師の声が静かに言う。「憶えとるだろうが、リリスを捕まえるための情報をよこしたのはエメリーだ。あれから二ヵ月もたっとらん」

「ですが、ほかの顔ぶれも襲撃されているのですか？」アヴィオスキー師がひどく気がかりそうにたずねた。あんなに不安そうに話すのは聞いたことがない。

「魔術師カール・トゥードがきのうの朝似たようなやり方で殺された」ヒューズ師が応えた。「エメリーと同様、ハンターだ。だがそちらはライラの仕業ではなかった。ライラは……共犯者どもよりずっときれいに始末する」

カッター師が口を出す。「だが、そこだ。去年パイパーが殺されて以来、ほかにはなにもなかった。ガボン・スーターが逮捕されたときなんと言ったか憶えているか？　頭がいかれたように椅子に座ってぐるぐるまわりながら……『ほかの連中も殺《や》るぞ。おれたちを獣のように狩り立てるがいいさ。だが、こっちも逆襲してやる……』」

「たんなる個人的な復讐ということもありえます」アヴィオスキー師が言った。「ふたりの関係について私が持っている情報が不正確でないとすれば、ですが」

「『出ていくところよ』『一緒にきてもらうわ』。言ったのはそれだけだ。手紙もなければ儀式もない。わしはあの女のことを知っとる、パトリス。行為をひけらかしもせず、復讐のためだけに殺害するはずがない。ミス・トウィルが目撃しとらん場所で誇示したというなら別だが」

「ひょっとすると」カッター師が割り込んだ。「ようやく学んだのかもしれないな。すばやく仕事を済ませて退散することを」

ヒューズ師は答えた。「違う。あの女にかぎって」言葉を切る。「エメリーが組織にとって重要な存在だとライラは知っとるし、やつら全員が心得とる。エメリーは個人的に労力をつぎこんどったからな。それに、あの女はいつもエメリーに……強い……興味を持ち続けとった」

（組織？）シオニーは考えた。脚がこむら返りを起こしかけたが、いまはまだ動くわけにはいかない。切除師たち、それに組織？

セイン師は個人的に黒魔術の集団を取り締まっていたのだろうか。ヒューズ師が言及した〝強い興味〟とはなんだろう？

床板がまた動き、誰かが鍵穴からの光をさえぎった。シオニーは息を殺したが、ドアはあかなかった。かわりに誰かが戸口によりかかり、食堂の話し声がずっとかすかになった。

「イングランドを出ていくつもりだったようだな」カッター師が言う。音がくぐもってろくに単語の区別もつかないほどだった。「ヨーロッパ全体からかもしれない」

「では、どうしますか？」ドアにもたれているらしいアヴィオスキー師がたずねた。

「この件を記録する」ヒューズ師がゆっくりと言った。「スケッチなど、集められる証拠を集める。ライラが使ったかもしれん血を床の上に見つける」

「追跡するかね？」カッター師が問いかけた。

「内閣を通さねばならんのだ」ヒューズ師は苛立たしげに答えた。「承認を得てこの家への立ち入りを禁じ、部隊を投入せねばならん」

シオニーはスカートをぎゅっとつかんだ。承認？　そのころにはライラはとっくに逃げ去っている！

「そのころには手が届かないところに逃げているでしょう」シオニーの思考を聞き取って同意したかのように、アヴィオスキー師が言った。

「わかってもらわねばならんが、パトリス、切除師は扱いにくい問題なのだ」ヒューズ師は説明した。「きわめて危険な存在で、手をふれれば体を通じて魔術を引き出すことができる。人殺しの術だ。ただ走っていって捕まえるというわけにはいかん。ミス・トウィルが話したようにあの女が血煙の中に消えたのなら、いまごろ半径三十マイル以内のどこにいてもおかしくない」

一瞬の沈黙が落ち、シオニーは耳の奥が激しく脈打っているのを意識した。顔がほてり、目がちくちくする。本当にあの女を逃がすつもりだろうか。

「エメリー・セインはどうするのです？」アヴィオスキー師の声はほとんど聞き取れないほど低かった。

また長い沈黙がおりたあと、ヒューズ師は言った。「できるだけ楽にしてやろう」

（だめ！）心が絶叫し、シオニーは叫び出すのを止めようと口に両手を押しつけた。なぜ？　なぜ死なせたりできる？

体がふるえた。これ以上内閣の話を聞くことに耐えられず、立ちあがって痛む膝でそっと階段をあがる。上についたとき、またもや涙が流れはじめたが、今度はひどく冷たく感じられた。

死ぬのだ。魔術師エメリー・セインは死ぬ。胸に本物の心臓さえ入っていないまま。あまりにも間違っているという気がした。

静かな足音で、フェンネルが廊下を歩いてくるのがわかった。紙の犬は立ち止まり、本物の犬のように体をのばしてから、首にはめた青緑色の首輪をひっかいた。

シオニーはフェンネルを両腕ですくいあげ、涙を落とさないよう注意してやさしく胸もとに抱いた。

あまりにも間違っている。

自室の前で立ち止まったものの、入るかわりに進み続け、セイン師の部屋にたどりついた。片腕でフェンネルをかかえてドアを押しあけ、鏡台の上の蠟燭をともし、あたりを見まわす。

ベッドの上の洗濯物をのぞけば、すべてこの前入ったときのままだった。寒気を感じてフェンネルをぎゅっと抱きしめ、鏡台と本棚と、暗くなっていく窓の前を通りすぎた。衣裳戸棚と洗濯籠のところで足を止め、ぼんやりとセイン師の衣類をよりわける。何枚かはつい数日前にたらいで洗ったものだった。衣裳戸棚の奥にはセイン師の白い正装が見つかった――白いのは紙を表す色だからだ。ダブルの上着と金ぴかのボタン、分厚いカフスはいずれもこざっぱりと新しく、まるで一度も袖を通したことがないかのようだった。これを着たセイン師はなかなか颯爽《さっそう》として見えるのではないかと思わずにはいられなかった。きのう会ったとき着ていなかったのは幸いだ。そうでなければ、口ごもってうろたえてしまったかもしれない。

シオニーは眉を寄せた。こんなことを考えてもしかたがない。衣裳戸棚から離れる。フェンネルが腕の中でじたばたした。床におろしてやり、冷たい手をスカートのポケットに突っ込む。右手の指の関節をなにかがかすめた。

ポケットからちっぽけな雪のかけらをひっぱりだす。折り師としての最初の日にここへしまいこんだものだ。小さく繊細な切れ目を親指でこすり、このスカートをまだ洗っていなくてよかったとほっとする。雪片はまだ本物の雪のように冷たかった。セイン師がわざわざ作ってくれた雪。いままでしてくれたことはすべて、さまざまな点でシオニーのためだったのではないだろうか。

蠟燭の光のもとで声を出す。「やらなくちゃ。あの人を助けなくちゃ」

なぜなら、ほかの誰も助けようとしないとわかっていたからだ。

シオニーは唇をかみ、ついてくるよう低くフェンネルに呼びかけると、蠟燭の炎を手で囲いながら急いで部屋を出た。廊下の向かいの図書室に行き、明かりを窓の下の机に置く。腰をおろすと、中くらいの厚さで四角い緑の紙をつかんで折りはじめ、記憶を頼りに鳥を作りあげた。指の下で折り目がうずきを伝えてくる。

ピンク色の軽い紙をとりあげてまた一羽折り、さらに白い紙で折った。セイン師の手が自分の手に重なって折り方を教えているところを想像した。蠟燭の光のもとで目をこらして、どの端もぴったり合い、どの折り目もまっすぐになっていることを確認する。鳥が六羽できたところで、実習生という立場以上の自信を感じながら「息吹け」と命じた。

五羽に命が宿った。二番目に折ったピンクの鳥は、ただの折り紙らしく動きもしなければ生気もないままだ。体を折っている途中でなにか間違えたのだろうが、いまはどこだったのか調べている場合ではない。

五羽の生きている鳥のうち二羽が飛び立ち、一羽が羽づくろいを始め、一羽は目がないのにこちらを見つめた。最後の一羽は机のまわりをぴょんぴょんはねまわり、フェンネルにうなり声をあげさせた。シオニーはしっと犬を黙らせ、ペンを見つけて白い紙を一枚手もとに引き寄せた。

さらさらとペンを動かして羊皮紙にインクをなすりつけ、文章を書きはじめる。手早く、だが綴《つづ》りを誤らないように気をつけて記していく。この技がうまくいくかどうかわからなかったが、文法間違いのような単純なことでしくじる余裕はない。

書き終わると鳥たちに呼びかけた。「ここにきて。きてちょうだい！」そして、できるだけ上手に鳥の声をまねて口笛を吹いた。

舞いあがった二羽がおりてきた。残りも近寄ってくる。鳥たちは二列になって目の前の机に並んだ。

深く息を吸い込み、途中でつっかえないよう落ちついた声を保ちながら、シオニーは読みあげた。「ひとりの女が食堂に押し入った。黒光りするほど濃いチョコレート色の髪と、同様に濃い色の瞳をしていた」その場面を脳裏に描く――すっくと立ったライラの身長、赤く塗った唇のゆがみ、血の小瓶に突っ込んだ指の爪の長さと鋭さ。「邪悪な女で、そのことが顔にも服装にもにじみでていた。どんな酔っ払いも素面《しらふ》に戻るほどの冷笑を浮かべ、指先は黒魔術が残した血に染まっていた」

物語、少なくともその始まりが、鳥たちの前にうっすらとした色で浮かびあがり、憶えている通りにライラの姿が映し出された。完璧な記憶力を持っているおかげだろう。その映像のまわりには食堂が描き出されたが、ライラに集中すると、背景がまだらにぼやける一方、ライラの顔はくっきりとしてきた。

「この女を見つけてほしいの」シオニーは幻影をゆっくりと薄れさせて言った。「見つけて戻ってきて。できる？」

鳥たちがその場でぴょんととびあがった。これを肯定の返事と受け止めるしかないだろう。

シオニーはうなずき、窓辺に移動すると、せいいっぱい力をこめて五羽の鳥がとびだせるぐらい窓をひらいた。その勢いで部屋の半分がゆれたような気がした。風は涼しかったが、空に雨の気配はない。ともかく、母なる自然は今晩味方をしてくれている。

そのあと、フェンネルを足もとにまとわりつかせながら必要なものを集めた。図書室のそれぞれの山から紙の束を少しずつ抜き、とりのけておく。それからセイン師の寝室に入ってもっと大きな紙を持ち出すと、ひとまとめにして巻き、髪の紐で結んだ。自分の部屋でドアを閉め、タサムピストルをひっぱりだして袋の底にしまう。この数週間、ろくに見る暇もなかったが、手入れを怠らないよう心がけていた。鞄に入ったピストルの重みは……心強かった。図書室に戻り、地図帳を見つけて地図を二枚破り取る。一枚はイングランド、もう一枚は念のためヨーロッパ大陸全体だ。編んだ袋に地図を押し込みながら、気が滅入るのを感じた。ヨーロッパの地図を使うことになれば、ライラを発見するのは不可能だろう。あまりにも広すぎる……それにセイン師は長くても二日しかもたない……

一度首をふる。「見つけてみせるわ」半ば自分に、半ばフェンネルに言う。「絶対に」

一階にある食料だけは見つかるのを恐れてとりに行けなかったが、それ以外はなにもかも荷造りをすませると、シオニーはしぶしぶ床についた。それでも不安でとぎれとぎれにしか眠れなかった。明け方に起き出し、重い足取りで下へ行く。

残っていたのはアヴィオスキー師だけで、居間のソファで眠っていた。そばを離れ、チーズとパン、サラミのかたまりをすばやく荷物に加える。二日間生きのびるには充分だ。それから、動かないセイン師のそばに膝をついた。かすれた音でゆっくりと呼吸している。

シオニーは胸に耳を押しつけた。魔術師のひとりが拭いてやるだけの礼儀を心得ていたらしい。いまやあのできごとの名残は、ちぎれた襟のまわりについた血痕だけだ。

とくん……とくん……心臓が音をたてる。二番目の鼓動は聞き取れないほどかすかだった。

蒼ざめた顔をながめると、自分の心臓に切りつけられたような恐怖がよぎった。切除師のライラはセイン師をあんなにやすやすと倒したのだ。シオニーに勝てる見込みがどれだけある？

（とにかく、相手にさわっちゃだめ）昨夜の内閣の話し合いを思い出して考える。可能性があるとしたら、不意をつくことしかないとわかっていた。

「お願い、生きていて」セイン師にささやく。「あなたに教えてもらえるんだったら、紙の魔術師になってもかまわないわ。だからどうか生きていて。そうでなければ、わたしは一生不満をかかえて、誰の役にも立たなくなっちゃうもの」

その髪にふれ、深く息を吸ってから、上の階へ戻って待った。図書室で本に目を通し、折り術の本をとりあげてページをぱらぱらめくり、重要な箇所や興味を引かれた箇所にくるたび手を止める。その情報を記憶に写しとったと感じるまで、挿絵——あるいは文章——をじっとながめた。アヴィオスキー師が長く眠ってくれることを期待し、下で身動きしていないかと耳をすます。

かわりに届いたのは、図書室の窓を叩くかすかな音だった。

ふりかえると、朝の光の中に紙の鳥がいた。ちょっとした騒動をくぐりぬけてきたかのように右の翼の先端がぼろぼろになっている。窓をあけると緑の鳥はぱたぱたと入ってきた。夜に作った六羽のうち最初の鳥だ。

シオニーは両手をまるめて紙の生き物を乗せた。「見つけたって言って。なにか見たって言って、お願いだから」

鳥はぴょんとはねた。

「それは〝はい〟ってこと?」

鳥はぴょんとはねた。

「そこまで連れていってくれる？　直してあげたら？」

　鳥はぴょんとはねた。

　シオニーはじりじりしながら鳥をおろし、尾をまっすぐにしてやってから、セイン師の持ち物をあさって糊を見つけ、翼の小さな裂け目をふさいでやった。鳥は糊をつついて紙の嘴《くちばし》に糊をくっつけた。

「やめなさい」シオニーは言い、重たい袋を肩に担いだ。鳥をすくいあげて廊下に踏み出し、そこで立ち止まる。

　どうしよう、タクシーを使うか？　どうやって説明したらいい？　そもそもそんなお金があるのだろうか。ライラはどのぐらい遠くにいるのだろう。紙の鳥に距離は教えられない。

　それに、アヴィオスキー師が目を覚ましていて、こちらがおりてくるのを待っていたらどうする？　押し切って出ていくために言い争っている時間はない！　急いで動かなくてはならないのだ。ライラが移動してしまわないうちに……

　シオニーは足を止めたままふりかえり、背後の階段を見た。あの謎めいた三階へ続く階段だ。〝大きな〟術、と言っていた。セイン師が留守のときでさえ、思いきって三階にあがってみたことはない。上になにか役に立つものがあるだろうか？

ごくりと唾をのみこんで、二段ずつ階段を上っていく。上の七段はすべて、体重を乗せるときしんだ。把手に鍵がかかっているかとあやぶんだものの、手をのばして握ると、軽い抵抗だけでまわった。

古い埃とかびのにおいがした。下の階よりあきらかに室温が冷たく感じられる。三階は全体が一部屋になっており、途方もなく高い天井からは、空に面した戸をひらくためのロープがぶらさがっていた。

汚れた窓越しに朝の光が流れ込み、ふたつのものを照らし出している。シオニーは息をのんだ。フェンネルが後ろから階段をひょいひょい上ってきて、靴のにおいを嗅いだ。

ひとつめは巨大な紙飛行機だった。男の子が机で折って、教師が背を向けている隙に好きな女の子に向かって飛ばすようなしろものだ。ふたつめは未完成だったものの、シオニーが手で持っている鳥によく似ていた。

ふたつとも、つい数週間前にシオニーをこの家の前でおろしたタクシーの三倍の大きさがあった。

「正気の沙汰じゃないわ」とささやき、紙飛行機に歩み寄る。表面にうっすらと埃をかぶっていて、機首の近くに手をかけるところがふたつあった。座る席もなければ締めるベルトもない。

まさかセイン師がこれに乗って飛んだということはないだろう。誰も飛べるはずがない！　きっと試作品なのだ。これで持ち帰れるなら、食料の買い出しを面倒だと思うわけがない！

驚嘆して紙飛行機を仰ぎ、機首のそばの手すりをまじまじと見つめる。では、実際に飛んだか、飛べるように作られているということだ。ライラに追いつけるとしたらこういうものだけだろう。セイン師が生きるか死ぬかはシオニーにかかっている。

紙の魔術師の実習生になってはじめて、もっと退屈な解決策がほしかったと願っている自分に気づいた。

シオニーは肩をそびやかし、両手のこぶしを握って「行きましょう、フェンネル」と声をかけると、紙飛行機の長い翼をまわっていった。片手で緑の鳥を持ち、片手で袋を押さえて機首に乗り込み、両足でまたがる。厚紙はかなり補強されていて、体重を乗せてもへこまなかった。

（ああよかった）

天井の戸につながったロープをひっぱる。枯れ葉が何枚か頭上に落ちてきて、露の香りと鳥の鳴き声を運び込んだ。

シオニーは大きく息を吸って腹這いになり、紙飛行機の手すりをつかんだ。命を吹き込む術のように動くことを祈るしかない。そうでなければ、間に合うように正しい呪文を見つけることは不可能だ。

鳥に対して命令する。「ライラのところへ連れていって」

小さな鳥は羽ばたいて戸の外へ舞いあがった。

「息吹け」紙飛行機に告げる。

体の下で紙飛行機が暴れ牛のようにはねあがった。シオニーは金切り声をあげた。フェンネルが紙飛行機にとびのってうなった。

シオニーは手すりを握りしめ、自分のほうに引いた。

紙飛行機は尖った機首を上に向け、屋根の隙間を通り抜けて飛び立った。

第七章

術で偽装した黄色い家から上空へ舞いあがったシオニーは、急角度で西にまがった緑の小鳥に視線をすえた。

指の関節が白くなるほど紙飛行機の手すりを握りしめ、右肘にがっちりとフェンネルの首をはさんだまま、鳥を追いかけようと試みる。紙飛行機をかたむけて左より右の手すりを強く引いたが、まがりすぎてぐいと南へ、続いて北へ、さらに南西へと進路がそれた。紙飛行機が空高く上昇していくあいだも落ちつきを失わないよう努力しながら、巨大な術をあれこれ動かし、ようやく道案内である遠い緑の点へ機首を向ける。それから身を伏せ――風が三つ編みを乱してオレンジ色の髪の毛が次々と吹き散らされた――全速力で小鳥を追いかけた。

風向きや上昇気流に助けられ、紙飛行機は鳥より速く飛んだので、数分ごとに引き戻さなければならなかった。手すりを強く引きすぎると上昇し、押せば下降する。だが、そのふたつを切り替えつつ体を紙から持ちあげると、かなり速度を抑えられるようだった。

ようやくまわりを見る余裕ができたとき、シオニーは驚きに息をのんだ。国内でも一流の魔術学院に通った娘なら、この光景を見られるほど高く昇る術を知っているだろうと思うところだが、そんなことはない。ロンドンをこれだけ遠くまで見渡したのは生まれてはじめてだった。

眼下に広がる雑多な色の集まりがロンドンの街だ。セイン師が住んでいるのははるか南の外れだった。遠くに飛ぶにつれて色彩がぼやけてくる。その景色は三角形に見え、ダリッチ公園らしき並木の向こうにのぞいているのは、タジス・プラフ魔術師養成学院の教師塔に違いなかった。つるつるのウナギを思わせるまがりくねった通りが街じゅうに走っている。まっすぐな道はひとつもなく、迷路のような通りも多い。シオニーが育ったミルスクワッツが見えた。大半は茶色い建物で、互いにくっつきすぎていて自分の家が見分けられない。例のケータリング店につながっているスティールワークス通りも見渡せた。いちばんの得意客のひとりを怒らせて馘《くび》になった店だ——後悔してはいないが、深く考えたくもない事件だった。

船長が海で帆走するように空中を走りすぎ、肩越しにふりかえっているあいだに、家々や店舗、大きな煙突さえもどんどん小さくなっていく。一度でも折り術が無意味だと思ったとは、なんと愚かだったことか。こんなふうに飛ぶことのできる精錬師などいないだろう！　セイン師は紙飛行機の特許をとるべきだ。もちろん、その機会を得られればという話だが。

そう考えると冷静になった。シオニーは前を向き、視界に緑の鳥を捉えた。セイン師に機会はある。そうしてみせる。もっとも、自分でも認めざるを得ないことに、あの緑の小鳥に目的地まで連れていってもらったあと、どうしたらいいのかということはよくわかっていなかった。さいわい、下の景色と――鬱蒼とした森や田舎の小屋へ分かれていく道、くねくねと木立を出たり入ったりしている川――耳もとでびゅうびゅう歌っている風のおかげで、むこうみずな行動の結果を考えるのは難しい。

小鳥は翼を休めることなくひたすら飛び続けた。とはいっても、ときおり急に風が吹きつけて進路から外れてしまい、必死で羽ばたいて正しい方向へ戻るはめになった。朝日で空が薄青く染まり、太陽が頂点に達して通りすぎたあとはくっきりした紺碧に変わった。フェンネルが腕の下でそっと息を吹いたものの、ありがたいことに身をよじりはしなかった。指が手からちぎれそうだったし、腹がぐうぐう鳴っていたが、指を休めたり、腰の重たい袋から昼食をとりだしたりできるほど長く手すりを離す勇気はなかった。

飛び続けていると、やがて汀蠅《ミギワバエ》と海水のにおいが漂ってきて、青く広がるイギリス海峡が前方に見えた。海岸線から判断して、まっすぐファウルネス（悪辣）島の端に導いているようだ。状況を考慮すると、ふさわしい名前だった。

胃がむかむかして、紙飛行機の手すりをさらに強く握ると、指の関節が真っ白になった。（お願い、海じゃありませんように）と考える。海岸の先まで追いかけられるかどうかわからない。海はあまりにも広くはてしなく……それにシオニーは泳げないのだ。幼いころから浴槽より深い水に足を踏み入れたことはないし、自分の意思が通るならこの先も踏み込む気はない。ヘンダーソン家の養魚池に生えていた藻の味も、水の静けさも、まだはっきりと憶えていた。

からからに渇いた喉に唾をのみこみ、祈りを捧げる。

さいわい小鳥は下降しはじめた。波しぶきが翼にしみをつけ、飛ぶ勢いが弱まる。シオニーは紙飛行機の速度をあげて横に追いついた。思いきって片手を離し、鳥を宙からひったくる。さて、どうやったら全身の骨を折らずに着陸できるだろうか。

「ここでしょう？」風のうなり越しに叫ぶ。声がかすれたのは一度だけだ。かかえた鳥の体がとくとくと脈打っていた。

シオニーは紙飛行機を何度も旋回させ、ひとまわりごとに高度をさげて、水辺からずっと離れた地点をめざした。

「着陸しろって命令はできないでしょう？」と紙飛行機に問いかける。「そっと地面におりてって？」

ゆうべの鳥たちのように、紙飛行機はその言葉に耳を貸してくれたらしい。翼を弓なりにそらして急降下した。胃がとびだしそうになったものの、速度はゆるみ、雌日芝《メヒシバ》がまだらに茂った土の上にほぼすんなりと着地した。

手すりからひきはがしても、指は痛そうにまがったまま固まっていた。紙飛行機が地面をすべり続けたので、両側を見渡して水溜まりがないか、乾いた場所だけを通っているか確認する。「停止せよ」と命じると、紙飛行機は翼をたれ、左側にかたむいた。「停止せよ」今度は小鳥に告げると、やはり動かなくなる。シオニーは機体の中央に走った大きな折り目に鳥を押し込み、乾くまで吹き飛ばされることがないよう願った。

フェンネルを腕にかかえ、海べりにのびた岩だらけの岸辺をながめる。前方では、沈みかけた太陽が海面に黄金の道を描き、岩場を紫とオレンジに染めていた。なじみのない光景を見渡すと、ありとあらゆる形と大きさの黒い岩が並び、木は一本も生えていなかった。砂浜はなく、はるか昔に活動を止めた火山が吐き出した岩の断崖があるだけだ。あそこで一歩踏み間違えば溺れてしまうだろう。

シオニーは長々と息を吸い込み、袋からチーズをひっぱりだした。

「静かにしてて、フェンネル」と指示して、犬を地面におろす。「水溜まりに近づかないで、なにかいやなにおいがしたら教えてね」

チーズをかじりながら岩場のほうへ歩いていき、安全におりられる道を探した。ライラは実に頭がいい。自分が犯罪者だったら、あんな凶悪な真似をしたあとは、なるべく早くイングランドから逃げ出そうとするだろう。共犯者に拾ってもらおうとまっすぐ海岸をめざすに違いない。国外への脱出をもっと急ぐなら紙飛行機でも使うしかないが、ライラがこういうものを持っているとは思えなかった。

タサムピストルを袋から引き出すと、木と鋼鉄でできた銃身を胸に抱き、銃口を肩の後ろに向ける。大きな岩山ふたつのあいだにそれほどけわしくない谷を見つけ、注意深くおりていった。フェンネルが周囲を嗅ぎまわってからついてきたが、足をすべらせたのは一度だけだった。シオニーはずっと水に近い一枚岩に降り立ち、スカートをなでつけてから進み続けた。足音を忍ばせる必要はなかった。下にはまだ岩がたくさんあり、ぶつかる波の響きが自分の存在を隠してくれた。もっとも、その音に手がふるえたのは事実だ。シオニーは崖から離れないようにした。鼓動が速まる。海の空気が肌を冷やしても、血は熱く脈打ち、体の内部は弦のようにぴんとはりつめていた。

急に潮風が吹きつけ、残った三つ編みがほどけてしまった。はためく髪をつかみ、手早くうなじで縛ってから、もう一度坂を下っていく。あの砕け散る波のしぶきが頬にはねかかった。昂奮してふうふう息を吹きはじめたフェンネルを水滴からかばおうとする——なにか嗅ぎつけたのかもしれない。

大きな鳴き声がぎこちなく響き、海のほうへ注意を引かれた。ぱっとふりむいて銃口を向けた先は人間ではなく、うずくまって血走った目でこちらを見つめているカモメだった。生え変わりかけた羽毛と縫い目が首に点々と見える。顔と脚から乾いて白くなった皮が細長くたれさがり、嘴《くちばし》の先端は真っ二つに割れていた。

シオニーは立ちすくみ、ピストルを両手で握りしめた。死んだ鳥。生きている死んだ鳥。切除師の仕業だ。

カモメはもう一声鳴くと、海上へ飛んでいった。その姿が見えなくなったとき、ようやく鼓動が再開した。

歯がカチカチ鳴る。冷たい海霧のせいだと自分に言い聞かせた。

切除師は本当に死体をよみがえらせることができるのだろうか。そう考えて心の底からぞっとする。だが、なぜ鳥を？　伝言を運んでいるのだろうか。ずたずたの脚に紙片が結びつけられているようには見えなかった……もしかしたらすでに落としてきたか、でなければスパイの働きをしているのか。判断できるほど切除術のことを知らなかった。誰かがライラと連絡をとろうとしているのかもしれない。脱出を手伝おうとしている誰かが。

さっき食べたチーズが胃の中でずしりと重くなった。フェンネルを腕にすくいとり、海に背を向けさせる。なによりも自分の気を落ちつかせるために。

岩だらけの海岸を四分の一マイルほど用心深くたどったとき、前方に暗い半円が見えた――洞窟らしい。間違いなく隠れ家としてはうってつけだ。フェンネルを抱きしめてピストルを構え、そちらへ忍び寄った。

洞窟に行きついたのは、輝かしい太陽が三分の一ほど水平線に沈んだころだった。明かりにするランタンも松明《たいまつ》もなかったが、洞窟はそれほど深くないようだ。あたりを見まわしても人影はなかったので、シオニーは穴の中に入った。背中をごつごつした壁の一方に向けておく。

フェンネルがもぞもぞ動いた。しっと黙らせる。愚かな行動だと紙の犬に指摘してもらう必要はない。

洞窟の奥に近づくにつれ、動悸が激しくなった。向かい側の壁に靴が一足置いてあるのが目に入る。ほかの誰かがここにいたのだ、しかも最近。その靴はセイン師の家でライラがはいていたものではなかったが、かなり新しく清潔だった。

どくん……どくん……。心臓の音。だが、自分のものではなかった。そう、この鼓動はずっとゆるやかに打っている。

シオニーはじりじりと進み、洞窟の入口から流れ込んでいる薄暗い光の中で目をこらした。奥の壁の足もとが張り出し、四フィートほどの高さのでこぼこした棚を作っている。そのでっぱりのところでなにかが光った。

シオニーは息をのんだ。黒い岩に囲まれた浅いくぼみの中で、ふちが金色にきらめく深紅の血が光っている。その中央にはセイン師の心臓が置いてあった。ライラの手につかまれていたときのままに。

近づくにつれて鳥肌が立った。セイン師の心臓。見つかったのだ。

あまりにも簡単に。

両手でピストルを握ったまま勢いよくふりむいた刹那《せつな》、フェンネルがふうっと息を吹いて腕からとびおりた。洞窟の入口から数歩のところに、ライラが立っていた。

セイン師の食堂で見た通りの姿だったが、ズボンは左膝の真上が破れていた。湿気で髪が重たげに頭からたれている。シオニーの金色とはまるで違う黒く長い睫《まつげ》の下で、濃い色の目がきゅっと細まった。威嚇のこもった美しい瞳。セイン師より年上のはずはなかった。シオニー自身とそう変わらないだろう。

「力が足りなかったとは思っていたわ」一瞬だけピストルに視線を落として言う。銃を持っている様子はなく、革のベルトの片側に血の小瓶がいくつか縛りつけてあり、反対側に長めの短剣を差しているだけだった。「どうやら生かしておいてやった寛容さが裏目に出たようね」

冗談でも口にしたように微笑する。

「ライラでしょう?」シオニーは水平にピストルを構えてたずねた。手がどんなにふるえているか気づかれないことを願った。「これは返してもらうわ。邪魔しなければ撃たないであげる」

撃つ。生まれてこのかた本物の人間を撃ったことはない。的だけだ。

ライラはひとあし踏み出した。シオニーの手が汗ばんだ。ライラは薄ら笑いを浮かべて問いかけた。「そもそも使い方を知っているのかしら?」

シオニーは歯を食いしばってピストルを構え、撃鉄を後ろに引いた。的を外さない魔法の弾丸を買う余裕はないが、そんなものはなくとも狙いには自信がある。

切除師はもう一歩進んで立ち止まった。ベルトからするりと血の小瓶を外す。シオニーは銃をしっかり持とうと必死になった。セイン師の心臓が背後で大きく脈打っている

——それとも、これは自分の動悸だろうか。

「おろして」と言う。咳払いして繰り返した。「おろして、そうしないと撃つわ。間違いなく。わたしはこの心臓を持ち帰るんだから」

変化がほとんど見てとれなかったほどゆっくりと、ライラは顔をしかめた。「赤毛の尻軽女に渡す気はないわ。正当な持ち主は私よ」

親指の爪で小瓶の栓を抜き、手のひらに血を受ける。ひとあし進み出た。

シオニーはあとずさった。「殺すわよ！」と叫ぶ。

ライラはあの謎めいた言葉を唱えはじめた。ひとことも理解できない——いままで習ってきた物質魔術とはあまりに違う。ライラの手が金色に光り出した。また一歩前に出る。

シオニーは発砲した。

ピストルが手の中で後ろにはね、パーン！という音が洞窟に鳴り響いて、耳ががんがんした。火薬のきなくさいにおいが鼻をつき、口に入り込んだ。フェンネルが足もとでくんくん鳴く。

ライラは目をみひらき、右胸に枯れた薔薇の花びらのように暗い色のしみが広がった。まだ手を光らせたまま、低くうなって片膝をつく。その唇がなにかつぶやいたが、声が低すぎて聞き取れなかった。

シオニーはピストルをさげた。眼窩から目がとびだしそうだ。口がからからに渇き、手が冷たくなった。吹き飛んだ思考が頭上で渦を巻く。頭の中に戻ってきたのは、ライラがきらめく手のひらを胸の傷に押しつけた瞬間だった。

奇妙な光は手の下で二秒足らずのあいだ螺旋状に回転すると、一度閃光を放って消え失せた。ライラは深く息を吸って立ちあがると、首を左へ一回、右へ一回動かした。なにか小さな金属を手から落とす。それが洞窟の床にカチンとあたった。

弾丸。

シオニーはあやうく銃を取り落としそうになった。ライラは……ライラはたったいま、自分自身を治療したのだろうか？

頭がぐるぐるまわった。切除術は肉体に力を及ぼすものだ。一歩進み出たライラは、黒いシャツのしみ以外は一見して無傷だった。シオニーが持っていた弾はひとつだけだ。たったひとつ、そして、それはライラの後ろの黒っぽい岩の上に落ちている。

ライラは発砲される前に治療の呪文を唱えはじめた。弾丸を使い果たしてほしかったのだ。恐怖のあまり、まんまと切除師の策略にはまってしまった。

いまや残っているのは袋いっぱいの紙だけ、魔術師が使える中でもっとも攻撃には向かない物質だけだ。この状況ではゴムのほうがまだましだろう。

「もう遊びは終わりよ」ライラは凄《すご》み、また一歩進んだ。さらにもう一歩。シオニーは後退した。じっとりと湿った指から銃がすべる。

背中が岩棚にあたり、肘がセイン師の心臓にふれた。

急に目の前で洞窟が勢いよく回転し、シオニーは倒れるのを感じた。洞窟の入口の陽射しが視界からぱっと消え、なにか温かくどっしりしたものにぶつかる。まわりじゅうで**どくん**、どくん、どくんと大きな音が響いた。

「あらあら、不用意な人は大変ね」ライラの低い声音が周囲でささやき、見えない壁にこだました。

その反響を破って凶悪な高笑いが響き渡り、全身の神経をかき乱した。「これでエメリーとおちびちゃんが手に入ったわ」

第八章

一定の三拍子で打つ太鼓の音がシオニーを囲み、床そのものを振動させていた。目が慣れると深紅の部屋が見えた。壁がまっすぐではなくたわんでいる。右側の壁はくぼんでいて、左側はでっぱっているようだ。床さえ平らではなかった。弱い光に照らされているのに、探してみても蠟燭もランタンもないばかりか、電線一本見あたらない。部屋の熱気が身に迫ってくる。絶え間ない**どくん**、どくん、どくんという響きで、すでにぐらついている脚からさらに力が抜け、立とうとしたときつまずいてしまった。

フェンネルが隣で吠えた——ライラの罠がどんなものなのかわからないが、一緒に巻き込まれたらしい。

右側を見ると、血のような液体が細い川となって右側の壁と床のあいだを流れていた。シオニーははっと息をのんだ。この部屋に似たものを前に見たことがある。ただし、それはとても小さく、魔法で冷やした金属の台の上に広げてあった。蛙の死骸から切り取ったあとで見た光景だ。

これはセイン師の心臓で、シオニーはその中にいるのだ。

どくん、どくん、どくん、どくん。**どくん**、どくん、どくん、どくん。その音は脈打つ壁から響いてくるのか、自分の胸からなのだろうか。どんなに吸っても空気が足りないと感じながら、シオニーは深く荒々しく息をついて向き直り、奇妙な部屋を調べた。

なにか黒っぽいものが目の端に映る。ふりかえると、タサムピストルを子どものおもちゃのように持っているライラだった。引き金の用心金を人差し指の上にすべらせ、銃をこぶしのまわりでくるくるまわす。

フェンネルが低いかさかさしたうなり声をあげ、シオニーは内心のおびえを出さないよう努力しながら腕に抱きあげた。脚の筋肉が冷たくこわばっている。

ライラは微笑した。「エメリーがまわりに置くのは馬鹿ばかりね。心臓の罠はただの予備案だったのに。あんたが逃げ出さないよう閉じ込めておける場所」

ピストルの動きを止め、まるで握りつぶせるかのように右手でつかむ。「これで私に勝てると本気で思ったの？」

シオニーはあぜんとした。ぶるぶる体がふるえる。逃げなければ。こんな状態では立ち向かえない。まだ無理だ。黒魔術についてはなにも知らないし、なにを予測したらいいかも、どう対抗したらいいかもわからない。ろくに考えていなかった！

ひとあしさがると、ライラが二歩進んだ。背中に汗が浮かび、シャツが肌にはりついた。もう一歩あとずさる――

――とたんに部屋全体が変化した。

赤い肉の壁が筋雲の散らばった青空に、血の流れは青々とした草の絨毯《じゅうたん》に変わる。セイン師の心臓の遠い脈動は静かなこだまへと薄れた。クローバーと陽射しにぬくもった葉の香りがして、顔に暖かな夏のそよ風があたった。少し離れたところに、太い枝をのばした葉の多い木が何本か立っている。そのうちの一本は下から二番目の枝に暗褐色の鳥の巣箱がさがっていた。木々まで行く途中には灰色の箱がたくさん並んでいる。どれも高さ四、五フィートで、もっと丈の低い風化した箱を組み合わせてあるようだった。シオニーは恐怖と当惑が入りまじった思いで視線を往復させた。スカートで両手をぬぐう。

笑い声が耳に届いた。

ぱっとふりむくと、目の前に四人の子どもたちがいた。頭につばの広いキャンバス地の帽子をかぶり、顔と首を目の細かい網で覆って、肘の上まで届く長い手袋をはめている。年はたぶん三歳から十二歳ぐらいだろう。

フェンネルが脇で身をよじり、草の上にとびおりて子どもたちに加わった。厚紙の脚にしては走るのが速い。

そばでまるい蜜蜂がぶんぶん音をたて、シオニーは本能的にぴしゃりと払いのけた。そのときはじめて、鼻唄を歌う雲のようにぶんぶんと灰色の箱に群がって渦を巻いている点々に気づいた。

驚いてぽかんと口をあける。ここは養蜂場だろうか。

セインの心臓の真ん中に？

背が高く体格のいい男が子どもたちの後ろからぶんぶんうなる箱に近づいた。頑丈なキャンバス地の服に全身を包んでいる。服の端は靴にたくしこんだり紐で顎の下に寄せたりしてあった。帽子からたれさがった網の覆い越しに顔を見るのは難しかった。蜜蜂がたかりはじめてからはなおさらだ。

シオニーは目をこすって本当に見ているのだと確かめ、一歩踏み出してキャンバス地の服の男に呼びかけた。

「すみません！」と叫んでみたが、もう一度呼んでも男はふりむかなかった。いちばん年上の男の子がでこぼこの円を描いてまわりを走っているが、シオニーが目に映っていないらしく、体を透かして見ている。シオニーの存在にまったく気づいていないのだ。

あのうちの誰ひとり。

それにライラ……ライラはどこだろう？　シオニーは蜜蜂の巣箱をぐるりとよけて捜した。虫たちは人々と同じようにあっさりとこちらを無視している。木々の向こうのなだらかに起伏する丘陵を見渡しても、切除師の姿はなかった。

袋から白い紙を一枚とりだし、両手で持つ。そうするといくらか心強く感じた。

「そっちが鬼！」八歳ぐらいの少女が叫んだ。赤褐色のおさげが二本、顔の網からたれていた。半ダースもの箱から蜜蜂がわっと飛び立っても、笑いながらいちばん年上の少年から逃げまわっている。

「巣箱にさわるなよ！」蜜蜂の箱を探りながら大人が声をあげた。野太くしゃがれた力強い声の持ち主だった。箱のてっぺんから引き出された受け皿を見て、シオニーは感嘆した。そこにはとろりとした琥珀色の蜂の巣がへばりついていたのだ。男は保護した腕に蜜蜂をびっしりくっつけたまま、蜂の巣を手押し車のところへ持っていくと、深いバケツに蜜をかきおとした。口に唾が湧いたものの、シオニーはなおも首をひねった。

（わたし、どうやってここにきたの？）

もっと大切なのは、（ここはいったいどこ？）ということだ。

まさかライラの術にさらわれてきたわけではないだろう。なぜ禁じられた魔術の使い手が、シオニーを遠く離れた――しかもかなり楽しそうな――養蜂場へ連れてくるはずがある？

頭の近くを飛んでいるとくに肥った蜜蜂をよく見ようとして、フェンネルが後脚で立った。もう一匹がシオニーのまわりでぶんぶん音をたてたが、体にとまろうとも刺そうともしない。ともかく、そういう感触はなかった。

「エメリー、あのスプーンを持ってきてくれ」男が草の上にある長い金属のスプーンを指して叫んだ。

その名前で、巣箱からスプーンへと走っていく子どもにぱっと視線が向いた。下から二番目で、たぶん六歳ぐらいだ。シオニーはまだ紙を握りしめたまま走り寄り、白っぽい網越しに顔をのぞきこんだ。正面にしゃがみこんでも、子どもはまったく気づかなかった。帽子から突き出したぼさぼさの黒髪と輝く緑の双眸が目に入る。

「セイン先生」声が洩れた。その瞳で見分けがついたのだ。子どもは幽霊のようにシオニーを突き抜け、男にスプーンを渡した。あれが父親に違いない。男はセイン師の頭を――エメリーの頭を――ぽんと叩き、少年は満面の笑みを浮かべてから、きょうだいたちとの遊びに戻っていった。目隠しされてもできそうな正確さで巣箱のあいだをすばやく駆け抜ける。

（セイン先生の家族……）シオニーは考えた。だが、なぜ自分が見ているのだろう、この……思い出を？　夢を？

セイン師はひとりっ子だと言っていなかったか？

「セイン先生！」と呼びかけたが、そのとき巣箱の向こうに人影が見えた。草地が下り坂になり、高い木からタイヤのブランコがさがっている地点だ。黒い髪の房がそよ風にゆれた。

ライラ。

喉に息がひっかかった。指が冷たくなったが、なんとかぴしっと鳴らしてフェンネルを呼ぶ。犬はシオニーについてきた。切除師と蜜蜂と子どものエメリー・セインから遠ざかり、逆方向に走る。いまは逃げるしかない……そして、殺すことのできない切除師を倒す方法を見つけなくては。

あたりの景色がゆがんで暗くなった。気がつくと万雷の拍手が襲ってきて、あやうく心臓がとびだしそうになった。

フェンネルが足もとでキャンキャン吠えた。そこは西ロンドンのロイヤルアルバートホールらしき場所の観客席だった。何列もの見知らぬ男女がまわりで拍手している。傾斜した通路には緋色の絨毯が敷いてあり、電球ではなく火のついていない蠟燭の並んだシャンデリアが頭上につるされていた。くるりとふりかえり、近くの椅子で手を叩いている毛皮のコート姿のでっぷりした女性に視線をとめる。近づいて拍手越しに「なにが起きてるんですか?」とたずねたものの、女性は答えなかった。こちらを見もしない。またもや幽霊になってしまったのだ。もっとも、周囲に展開している光景は、シオニー自身よりはるかに幽霊じみていた。

背後をちらりと見やったが、ライラはもうどこにもいなかった。深い安堵の息をつく。拍手は徐々にやみ、シオニーは座席にはさまれた通路にしゃがみこんで紙の鳥を一羽折った。

「続いて第十四区の折り師、魔術師エメリー・セインです!」背後で大声が響き渡った。シオニーはまばたきして、ビロードのカーテンで仕切られた明るい舞台を仰いだ。左側の舞台にいる口髭を生やした男は、やや年が若いタジス・プラフのように見えた。魔術師の紋章を正面に描いた広い演壇の後ろに立っている。男が両手を高らかに打ち合わせると、観客も続いて拍手した。

演壇の反対側には十一脚の椅子が一列に並んでいる。座っているのは若い男がひとりだけだった。高い襟と黄金のボタンまですべて揃った魔術師の白い正装を身につけている。シオニーは折っている途中で手を止めた。自分とたいして変わらない年齢のセイン師が、魔術師免状の額――書斎にかけてあるのと同じ額を受け取ろうと舞台を横切っていったのだ。

顔が赤くなるのを感じた。たしかに正装は似合っていた――あのひどい藍色のコートよりずっと肩にぴったりしている。ウエストを絞ってあり、脚のぱりっとした折り目のおかげで背が高く見えた。ともかくタジス・プラフよりは高い。下手をすればセイン師だと見分けがつかないほどだ。波打っているのがわからないほど髪を短く切っているのでなおさらだった。おかげでライラのことも頭から消えた。少なくともしばらくのあいだは。

指でつかんでいる折りかけの鳥をフェンネルがくんくん嗅いだ。シオニーは通路に座り込み、任命されたばかりのセイン師が手袋をはめたままタジス・プラフと握手を交わす様子をながめた。

「わたし、あの人の心臓の中にいるんだわ」とフェンネルに言う。「あそこから出てはいないから、きっとこれも心臓の一部なのよ。心臓を視てるのに……どうやって出たらいいの？　ここからじゃ助けてあげられないわ！」

もっとも、問題なのは紙の魔術師の命を救うことだけではなかった。肩越しにうかがったが、ここにはライラはついてきていないようだ。それでも前より安全だという気は

しなかった。（外に出なかったらわたしも死ぬのよ）

タジス・プラフが演壇越しに大声で演説を始めたが、シオニーは鳥に集中し、頭と尾と翼を折った。なにに使うのかはまだわからないが、鳥は折り方を知っている数少ないもののひとつだ。いま精錬師になって魔法の弾丸をこめた銃を持っていられたら、どんなことでもするのに。そういう武器があれば、ライラを倒せる可能性があるかもしれない。

白い鳥を袋に押し込み、舞台まで通路を駆け抜ける。セイン師が演壇の脇の階段をおりはじめた。シオニーはなにも気づかない観客の前を走って近づいた。やってみなければ。

「セイン先生！」と叫んだものの、相手はふりむかなかった。駆け寄って腕をつかんだが、幻のように手をすりぬけただけだ。セイン師は二列目の座席に腰をおろした。その列には決められた正装に身を包んだほかの物質魔術師たちが並んでいた。

もう一度つかもうとしてみたが——肩を——無駄だった。「セイン先生、聞こえないんですか？」顔の目の前で片手をふって訊いてみる。「どうやったらここから出られます？」

若い紙の魔術師は、急に自分のための祝典の進行に興味を失ったらしく、頬杖をついた。

シオニーはややアヴィオスキー師に似た表情で口をすぼめた。それから観客席の出口へ向かい、フェンネルをしたがえて緋色の通路を走っていった。

戸口をくぐったとたん、女の金切り声が迫ってきた。

その音にぎょっとして思わず後退したが、ドアにも観客席の壁にもぶつからなかった。ロイヤルアルバートホールの大理石のタイルのかわりに、古びた木の床板にしりもちをつく。骨に響く鈍い痛みが背中に走った。

「息をしなさい、レッタ、吸って、吐いて」制服姿の助産師が指示を与えたのは、家具のほとんどない部屋の床に横たわった若い女だった――悲鳴をあげた本人だ。臨月の大きな腹をかかえた女は、口をとがらせてふうふう息をついた。肘をついて身を起こした姿勢だ。タオルに囲まれている。くるぶしの近くには血がまじった水の入った錫《すず》の器が置いてあった。金髪が汗で額にはりついている。外では激しい雨が窓を打ち、ほぼ燃えつきた蠟燭の前で稲光がひらめいた。三秒後、雷鳴が家をゆさぶり、ぴしぴしと屋根にあたる雨粒の音が紙の魔術師の遠い鼓動をかき消した。

「セイン先生！」シオニーは叫んだ。肩のあたりまで袖をまくりあげ、身ごもった女の脚のほうに膝をついた師匠が目についたのだ。さっきより年上で、本物に近い。決意をこめて額に皺を寄せている。明るい瞳が希望に輝いていた。「それでいい」と言う。「がんばれ。もう一度いきめ！」

女は声をあげ、床を爪でひっかいた。

シオニーは分娩中の女をじろじろながめた。セイン師の身内だろうか？ セイン師のかたわらへ這っていき、顔の前で手をふってみたが、今回も見えていないようだった。もしこの幻影が現実だったとしても、相手の視界には入らなかっただろう。目の前の出産だけに注意を集中していたからだ。

だが、時は刻々と過ぎていく。

「助けてください！」雨音越しにシオニーは叫んだ。「あなたの心臓の中に閉じ込められてるんです！　どうやって出たらいいんですか？」

前のふたつの幻影と同様、その声はセイン師にも、女と助産師にも届かなかった。つかの間、女は仰向けになって大きく息を吸い込んだ。助産師がその額を濡れた布で拭いてやる。女の腹部に鎖が巻いてあることに気づいたのはそのときだった。現実の、いまのエメリー・セインが胸のまわりにつけているのと同じものだ——元気になる術。セイン師はなんと呼んでいただろう？　活力の鎖だ。

フェンネルが座り込んでくんくん鳴いた。

シオニーはしゃがんで犬の首の後ろをなでた。医者はどこにいる？　なぜセイン師がここでこの赤ん坊の分娩を手伝っているのだろう。折り師は出産の専門知識など持っていないのに！　ようやくセインのシャツが濡れていることに気づいた――汗ではなく雨のせいだ。髪から水滴がしたたっている。嵐――助産師をのぞけば、セイン師しか近くにいなかったに違いない。この天気では道が雨で水浸しになり、医者が移動できないのだ。きっといちばん近くにいて手を貸したのがセイン師なのだろう……助産師にも信頼されているように見える。

分娩中の女があえいだ。その脚のあいだから、セイン師が紫色で血まみれのちっちゃな赤ん坊をひっぱりだすのを、シオニーは茫然と見つめた。男の子だ。頭の毛がなく、深い青の瞳で、さかんに身をよじっている。元気そうな産声をあげ、まだ母親につながっている臍の緒を弱々しく蹴った。

セイン師は声をあげて笑い、赤ん坊を腕に抱いた。助産師が鋏と濡れたスポンジを持って走り寄る。「男の子だ、ミセス・トーク。おめでとう」

顔に涙と汗の筋がついた女は笑って腕をさしだした。助産師が臍の緒を切って結び、慎重に赤ん坊を母親の胸もとに抱かせた。

セイン師は背をまるめ、汚れた手を床に押しつけて体を支えた。ずぶぬれでくたびれた様子だったが、瞳をうれしそうにきらめかせて笑っている。シオニーは驚きをもってその姿をながめた。

「これはあなたの達成したことなの？」再生される記憶にすぎないと知りつつ、声の届かない魔術師に問いかける。「幸せな瞬間？　親切な行動？」

セイン師からあとずさり、頭をふって現実に――少なくとも自分の現実に――戻った。胸に手のひらを押しあて、速くなった鼓動を感じる。もっと知りたい――この男性の像を作りあげている小さな断片を組み合わせたい――だが、外に出ることに集中しなくては。それにしても、この幻はどこで終わるのだろう。

稲妻が光り、窓の外にライラの影が見えた。恐怖が冷たい槍のように体をつらぬいた。ライラは結局、任命式の場面も通り抜けて追ってきたのだろうか？

こわばった筋肉をむりやり動かし、フェンネルと一緒に手近な戸口へ走った。使い古された真鍮の把手をつかんでぐっとまわす。

よろめきながらドアを抜けると、視界いっぱいに濃灰色と紺色の竜巻が広がった。フェンネルが吠える。渦巻く色彩のせいでめまいがして、ふらふらと歩いているうち、色が濃くなって新しい幻影に落ちついた。セインが事務室にいる。ロンドン郊外にある家の書斎とは違う部屋だ。机に向かって座り、紙の束を手にしている。たったいま赤ん坊の出産を手伝ったエメリー・セインと似たような感じだった。夕日と灯油のランプがひとつ、その顔立ちを照らし出している。

「終わった」吐息を洩らして言う。もちろんシオニーにではなく、自分自身に対してだ。紙の魔術師がひとりごとを口にしているのは前にも聞いたことがある。たいていは書斎の閉まったドアの奥にいるときだった。

肩越しにのぞくと、『紙に命を吹き込む術を異なる視点から考える』という字がいちばん上の紙に書いてあった。本だ。セイン師は本を書いていたのだ！　しかも途方もなく分厚い……なぜまだ読めと言われていないのだろう。

「これは全部同じね」師匠の映像が自分の言葉にふりむかないと知りつつ、声をかける。「みんないいことやうれしい記憶や楽しい時間ばっかり。ここはあなたの心臓のいちばん温かい場所なんでしょう？」

中等学校でクーパー先生に教わった生物の授業がよみがえる。その授業であのかわいそうな蛙を解剖したのだ。二月十一日に提出した宿題がきのう書き終わったかのようにまざまざと脳裏に浮かんだ。

「四つの部屋」とささやく。あの人体の本にも似たようなことが書いてなかっただろうか？「心臓には四つの部屋がある。わたしはあなたの最初の部屋にいるの？」

セイン師は椅子に腰かけたまま頭の上に腕をあげてのびをした。背中が二回、首が三回ぽきっと鳴る。立ちあがって原稿を持ちあげ、戸口へ行く途中でシオニーの体をすりぬけた。

「そういうこと？」シオニーはその後ろ姿に呼びかけ、もう一枚紙をひっぱりだして黄色い魚を折った。魚のほうが鳥より折り目が少ないので、半分の時間でできた。フェンネルが机の側面に前足を押しつけてにおいを嗅ぐ。「それが答え？　心臓の終わりまでたどりつけば、外に出る道が見つかるの？」

魚を自分の武器に加え、セインの足音を追ってドアを抜ける。

そこは金色の草と野生の花——セインの部屋で見つけた押し花と同じもの——に覆われた小山だった。暖かい風がふたりのあいだをさやさやと吹きすぎ、スイカズラとスイートピーの香りを運んできた。夏のにおい。黒っぽい木々がまばらに生えた地平線の上で、巨大な燃えあがる太陽がゆっくりと西の寝床へ沈んでいく。空から赤紫とすみれ色の光が投げかけられ、正面の尾根——ロンドンからほぼ一日の距離にあるノースダウンズ——の麓にある森林地帯の上部を照らし出す。数年前、父とそのあたりでハイキングをしたが、この丘は見たことがなかった。こんなに……神々しい場所なら憶えているはずだ。こんなに美しい場所なら。

ふりかえって景色にみとれていると、すぐ上のほうにセインを発見した。大きくひらいた枝と濃い栗色の葉を持つプラムの古木の下で休んでいる。青と黄色のパッチワークのキルトに横向きに寝そべり、隣の女と静かに話していた。

ライラを見てシオニーは鋭い声を洩らしたが、その姿はどこか違っていた。もっと若く——ふたりともだ——髪もいまほど長くなくて軽そうだ。一部を後ろにかきあげて銀の髪留めで押さえ、残りはそのまま肩に波打たせている。黒いズボンのかわりに、袖なしでくるぶしまである地味な白いサンドレスを着ていた。首には長い黄金のロケットがかかっている。そよ風でも輪が切れるのではと不安になるほど鎖が細かった。

いままでのセインと同様、このライラもこちらに気づいていないらしい。

シオニーはまじまじとふたりを見つめ、なにか冷たい棘が心臓をちくちく刺すのを感じた。これは別の記憶にすぎない、セインの心臓の第一の部屋におさまった温かい思い出のひとつなのだと自分に思い出させる。

「ライラ」とささやいた。セインの顔がはっきり視界に入る位置まで丘を登っていく。プラムの木陰にいるせいで、輝く瞳がはしばみ色に近く見えた。あの目——愛情が読み取れるまなざしだった。崇拝。至福の喜び。安らぎ。

ライラのことを愛しているのだ。

フェンネルが前足で脚をさわってきたが、シオニーは動かなかった。

セイン師が……ライラを愛していた？

胃がむかむかして、手のひらでみぞおちをさすった。幻だろうとなんだろうと、この心臓の壁の中は空気がよどんでいる。気分が悪くなってきた。

年齢を推測しようとして魔術師を観察する。たぶん二十四、五だろう。少なくとも数年は前だ。おかげでいくらか気が楽になったが、幸せそうなふたりをながめているとどんどん吐き気が募った。骨のまわりで体がしぼんでいくようだ。

頭をふって視線をひきはがす。こめかみをもんで、平常心を取り戻そうとした。集中する必要があるのだ。客観的にならなくては。

シオニーは長々と息を吐き出した。「いいわ。どうしてセインが愛している相手がセインを死なせようとするわけ？」声に出して問う。「もう相手の心を手に入れてるのに、なんで心臓を盗む必要があるの？」

幸せそうなふたりから離れるにつれ、最初は草にかき消されていた足音がうつろな響きをたてた。もときた道を戻っていくと、野生の花々の中に蝶番と、中央部が色あせた真鍮《しんちゅう》の把手が見えた。把手をつかんで小さなドアをひらく。

過去の事務室を出たときと同様、日没と野花とプラムの木の色が周囲に渦巻いてくらくらした。その感覚はすぐにおさまり、気がつくとシオニーはセインの瞳を正面からのぞきこんでいた。さっきと同じ愛情のこもった目つきで、アイロンをかけたばかりの白い魔術師の正装を着込み、左胸にピンクの薔薇を留めている。

シオニーは真っ赤になった。ほてりすぎて頰がひりひりする。まばたきすると、同じ幻の別の場所に飛んでいた。小川と橋の近くに並べてある椅子の脇だ。そこは桜の木でいっぱいの公園だった。薄紅色の花が風に吹き散らされ、桃色の雪のように宙を舞っている。管理人が刈り残したひとむらの長い芝の中で、コオロギがひっそりと鳴いていた。椅子のあいだの通路には白と黄色の薄い生地が張られ、広い木のアーチがセイン師と黄褐色のローブの男とライラに影を落としている。

今度のライラはシオニーがいた場所に立っていた。長い裾を引いてビーズで飾った白いドレスをまとい、美しい髪に短いヴェールをかぶって、真珠をちりばめた黄金の櫛で留めてある。ウエディングドレスには透けるような短い袖がついており、襟ぐりはゆたかな胸――くやしいことにシオニーよりずっと大きい――をあらわにしていた。

牧師が革表紙の本を読みあげて式をおこなうと、あばらの中で心臓が痛いほど激しく打った。では、ライラはセインの妻だったのだ。

いい、だった。私室にあったあの聖歌集のことがこれで腑に落ちる。

シオニーはうなじをさすり、首筋に這いあがってきたほてりを鎮めようとした。場面が切り替わる直前、セインがこちらを見ていた様子……

耳の奥がどきどきと脈打つ。

だが、あれは自分を見ていたわけではない。ライラだ。もっと若いライラ。別人のライラ。

切除師が――セインの妻が――いまにも背後に現れるのではないかと半分予想して、シオニーはぱっとふりかえったが、目に入ったのはうれしそうな結婚式の客だけだった。あの養蜂家とその妻もいる。記憶の場面はあまりにもめまぐるしく移り変わっている――ひょっとしたらライラは追いつけないのかもしれない。それともこの場にいたくないのか。シオニーもここにいたくなかった。

体をつねる。常に警戒していなくては。切除師は一回さわっただけで人の体から魔術を引き出せるとヒューズ師は言っていた。つまり、あのいかれた女が追いついてきたら、シオニーを殺すのにそう時間はかからないということだ。体をさわらせたりして有利にしたくはない。なにしろ相手は、盗んだ心臓の中でシオニーを追いかけてくる異常な女なのだ。

次の部屋を見つけなければ。

もう式に目をやりもせず、フェンネルを連れて結婚式から走り去る。なにかが……気になった。ピンクの桜の花が前方に吹き飛ばされてきて、空気にほんのりと官能的な香りがまじる。コオロギの鳴き声が小さくなった。

桜の木は数を増し、やがて密集した木立となって目の前に立ちはだかった。通り道は小さめの二本にはさまれた錬鉄の柵しかない。せまい門を押しあけて走り続けたものの、そのうち芝土が堅くなって、本の並ぶ壁に行く手をさえぎられた。行き止まりだ。

そこは図書室の真ん中だった。

セイン師の家にある図書室と似ているが、もっと小さくて窓が多い。机がもうひとつあって、結婚したときより若いエメリー・セインがかがみこんでいた。黒髪を短く切り、白いシャツの袖を肘までまくりあげている。

机の表面には紙の束が整然と並んでいた。どれも白か白っぽい色で、厚みはさまざまだ。床には折りかけたくしゃくしゃの紙がかなりの高さに積んであり、その脇には仕立て屋のマネキンの中古品が立っていた。巻いたり折ったりした紙が何十枚も胴のまわりに留められて胸郭を構成しており、両肩のあいだで鎖骨、背中にそって脊柱を作っている。ジョントの骨組みだと見分けがついた――ジョントか、その一部を作っているところに違いない。

「ほら、ボール紙ですよ」廊下から聞き覚えのない声が言った。「さっきのは運送業者がこれをおろしていっただけです」

シオニーはセインと作りかけの骸骨から、図書室に入ってきた男へと視線を移した。紙を入れたばかでかい厚紙の手提げ袋をふたつ運んでいる。いかにも重そうで、たとえ片方でも自分が持ちあげたら筋を痛めてしまうだろう。

ところが、この男の腕にかかえられていると、紙袋は小さく見えるほどだった。若々しい顔で、シオニーよりせいぜい二、三歳上といったところだ。身長が六フィート半はあり、横幅もシオニーを三人並べたほどあるに違いない。男のなにもかもが、とにかく……大きかった。大きな肩、大きな腹、大きな手。ふくらはぎは両方とも祝日に食べるハムのようだ。

「すばらしい、ラングストン」ほんの一瞬作業から目をあげてセインが言った。なにを作っているのかはわからなかった――セインの手ぐらいの長さで、折りまげたクロワッサンに似ている。さいわい、次の台詞が口にしなかった質問に答えてくれた。「こいつのために厚紙と薄紙を合わせてみたい――顎の関節と下顎の部分では厚く、そのあいだでは薄くする。もしかしたらそれでうまくいくかもしれない」

「そうですね」と応じたラングストンの母音をのばすゆったりとした話し方から、イングランド育ちではないのではないかとシオニーは考えた。「きっとすぐ考えつきますよ、セイン先生。うちのお袋はいつも、〝畜生《ダム》〟って言葉を思いついたのは、棒が一本足りなくて巣をあきらめたビーバーだって言ってました」

「きみの母上はいろいろなことを言うな」セインは無造作に応じた。「この股関節を複製できないかやってみるか？」

ラングストンが巨体には小さすぎるような椅子を引き出し、机をはさんでセインに向かい合ったので、シオニーは感心した。あのばかでかい肘をおろす余地もろくにないのに。

「これが前の実習生なの？」と、答えを期待せずにたずねる。セインの年齢から判断して、ラングストンが最初の実習生に違いない……もっとも、〝0・5〟という可能性もある。こういう実習生を馘《くび》にするのは納得できた。あの巨大な手では、中級や上級の折り術で要求される細かく複雑な折り方はまずできないだろう。

だが、ラングストンがジョントの右の股関節をやさしく持ちあげ、手でひっくり返して各部分を調べているのを見て、シオニーは思わずあんぐりと口をあけた。ラングストンは見本をおろし、中ぐらいの厚さの四角い羊皮紙をとりあげた。口の端に舌をはさみながら、股関節のいちばん小さい部分と同じ形に折りはじめる。

「すごいわ」シオニーは作業しているふたりの横で論評した。「いま、これだけ大きい人がそばにいてくれたらいいのに」

腕をこすって温めながらつぶやく。「どっちがそばにいてくれてもいいわ」

フェンネルが脚にふれてきた。シオニーは上の空で手をのばし、頭をなでてやった。

きっとラングストンはもう折り師の認定を受けているに違いない。実習期間はどのぐらいだったのだろう。進んでセイン師の住まいにやってきたのだろうか。師匠に会ったとき礼儀正しくふるまっただろうか。ありがたく思っていただろうか。シオニー自身がそう感じるべきだったように。

「行かなくちゃ」そんな思考から頭を引き離し、フェンネルに声をかける。ジョントに――そしてセインに――ちらりと最後の一瞥《いちべつ》を投げ、ペンキを塗っていない図書室のドアへ急いだ。半ば錆びた錠を動かすのに肩で強く押さなければならなかった――

気がつくと豪華なベージュの絨毯の上によろめき出ていた。太陽は消え失せ、かわりに何百もの電球が輝いている。周囲に並ぶ紫に塗ったアルコーヴには、玻璃師――ガラスの魔術師――が魔法をかけた厚い金のタイルがちりばめてあった。光を外側へ広げ、虹色に近い光線を放射するようにしてあるのだ。ワイングラスの鳴る音や、大勢の人々がとりとめもなく雑談する不鮮明なざわめきと一緒に、さまざまな楽器が奏でる静かな音楽が耳に届く。

シオニーは足を止め、新たな状況をじっくり確認した。フェンネルがあと数ヤード走ってから横すべりして止まる。

この場所は知っている——昔の雇い主と何度も晩餐会の料理を運んだものだ。ここはスログモートンアベニューのドレイパーズホール。イングランド一とは言わないまでも、ロンドン一立派なホールだ。少なくとも、シオニーが訪れた中ではいちばん立派だった。いま立っているバルコニーは、黄金の葉模様の太い柱にはさまれていた。柱頭は層になるよう彫刻されている。その向こうに見える巨大な天井画は、植物に囲まれた翼のない天使たちが描かれていた。バルコニーの黄金の葉をかたどった欄干《らんかん》に片手を走らせる。これはただの幻だ。夢を見ているも同然なのに、この感触はまるで本物のようだった。

下のフロアをのぞきこむ。白い布をかけた丸テーブルが会場じゅうに整然と並び、銀の盆やガラスの水差しを持った黒服の男女が北東の隅に設けられた厨房まで行き来している。南西の隅では弦楽四重奏団が静かな調べを奏でていた。記憶ではもっと間近な視点だったが、どれも見覚えがある。あれと同じ黒いドレスとフリルつきのエプロンを着たことがあった。

いや……シオニー自身がこの催しで料理を出したのだ。

欄干から身を引いてバルコニーを見渡す。壁の曲面にそった中二階の両端に、四人以上は座れないような小卓が並んでいる。小卓の四分の一ほどは人がいなかったが、シオニーはきびきびと歩いてまずそこを捜した。心臓がこの場所に出現させた以上、セインが遠くにいるはずはないとわかっていたからだ。

その通りだった。いまとまるで変わらない――例の藍色のコートをのぞいては――セインが小さな四角いテーブルに座っている。一緒にいるのは、シオニーが一度も会ったことのない禿げかかった男だ。

魔術師になった任命式のときと同じように、セインは頬杖をついて見るからに退屈しきっていた。同席者は気づいていないに違いない。口ごもることもためらうこともいっさいなく、ときどきバターナイフをふったり頭をかたむけたりしながら話し続けていたからだ。

「……そして娘は、ちゃんとしたレディなら誰でもサテンのスカーフが必要だと言い張ってな。メアリー・ベルは三枚もサテンのスカーフを持っている、どれも青系統の色だと言うんだよ。それで当然、その金をやらなければならなかった」見知らぬ男は言い、飲み物を――記憶が正しければ桑の実のワインで、とても値段が高い年のものだ。そう、この催しで出されたワインのことはとてもよく憶えている――一口するためだけに言葉を切った。「五月に娘のお披露目パーティーがあるからには、サテンのスカーフなしで出すわけにはいかないしな。あれの母親がクラフトンに行ってしまったものだから、女性のファッションにくわしくなろうとせいいっぱい努力しているのだよ」

セイン師は中指の爪で皿のふちを叩いた。半分しか料理を食べていない。グラスのワインはすでにからだったが、給仕のおおかたはメインフロアにいて、誰もつぎたしにこなかった。目つきがぼんやりしている――アルコールのせいではなく、退屈しているせいだ。この禿げ男にはわからないのだろうか？

「どう思う、エメリー？」

セインはまばたきし、虹彩がちらりと輝きを取り戻すのが見えた。「ああ、そうですね。もちろん、きちんとしたお披露目で首筋はきわめて重要ですよ。当然のことながら、そこを覆い隠すという皮肉な行為はそういう催しにふさわしくありませんが。まあ、末のお嬢さんにパーティーでほかの女の子たちより寒い恰好をさせるわけにはいかないでしょう」

シオニーはその台詞に微笑したが、禿げかかった男はうなずいてこう言っただけだった。「まさにその通り。悪い意味で孤立してしまうだろうからな」

シオニーは声をあげて笑った。セインとこの男はそもそも同じ会話をしているのだろうか。

セインのまなざしがゆっくりと会場のフロアへ戻っていった。注意を引こうとしても無駄だとわかっていたので、シオニーはその視線をたどろうとした。北の壁に設置された振り子時計を見ているらしい。おそらくなんとか逃げ出せないものかと期待しているのだろう。

（逃げ出す……）

師匠の後ろをまわっていってバルコニーに身を乗り出し、ライラを捜す——先に切除師を見つけられれば、なんとか優位に立てるかもしれない——だが、かわりに見慣れたオレンジ色の三つ編みが下のテーブルで待機しているところが目に入った。あれは自分だ！

この催しは憶えているが、セイン師がいたことは記憶にない。見かけていたら顔を思い出したはずだ。もっとも、この催し——どこかの教育委員会の資金集めパーティー——ではフロアで給仕しただけで、バルコニーには行っていない。日付は一九〇一年の七月二十九日だった。タジス・プラフの新学年が始まるたった一週間前だ。

そして、仕事をした最後の日でもあった。

目をすがめてグラスにワインをそそぐ自分の姿をながめる。あの制服はおそろしく似合わない。目立たせてはいけない場所をすべて強調している。当時セインを知らなくて本当によかった。考えただけで耳が燃えるように熱くなった。

ある特定の人物の見分けがついた。もっと若い自分が給仕しているテーブルにいる。中年というには数年早いが、白髪まじりで額が後退しかかっており、長いごましおの髭が口の両側をふちどっている。肩幅は広く、仕立てのいい服装だ――三つの純金のボタンと赤いひだのカマーバンドがついていて、会場じゅうでいちばん高級かもしれない。そう、もちろん憶えている。シオニーが育ったミルスクワッツのことをひどくけなしていたあの男。貧しい区域だというだけで、そこの教育や、存在しない売春プログラムについてでたらめをしゃべり散らしていた。この晩のことははっきりと記憶に残っている。いやな男だと思いつつも、きちんと怒りを抑えていたのだ。だが、やがて――

息をひそめて見守り、その瞬間を待ち受ける。待ち受ける……

ここだ。シオニーが――いまより若いシオニーが――あの男のワイングラスに飲み物をそそごうと手をのばしたとき、手袋をはめていない手がスカートの下にもぐりこんできた。腿を探ったじっとりした指をまだ憶えている。

過去のシオニーはとびのき、にらみつけ、そしてあの高級な桑の実ワインの残りを相手の膝にまともにぶちまけた。男が甲高い声をあげてぱっと立ちあがったので、椅子が後ろに倒れ、大理石の床にやかましくぶつかった。その騒音――椅子の音と男の罵声――が会場じゅうに響き渡る。

隣でセインが大きく噴き出した。

シオニーはぎょっとした。そちらに目をやり、まじまじと見てから、セインもずっと見ていたのだと悟る。いまの場面を目撃したのだ。シオニーが水差し半分の高級ワインをこの建物でいちばんめかしこんだ男にぶちまけたのを。イングランド一の名士たちの面前でふたりとも恥をかいたのを。

そして笑った。

「いったいどうしたんだね？」セインの向かいの禿げかかった男がなにも気づかずにたずねた。

「ウェイトレスのひとりがたったいま、サイナッド・ミューラーの膝に水差しの中身をぶちまけたんですよ」セインは声をたてて笑い、灰緑色の布ナプキンをとりあげて目にあてた。

シオニーは蒼ざめた。いま……サイナッド・ミューラーと言っただろうか？

その名前が頭の中で処理されているあいだ、時が止まったようだった。サイナッド・ミューラー。ミューラー学術賞奨学金。シオニーが第一の候補だったはずなのに、間際で落とされ、魔術を勉強したいという夢を粉砕した奨学金。その奨学金を失ったことで、それなりの料理人になる学校へ行く金を稼ぐため、家政婦として働くしかないとあきらめかけたのだ。いまやすべての辻褄が合った。

サイナッド・ミューラーが毒づき続ける一方で、厨房へ憤然と戻っていく一年前の自分を見つめる。そこでたちまち餓になるはずだ。ミューラーの同僚のふたりが、無駄な試みだが服をぬぐってやろうとして、ナプキンを持って椅子からとびあがった。

シオニーは欄干を離して一歩あとずさった。体じゅうの筋肉から力が抜けた。奨学金を失ったのはこのせいだったのだ。その金をくれるはずだった当人にワインを浴びせかけたから。

「当然の報いだ」

座っているセイン師の真ん前に、もうひとりの本人が立ちはだかっていた。こちらは藍色のコートを羽織り、胸の前で腕を組んでいる。

ほぼ同じ顔のセイン師ふたりを交互に見やり、シオニーは息をのんだ。「セイン?」

だが、二番目のセインはこちらではなく、下で展開している場面しか見ていなかった。もう一方の自分にも気づいていないのではないかと思える。それなのに、口をひらいたときには、まるでシオニーに話しかけているようだった。

「サイナッド・ミューラーの本性は下劣な男だ」と言う。「あの声でも、話し方でも、女を見る――若い男を見る目つきでさえわかる。金を貯め込み、最高の人材だけに公然とばらまき、自分の〝気前のよさ〟を国の半分が知るようにしておく。楽器を奏でるように教育委員会を操っているし、卒業試験でごまかしをしたに違いないと私自身は思っている。ゴムの魔法など、タイヤのセールスマンほどもできるものか」

袋の紐をつかんだシオニーは、フェンネルが足もとをぐるぐるまわっているのを感じた。「あいつはわたしのことを知ってたのよ」

「私はきみが誰なのか調べた」セインは言ったが、それがシオニーの発言への反応だったのか、たんにひとりごとの続きだったのかはよくわからなかった。「あいつはきみへの奨学金を取り消した。そこで私が介入したわけだ」くっくっと静かに笑い、親指で顎をこする。「あいつが言うところの〝不機嫌な癇癪持ちの娘〟がみごとタジス・プラフに入学し、あのふるまいとけがらわしい金を叩き返したとき、ミューラーがどんな顔をしたか見てみたかったものだ」

シオニーは会場のフロアをちらりと見たが、サイナッド・ミューラーはすでに部屋からいなくなっていた。「あいつにいやがらせするつもりでお金をくれたの？」とたずねる。「一万五千ポンドも、自分が嫌いな相手を困らせるためだけに……だからって感謝してないわけじゃないけど。あれがわたしにとってどんな意味があったか、絶対にわからないでしょう——」

ふりむくと、ちょうどセインが消え失せたところだった。あわてて欄干から離れて捜したものの、雲の多い夜に月が隠れるようにその姿はあっさりと消えてしまった。提供してくれた理由がどんなものであっても、あの奨学金がどれほど大きな意味を持っていたか、言葉にできさえしたら。セイン師の書斎にある礼状ではとうてい言いつくせない。死なせるわけにはいかないもうひとつの理由だった。

会場に視線を落とすと、ライラと目が合った。シオニーを捜して弦楽四重奏団の近くに現れていたのだ。手のひらに浮かべた小さな血溜まりをかすかにゆらす。占いの術だろうか？

シオニーはライラに見えないところまで後退すると、袋に手をすべりこませ、とぼしい武器を数えた。ともかくなにもないわけではないが、現実問題として、場慣れした切除師相手に紙の動物がなんの役に立つ？　折り術は戦いに向いている魔術ではないのだ！　「ここから出なくちゃ」と小声で言い、前足の下を持ってフェンネルを抱きあげる。「逃げ出さないと。セイン、どこにいるの？」

だが、答えはなかった。さっきどんな方法で話しかけてきたにしろ、もうその手段は失われてしまったらしい。

シオニーは唾をのみこんでフェンネルを胸にかかえ、急いでバルコニーを横切った。どこに隠れたらいい？　ただの紙束でどんな攻撃ができる？　だから折り師になどなりたくなかったのに！

（ここから出る必要があるのよ！）内心で叫ぶ。

バルコニーの端で足をゆるめ、続いてぴたりと立ち止まった。目の前にあるドアは会場の一部ではないとわかっていた——緋色にふちどられた白いドアで、握りも把手もない。背後をふりかえると、ライラの頭がバルコニーに続く階段のてっぺんに出てきている。

シオニーはドアを押し通り、血溜まりの中をよろよろと進んだ。

後ろのドアが消え失せたので息をのみ、唇をかんで悲鳴を押し殺す。肉でできたセインの心臓の部屋にふたたび入ってきたのだ。絶え間なく流れ続ける、足首より深い血の川にまともに踏み込んでしまった。心臓が脈打つ大きな音が部屋の壁越しにこだました。

どくん、どくん、どくん。

シオニーは呼吸を整えようとつとめながら、両脇で関節がこわばるほどこぶしを握りしめ、川の流れにしたがった。血はますます深くなり、やがて膝の上まで達した状態で歩くことになった。深すぎるほどだ。歯を食いしばり、この下にひきずりこまれることを考えまいとする。

別の扉が見えたが、これは肉と血管でできていた。部屋のほかの部分と同じリズムで脈打っている。窓も把手も錠前も蝶番もない。ただ肉と肉がぴっちり重なり合っているだけだ。治ることのない腫れあがった切り傷が走っているようだった。

どういうわけか、ここを通り抜けなければならないのがわかっていた。

頭上でライラの声がかすかに響いた。術の粒子で運ばれてきたに違いない。その姿はどこにも見あたらなかった。(どこかで幻に捕まってるといいんだけど)と願う。「ここにずっと閉じ込めておくのが不満ってわけじゃないのよ」声は言った。「でも、あんたに悪臭を撒き散らしてほしくないの。終わりにしましょうよ。手早くさっさとね。体はまるごと残してあげるかもしれないわ。せいぜいふたつにちぎるぐらいかしら」

部屋のむっとした熱さにもかかわらず、腕に鳥肌が立った。シオニーは袋の紐をつかみ、ふるえてとぎれとぎれになりながらも、むりやり肺に息を吸い込んだ。ライラとは戦えない。まだ無理だ。最善の選択肢は進み続けること——セインの心臓の終わりと、できれば出口も見つけることだった。

「おまえをたたんでおかなくちゃ、フェンネル」聞き取れないほど小さく犬に告げる。

「自分で小さくなって袋に入っててちょうだい、そこなら安全だから。ほんのちょっとだけ」

犬は片側に首をかしげた。

「ほら」とうながすと、フェンネルは頭をさげて脚をひっこめた。その脇腹をそっと両手で押さえ、分厚いゆがんだ五角形にする。それを注意深く袋に入れ、紙のあいだにはさんだ。

シオニーは深く息を吸って喉に空気を溜めると、エメリー・セインの心臓をかたちづくる肉の壁を押し分け、第二の部屋へと入っていった。

第九章

どくん、どくん、どくん、どくんと大きく脈打つ心臓の壁が四方から押しつけられ、不自然な光をかき消した。壁はどんどんきつく締めつけてくる。からの車の下敷きになり、その中に乗客が次々と乗り込んで車輪に押しつぶされていくようだ。溺れている気分だった。アドレナリンが全身をめぐり、筋肉がこわばる。息ができない。壁からの熱が服を通じて皮膚に伝わった。暑い、暑すぎる。これほど長く体から離れていた心臓なら冷たく感じそうなものだが、エメリー・セインの心臓は違った。シオニーが二十年近い人生で知った物理の法則をすべて否定している。もっとも、出口を見つけなければ二十歳になることはないだろう！

ぎゅっと閉じた瞼《まぶた》から涙が一滴こぼれた。強引に通ろうとして壁をひっかき、あえいだものの空気が入ってこない。唇に血の味がした──自分のものではない血だ。じりじりと前進し、まわりの肉を押し返す。体が圧迫され、持っている袋がひっぱられた。頭がずきずき痛みはじめ、視界がぼやける——

足もとの川からどっと血があふれて尻にぶつかり、体を弁の向こうへ押し流した。手が空気にふれる。シオニーは肉に踵をめりこませると、ぜいぜい息を切らし、喉をつまらせ、唾を吐き出しながら心臓の第二の部屋へ抜け出した。

歯をぐっとかみしめ、むっとする空気を何度か吸い込んで、ふるえを落ちつかせようとする。すすり泣きをこらえようとがんばった。（抜けた、通り抜けたのよ）と自分に言い聞かせると、いくらか役に立った。（自分でこうすることを選んだんでしょう。できるはずよ）

（やらなくちゃ）

ようやく一息ついたとたん、背後の弁から液体を吸い込むような音がした。

肩越しにふりかえる。弁から押し出してくれ、最初の部屋とうりふたつの部屋に吐き出した川は、シオニーが出てきたあとも流れ続けていた。心臓のへりを囲む溝を満たし、その向こうまであふれだす。洪水のように氾濫していく……

「だめ、だめ」シオニーは気力を取り戻してぱっと立った。血まみれの弁のせいでべとべとになった服が湿った皮膚にへばりついている。「止まって、止まって。お願い、止まって」

だが、血は――薄い、水っぽい血だ――なおも弁から吹き出して川をあふれさせ、じわじわと足もとに迫ってきた。

シオニーは部屋の中央まで後退した。いちばん高い位置だったからだ。血の最初の波が靴にふれた。

肌が氷のように冷たくなる。唇がしびれた。「セイン！」袋をぎゅっと抱きしめて叫ぶ。「ここから出して！」

もう一歩動くと、血はくるぶしまで達した。この調子では数分で部屋じゅうがいっぱいになってしまう。シオニーは泳げない。どこにも逃げられないのだ。

本当に溺れることになる。

「セイン！」顎から足首まで全身をおののかせて金切り声をあげる。その声さえふるえていた。

（それだけはいや。溺れるのだけはいや）

血は流れ続け、鼓動がすさまじい音で鳴り響く。シオニーは目をつぶり、袋を放して手のひらを耳に押しつけた。もうがまんできない。

「お願い、お願い、お願い……」

足に打ち寄せる血液がぱっと消え、まだこわばってはいるものの靴下も乾いた。唇をかんで目をひらくと、見慣れた本の並ぶ書架と埃の舞う陽射しが視界に入った。長々と息をつき、神と紙の魔術師の両方に無言で感謝を捧げる。

まわりでちらちらと映像が躍った。藍色ではなく灰色のコートを着て床で紙を折っているセイン、机で勉強している知らない金髪の男、緋色の服で本をぱらぱらめくっている別のセイン。人々が一秒の半分だけ、ときにはまる一秒ひらめいては消えていく。誰か、あるいはなにかが血のあふれる部屋からシオニーをひっぱりだしてここに置いたものの、心臓自体はなにを見せるべきか迷っているようだ。

肩越しにのぞいたが、もう背後にたったいま通り抜けてきた窮屈な弁は脈打っていなかった。かわりにセインの現実の図書室にあるのと同じ高い本棚がある。ただし、ここの本は棚の端から端まで壁一面が色別に配列されていた。シオニーはぽかんと口をあけてながめた。ドアにいちばん近い左の棚には濃いのから薄いのまで赤い本が並び、それからオレンジ色の本が数冊、そのあと黄褐色と黄色、そして白がくる。右の棚でも色が続く――緑、青、紫、灰色、黒。信じられないほど美的だが、とてつもなくばかげている。セインの図書室はまるでこんなふうには見えない。これは過去の配置なのだろうか、それとも未来の？

シオニーはすばやく立ちあがると――部屋のあいだを苦労して移動した名残で、まだ少しだけ足がぐらついた——フェンネルを広げてまた命を吹き込んでから、本の題名を丹念に調べていった。ライラに追いつかれたとき役に立つものはないだろうか。戦ったり身を守ったりするのに使えそうなもの。乱闘になれば、重い本一冊でもなにもないよりましだ。

人差し指が『ワニの交尾の習性』『生きた紙の庭園』そして『フランケンシュタイン』の上をすべっていく。

「あ」背の低い黄褐色の書物の上で手が止まった。オレンジ色の表紙が黄色の範囲に移るところだ。『基礎的な鎖の術』。指でふれた本に実体があったのではっとした。人の心の中では、記憶や思考より知識のほうが安定しているのかもしれない。書斎の窓のことを考えると、セインが紙の鎖についてよく心得ているのはあきらかだ。

シオニーは『基礎的な鎖の術』の目次をひらいた。**どくん**、どくん、どくんという音が絶え間なく響き、急がなければならないと思い出させる。いまこの瞬間にも、ライラはここから抜け出してセインの心臓を海へ投げ込んでいるかもしれないのだ。それに、どのみちセインの時間は刻々と減っている。

目次を飛ばしてページをめくりはじめる。初歩から複雑なものまで、さまざまな鎖の略図が白黒で描かれていた。出産中の女性とセイン自身に使われた活力の鎖を見かけたが、先へ進み続ける。

『防御』という言葉がぱっと目につき、ちょうど本の半ばを過ぎたあたりで手を止めた。

すばやく目を走らせる。

三重折りの防御鎖は、防衛用の鎖の中でもっとも基礎的なものである。守りたい対象を囲むだけの長ささえあれば、輪の幅は問題ではない。

輪を作るには標準の八×十一インチの紙を使い、図1で示したように長辺を半分に切る——

シオニーは挿絵や説明文をざっと見てからページをめくり、また図を確認して記憶に刻み込んだ。本をおろして袋から紙束を引き出し、やがてすでに略図通りに切ってある紙を見つける。

折りはじめた手はふらついていたが、セインの哀れな心臓を作ったときほどひどくふるえてはいなかった。まだあの心臓が動いていることを祈る。もしセインが死んでしまったら……

そのことについてあまり深く考えたくなかった。

端を合わせて折り目をつける。背後にまた折り板を持ったセインが出現した。今度はいつもの藍色のコートだ。別々のものを折りながら現れたり消えたりし、その声が響いては途切れた。口にした単語ひとつもわからないほどだったが、シオニーの名前が聞こえた気がした。

実習生の制服を着た自分の姿がひらめいたかと思うと、どちらの幻も消え失せる。シオニーは鎖に集中した。「もっとわたしに教えたいの？」二番目の輪を折りはじめながらたずねる。指が折り目を覚えたので、今回はいくらか早く作業できた。折っているときのかすかなうずきは、いまや自然なものに感じられるほどだった。「そうだとしたら、わたしのほうはかまわないわ」

遠くで着実に打っているセインの鼓動に耳をかたむけながら、指で紙を押し、爪で折り目をつける。鎖がちょうど足りる長さになると、両端を胸の上でななめにひっかけた。それからもう一枚四角い紙を引き出し、数日前にセインが練習するよう指示したものを折る――紙の扇子だ。

〝うまく作れば、嵐もかくやという強風が起こせる〟とセインは言った。まだこの術の真の力はためしていないが、紙の魔術師が誇張していないことを願った。

折り終わったとき、図書室がゆらぎはじめた――ささやかな避難所が崩れはじめる。

いまにも場面が変わりそうだ。

シオニーはまだためしていない扇子を袋につめこみ、図書室の戸口へ駆け寄った。フェンネルが後ろから走ってくる。

図書室のドアを通り抜けると、拍手喝采が鳴り響く室内に足を踏み入れていた。セイン師と会ってから二度目だ。

ロイヤルアルバートホールだった。その観客席とシャンデリアには見覚えがある。ただし今度のは電球を使っている。スポットライトで目がくらみ、片手で光をさえぎらなければならなかった。この前と違い、通路ではなく舞台に立っていた。

これほど大勢の人々を目にしたフェンネルが昂奮してあえぐ。シオニーはめまいを感じた。

スポットライトのまぶしさが少しやわらぎ、周囲の様子が見えてきた。木の舞台の白っぽい仕上げ剤、左の舞台の演壇に立った、前より年輩のタジス・プラフ。見おろすと、魔術師の正装姿の自分が目に入った。どの縫い目にもきっちりとアイロンがかかっている。白い生地はいままでに着た服のどれよりもぴったりで、スカートではなくスラックスをはいていた。女魔術師の正装はスカートではなかっただろうか？

「シオニー・トウィル」タジス・プラフが言い、観客が拍手を続けた。やはり正装したセインが最前列にいて、微笑をたたえた誇らしげなまなざしを向けてくる。シオニーはその表情にみとれ、記憶の奥底に大切にしまいこんだ。

タジス・プラフが手をふってうながした。フェンネルが小走りで演壇にあがり、シオニーもためらいながら続いた。腕をのばして魔術師の手を握る。

拍手がやみ、スポットライトが消えた。夢の中のぱりっとした白い正装がべとべとの服に変わる。気温が急にさがり、タジス・プラフの手が消滅して、長い石の廊下が現れた。

二回まばたきしてから、そこが牢屋だと気づいた。

シオニーは息をのんだ。セインの心臓の中にそれほど暗い場所があるとは予想していなかったのだ。立っているのは廊下のつきあたりで、魔法の輝きをまとった幅の広い金属の扉が両側に続いている。本物の牢屋の内部に入ったことはなかったが、牢屋に関する本を読んだことはあった。その本とまったく同じように、すべての扉に錠がついている。各独房のあいだに細い窓があり、そこからかすかに射し込む日光のせいで、廊下は嵐の前のような灰色に染まっていた。幼児でさえ片手を通すのがせいいっぱいという窓だ。

シオニーは指を鳴らし、ついてくるようフェンネルを呼んだ。驚きのあまり、声が喉から消え、肺と胃のあいだのどこかへ行ってしまった。一歩足を踏み出すと、スカートが脛《すね》のまわりで湿った音をたてた。生地がひんやりと冷たいのは、この部屋へつながるきつく息のつまる通路で濡れたからだ。そう考えると鳥肌が立ったが、牢屋にはさらにぞっとした。

看守がかどをまわってきた。口髭を生やしたたくましい男で、皮膚の下に鋼鉄の糸が束ねられているかのように首の筋肉が盛りあがっている。腰の片側にはピストル、反対側には棍棒を携え、どんな犯罪者だろうと、逃亡どころかくしゃみもさせないという顔つきだった。シオニーはその視線に凍りついたものの、やがてこれまでの幻と同様、自分が見えていないことを確認した。念のため、通りすぎた相手の顔の前で手をふってみる。つまり、この幻では登場人物の役を演じていないらしい。

「朝食だ、座れ！」看守はベルトから棍棒を抜き、独房の扉をひとつひとつ叩きながら、小さな金属の蓋をあけていった。その隙間から、食物を載せた皿を入れるだけの間隔をあけて並ぶ錬鉄の柵が見えた。「座らないと食事はやらんぞ、自分で選べ！」

シオニーは鉄に棍棒があたるやかましい音に顔をしかめ、それから勇気を出して独房のひとつをのぞきこんだ。

後ろの壁に肩がふれるまで、柵からよろよろとあとずさる。

（ライラ）

その独房にはライラが横になっていた。長い髪は先端がぼろぼろで、体には茶色い囚人服を着込み、目を伏せている。棍棒が自分の独房にくる前に体を起こしたが、それでも看守は扉をがんがん鳴らしていった。

牢屋にいるライラ。それが実現してくれさえすれば。

忍び足でライラから遠ざかり、隣の独房をのぞきこむと、鼻の上に長い傷痕が走っているひょろりとした浅黒い肌の男が見えた。見覚えはなかったが、その隣の独房にいた囚人の顔は記憶を刺激した――分厚い顎と小さな目、皺だらけの額は、二年前に警察で見かけた指名手配のポスターとそっくり同じだった。

指名手配
グラス・コバルト
国事犯

シオニーは柵からあとずさった。あのポスターに書いてあった内容は憶えている。それを読んでぞっとしたことも。切除術。グラス・コバルトは切除師だ――しかも、噂では全ヨーロッパでもっとも危険な切除師だという。

またもや背中がひんやりした石にぶつかった。いまや鎖につながれて牢屋に閉じ込められたおそるべき男をながめる。看守の棍棒がそのドアを通りすぎたとき、男はわずかにみじろぎした。よく観察したせいで、ポスターに描かれた姿よりやせていることに気づいた。筋肉が衰えている。なんというか……おとなしそうに見える。

「これはあなたの希望ね」強そうな看守がもうひとり、食事を載せた車輪つきの台車を押してわびしい廊下を進んできた。「そうなったらいいのにって期待してることなんでしょう、セイン？　わたしに紙の魔術を学び続けてほしいって、自分みたいに研究してほしいって思ってるのね。この切除師たちが――あなたが追跡してた連中が――とうとう逮捕されて社会から隔離されるようにって」

「でも、そうはならないわ」甘ったるい声が廊下の先から響いてきた。

シオニーは勢いよくふりむいた。ライラが――本物のライラが――廊下のつきあたりに立っている。黒ずくめの恰好で、長めの短剣を右手に持っていた。左肩から重たげな革袋がさがっている。ライラが存在するとセインの心臓が夢を把握しにくくなると言わんばかりに、まわりで牢屋の幻がゆらぎ、かすみはじめた。眠っていて夢から醒めかけているときのように。

シオニーは背筋をこわばらせて一歩さがり、あの大柄な看守を呼ぼうとした——だが、その姿は消えていた。どちらの看守もいなくなり、周囲の独房もからっぽになっている。水をしたたらせながらひずんでいく牢屋の真ん中に取り残され、そばにいるのはライラとフェンネルだけだった。

　音で波打つほど紙の口を振動させて、フェンネルがうなり声をあげた。

「なにが望みなの？」シオニーはたずねた。体に負けずおとらず声もふるえていた。防御の鎖にさわってから、痙攣する指先で袋を探る。

「私の？」ライラは赤く塗った唇でたずね、大股で力強くひとあし踏み出した。そしてまたひとあし。その動作で肩にかけた袋がぎこちなくゆれる。「エメリーの情婦に死んでほしいのよ。共有するのは好きじゃないの」

「わたしは……あの人の情婦じゃないわ」シオニーは言い、一歩、二歩、三歩さがった。歯を食いしばってそれ以上動くまいとする。ライラと対決することになると知っていてここにきたのだ。それにゴキブリ同然に隅っこに追いつめられて踏みつぶされるより、戦って負けるほうがいい。

　シオニーの姿勢にライラは片眉をつりあげた——感心したのかもしれない。あるいはおもしろがっているのか。セインの妻は——願わくは前妻は——セインほど表情が読みやすくなかった。

「あんたがなんだろうがどうでもいいわ」ライラの言葉は笑い声さながらに軽やかに響いた。「でも、エメリーの心臓は私のもの——ずっとそうだったのよ。たとえあの人がそれ以外の部分で私の信じるものをすべて否定しても……」長い爪を生やした手を片方あげ、こぶしを握る。「あの心臓はまだ私にとっていくらか価値があるの。恋愛を知っている人間の心臓は、そういう経験のない心臓より強いのよ、知っていた？」

ライラはまた一歩踏み出し、黒いまなざしをシオニーの胸もとに落とした。「あんたはおもしろいペットになりそうね。誰かを好きになったことがある？　憎んだことは？　い、い、あんたの心臓はどれぐらい強いのかしらね。確認してみましょうか？」

「いやよ！」シオニーは叫び、袋の中で最初に指にふれた折り紙をつかんだ。それと同時にライラが革袋を肩から落とす。早口で命令すると、革袋の口から切断された手が六本舞いあがった。手首はなまなましく血にまみれ、指は白っぽい紫色で、ぎざぎざの爪は蒼い。見えない翼で宙に浮かび、硬直したおぞましい指をもぞもぞとのばしてくる。

ライラがみずからの手を前方でふりまわすと、上肢の軍団は雀蜂の群れのように廊下を突撃してきた。

シオニーは自分の術を投げて叫んだ。「息吹け！」

さっき折った黄色い魚と白い鳥が目の前でたちまち命を得た。魚は水のように空中を泳ぎ、鳥は硬い翼をはためかせて、シオニーに向かって飛んでくるいちばん色の黒い手のひらに正面から襲いかかる。

だが、ライラには六つの手があり、シオニーの動物は——紙の動物は——ふたつしかなかった。手のうち二本が繊細な紙細工を手のひらで押しつぶし、床に落ちた。残りの四つがこちらをめがけて突進する。

「セイン！」シオニーは絶叫して向きを変え、廊下を突っ走った。つきあたりのドアに手をかけたが、把手は動かなかった。鍵がかかっている。

息を殺して袋をあさる。なにか、なんでもいい。ただの紙を次々と探っているうち、とうとう折ったものに手がふれた。紙の扇子だ。ぱっとふりむき、それを掲げる。

扇子を体の前でふったとたん、先頭の切断された腕が喉もとにつかみかかった。

一陣の風が扇子から巻き起こって廊下に広がり、シオニーに到達する寸前で残る三本の手を吹き飛ばした。風に押し戻された手がくるくるまわりながら宙を舞う。

強風は首をつかんだ手には届かなかった。ぐっと握りしめられて、空気が遮断される。

シオニーは息をつまらせたものの、繰り返し扇子であおいだ。

新たな風が三本の手をさらに遠くまで押しやり、くしゃくしゃになった鳥や魚の残骸とともに、床に落ちた手も巻きあげた。手と紙と疾風がライラに衝突する——手のひとつが握っていた短剣を叩き落とした。二回目の風でライラは吹き倒され、三回目で石の床を反対側の壁まですべっていった。

セインの心臓が保っていた幻が崩壊するにつれ、牢屋の壁がとけだした。シオニーはがくりと膝をつき、顔を紅潮させて首にめりこむ指をひっかいた。あえいでも空気が入ってこない。顔がほてる。目がとびだす。指を一本こじあけ、二本——

フェンネルが手の親指に体当たりした。紙の顎でせいいっぱいかみつき、ぐいっとひっぱって首からひきはがしてくれる。鉄のにおいと腐敗臭のする熱い空気がどっと喉になだれこんだ。シオニーは激しく咳き込み、吐くのではないかと思った。まして、すぐそばの消えかけている床には血まみれの手が転がっているのだ。

よろよろと立ちあがり、靴で二回踏みつけると、手は動かなくなった。念には念を入れてもう二回踏んでおく。

シオニーはずるずると膝をつき、かすれた声を出した。「いい子。ほんとに……いい子」

胸に巻いてから端を片方の肩にかけた紙の鎖を手でつかむ。防御。折り方を間違えたのだ。自分を過信しすぎた。

だがライラは――ひとまずライラはいなくなった。切除師が消えたことがわかると、首の痛みが薄れた。ピストルさえ歯が立たなかったライラだが、この一戦はシオニーの勝ちだ。かろうじてとはいえ勝った。セインが誇らしく思ってくれるだろう。

背後の分厚いドアにもたれかかり、細くあける。フェンネルが紙の尻尾を熱心にふった。赤紫と黄金と紫水晶の色をした野草の花が足の下にのびてきたのだ。牢屋の灰色がかった色彩が明るさを増し、サーモンピンクで強調された濃いオレンジ色に変わった。暖かい夏のそよ風が髪を乱す。

扇子を――最高の扇子を――袋に戻すと、シオニーは首筋をさすってまた立ちあがった。

第一の部屋で見た花盛りの小山と同じ景色が広がっていた――丘からは日没時のこんもりと茂った木の列が見おろせ、すぐ先ではあの大きなプラムの木が空へ枝をさしのべている。セインがその下に横になっていたが、シオニーが知っている年齢で、それより若くはなかった。隣にいる女もライラではない。

シオニーは一瞬目を閉じ、スイカズラと土の甘い香りを胸いっぱいに吸い込んで、心を落ちつけた。首に残る冷たい指の感触をこすりとってから、ふたたび目をあけて美しい光景を視界に入れ、プラムの木に近づく。

そばに行くにつれて胸がどきどきしてきた。あやうく死ぬところだったライラとの戦いのせいだと思いたかったが、そうではないことはわかっていた。しかし、セインのかたわらにいる新しい女に注意を向ければ向けるほど、その映像はぼやけてしまった。

毛布のへりの直前で立ち止まる。その女は……実のところ女とは言えなかった。顔が存在せず、輪郭めいたものしかないのだ。髪の長さも色もはっきりしない。体の曲線が女性であることを示していたが、体重や身長や体つきがあきらかになるほどではなかった。沈みかけた夕日をこれほどおだやかに、これほど輝く瞳でながめているセインの隣にいると、〝女〟は想像上の存在のようだった。

(実際その通りだからよ)シオニーは悟った。またそよ風が吹いてきてスカートをくすぐり、幻の光景に花びらを吹き散らした。(これはセインが――エメリーが――そうなってほしいって望んでいることなんだわ)

その姿をじっと見つめる。安らいで満ち足りた様子を、生命力を放射しているかのような双眸を。かたわらにいる謎めいた女のことも、頭から足の先まで観察した。(また誰かを好きになりたいのね)

見えないだろうとわかっていたが、まばたきして顔をあげてくれないかと願って、エメリー・セインの顔の前で手をふってみた。桜の木々と薄い幕の真ん中でライラを見つめたように、こちらに瞳を向けてくれないだろうか。助けが必要なのだ。セインから逃げ出すためにその助けがいる。そして逃げ出さなければセインを救うことはできない。こんなにも生気にあふれたまなざしが消えてしまったら、シオニー自身にもこの世界にも、大きな損失になるという気がした。

それに、もしエメリー・セインが死んだら、気の毒な誰かが必要に迫られて紙の魔術を押しつけられることになる。金属に術をかけることを夢見ているかもしれないのに。そんな運命をほかの誰にも押しつけたくはない。

シオニーはぼさぼさになった三つ編みを人差し指でねじった。希望。自分の希望はいまどんなふうに見えるのだろうか。

毛布の端っこに足を乗せ、喉をさすりながら膝をついた。きっとあざができるだろうが、それ以上ひどくはならないはずだ。手に負えないようなものではない。（もっと大変な状況だって乗り越えてきたんだから）

暖かなそよ風が肩先で渦を巻き、枯れたタンポポの綿毛をすくいとって、プラムの木の黒っぽい葉の上に投げた。風のせいで、べとついた髪やごわごわの服のことを思い出す。部屋と部屋のあいだの弁をむりやりくぐりぬけた名残だ。

シオニーは勇気を奮い起こそうと深く息を吸った。紙の鎖を頭から抜いて点検する。

ここにいるエメリー・セインの幻が実物ではないと知っていても、そばにいると心強かった。こういう状態で可能なかぎり、ということだが。なにしろ、セインの心臓の中には腕の立つ切除師も一緒にいて、いつどこに現れるか予想がつかないのだから……

すばやくあたりを調べたところ、ライラはどこにも見あたらなかったので、握っていた折り紙に注意を戻した。両手でゆっくりと鎖の輪をたぐり、ひとつずつ確認していくと、やがてほかの輪よりほんの少し幅が広い輪が見つかった――きっとこれが間違っていたのだ。袋から半分の紙をひっぱりだし、かわりの品を作りはじめる。

笑い声が耳に届いたが、冷たい響きではなかった。ライラの声ではない。明るく楽しげな子どもの笑い声だ。フェンネルが反応して吠えた。

ふりかえると、隣の女と同じように漠然とした姿の子どもが目に入った――せいぜい三つぐらいだが、顔も曖昧だし色合いもはっきりしない。（男の子ね）と考える。子どもはなんの特徴もない小さな両手を頭の上にふりあげ、野花のあいだを駆け抜けた。一拍おいてふたりめの子どもが加わる。もう少し背が高い。女の子だ。ふたりは笑い声をあげてお互いにくるくるまわった。ふたりだけのささやかな遊びで、丘を登ったりおりたりしている。その動きで、足もとの草むらにいたオレンジ色の蝶が目を覚ました。夕日に照らされた翅《はね》は炎のように見えた。

輪を完成させながら、シオニーは思わずにっこりした。「それじゃ、家族がほしいのね」とささやく。「わたしもよ。いつかね」

鎖の輪を入れ替え、失敗したほうを毛布の下に押し込む。鎖を体に巻くと、そこならライラには――跡をつけられたとしても――見つからないだろう。今度はベルトのように固くなって締めつけてきた。正しく術がかかったということならいいのだが。

立ちあがったとき、今回の幻から離れたくないと思っていることに気づいた。エメリーの心の底に埋もれているこの望みは、あまりにもあざやかで現実的だった。花の茎の奥深くに湧き出した蜜のにおいも届けば、沈みかけて動きを止めたような太陽が残した熱気も感じられる。自分の心がこの半分も美しいものを創り出せるだろうか。

毛布に置かれたエメリーの手にふれると、今回だけはそのまま突き抜けたりしなかった。そのかわりガラスにさわっているようだ。「わたしがなんとかしてあげるから」シオニーは言った。「いつかこの日がくるわ。約束する」

フェンネルを連れて毛布から離れ、前のとき花咲く小山からたどりついた草地のドアに戻っていく。真鍮の把手を引くと、日没は石と木材に変わった。

シオニーが立っていたのは、パーラメントスクエアの真ん中だった。

第十章

野草が咲き乱れる坂はたちまち濃淡さまざまな灰色に変わった——木炭、灰、石板、そして鋼の色。ビッグベン——北側にある、先の尖った高い時計台の鐘——が九時を告げた。広場の中央には、荒れ狂う軍馬の手綱をつかんだサー・ライアン・ウォルターズの巨大な彫像が誇らしげに立っている。細部があまりに精巧なので、どの方向から見ても動き出しそうだったが、もちろん動いたりしない。サー・ライアン・ウォルターズと馬の像は石で彫ってある。人間が石を作り出したことがない以上、魔法をかけられる魔術師はいないのだ。

パーラメントスクエアじゅうに人がひしめいていた。実際にはシオニーがいることに気づいていないのに、大きくよけていくようだ。人々はたくさんの店の前を通りすぎていく。どの戸口も彫像に面していた。六階建ての共同住宅を出たり入ったりしている人たちがいる。ダンプリング屋と郵便局にはさまれており、両側にせまい路地があった。

その建物に入ったことはなかったが、一部屋の家賃の請求書を見たら、桁数の多さに目が痛くなるのではないだろうか。

広場の店の多くは戸口に〝営業終了〟の看板がかかっていた――蠟燭店のウィッカーズ、シオニーが違う魔術への道を進んでいたら契約できたかもしれない、特注の銃器を扱う公爵夫人銃器店、それにセントオールバンズのサーモンビストロもだ。酒屋のエールフォーユーと、シオニーが何度かひいきにした仕立て屋のファインシームズはまだ店に〝営業中〟の看板が出ている。日曜日に違いない。たいていの店は日曜日に閉まっている。

シオニーは日曜日が大好きだった。一週間でいちばんお気に入りのときだ――タジス・プラフ魔術師養成学院の学生にとっては、祝日と議会の日をのぞいて唯一の休日だった。日曜日だけは、宿題が残っていなければ街へ出て楽しめた。気の向くままに散歩し、人々の生活音に浸《ひた》り、素朴なサンドイッチを味わう。ビッグベンに向かい合ったパーラメントスクエアの三層の噴水のそばで本を読んでもいい。その噴水には魔法がかかっていた。設置されたとき、可塑師――プラスチックの魔術師――が各層に特別な内張りを施し、落ちてきた水が五分ごとに違う形でなだれおちるよう設計したからだ。人生で数カ月間、あの噴水のようなものを作りたいと憧れ、可塑師になろうかと思った時期があった。

エメリーも――つまりセイン師も――日曜日が好きだろうか、とぼんやり考える。

周囲をざっと見渡すと、右側に十歩ほど離れたところに赤く塗った木製のアーチ道があった。近づいていき、側面にさわる――

目をぱちくりさせると、パーラメントスクエアの別の地点に立っていた。広場のいちばん東側で、鼻先すれすれにふちが錆びた鉄で留めた古い木の扉がある。ひときわ長い棘がちょうど両目のあいだを狙って突き出していた。

一歩さがったとき、あたりに鐘の音が響いた――ビッグベンではなく、目の前の建物の内部にかかっている真鍮の鐘だ。ここは教会だった――扉の上の色あせた表札は「ウェストミンスターの聖ペテロ共同教会」と読める。現実のパーラメントスクエアを通ったとき、この建物を目にしたことをなんとなく憶えていた。フェンネルが扉の下を前足でひっかいた。

人混みを徹底的に捜してもライラの姿は見あたらなかったが、シオニーは紙の鳶を折って「息吹け」と命じた。飛び去らないように片方の翼を押さえてつけくわえる。「黒い服の女に目を配っておいて。長い髪で爪が血だらけなの。見かけたら窓を嘴《くちばし》でつっついてちょうだい」

手のひらでぴょんとはねた鳥を放してやると、広場の上空高く飛んでいった。

シオニーは大きな鉄の把手をつかみ、苦労して教会の扉を引きあけた。足を踏み入れたのは薄暗い廊下だった。三歩目でまた移動するのを感じ、四歩目でせまいバルコニーに現れた。バルコニーは広い聖堂の裏にあり、ステンドグラスで飾った半円形の窓二枚にはさまれていた。前方にはY字形をした白い柱が二列に並び、そのあいだに茶色く塗った二列の信者席が設置されている。ほかにも半円形の窓がいくつかあり、陽射しが流れ込んでいた。湾曲した腕木のついた三層のシャンデリアも明かりを提供している。礼拝堂の前方にはほぼ壁全体を占める最大の窓があった。ステンドグラスの模様が細かすぎて、ここからでは画像がわからないほどだ。しかし、教会に参列している人々はよく見えた。

信者席の半分ほどが埋まっていた。両肩に黒っぽい長いストラをかけた白いローブの男が信徒たちの正面に立っている。すりきれた重たげな聖書を手にしているが、なにを読んでいるのかは聞こえなかった。

「あの人々がうらやましいな」隣で耳慣れたバリトンが言った。

シオニーはとびあがった。エメリー・セインが隣に立っていた。バルコニーの手すりにはふれず、胸の前で腕を組んでいる。シオニーが奨学金と仕事を失った晩餐会に現れたときのように見えた。黒い眉をほんのわずかひそめているが、驚愕にしろ怒りにしろ、感じていることを強く示すほどではなかった。それ以外は表情も態度も落ちついている。目を伏せて下の牧師をながめているので、瞳がよく見えず、内心が読めなかった。

羽毛でそっとなでられたような感覚が首筋を走り抜けた。あのときと同じ姿なら、話しかけることができるだろうか？

「セイン！」と叫ぶ。「助けてほしいの！」

だが、紙の魔術師は反応せず、見つめているだけだった。シオニーは唇をかんでから別のことをためしてみた。

「誰がうらやましいの？」

「あの人々だ」セインは答え、軽く顎をしゃくって信者席の敬虔な聴衆を示した。返事があったというだけでほっとした。このエメリー・セインは、幻の外にいるとはいえ、本当のセインの一片でしかないようだ——心臓の第二の部屋に存在しているひとかけらでしか。「実のところ、あの全員がだ。信仰を持つことがうらやましい」

シオニーは教会の男女をちらりと見やった。「英国国教会に入りたいの？」

友人のアニス・ハッターは、物質魔術の使用を受け入れている宗派のひとつである英国国教会員だった。シオニー自身は教会のミサには一度しか行ったことがない。

「ひとつのたしかなものを信じることができれば、人生はずっと……単純に……なるだろうと思う」セインはなおもこちらを見ずに答えた。「あちらこちらで少しずつ拝借するというのは、人の精神にとってよくない。すべてが正しい、すべてが間違っていると考えることもだ。魔術師がすべての物質を扱えないのと同様にな。ひとつを選ばなければならない。だが、どうしてわかる？　ここにいる人々が信じているのはなぜこの教えで、ほかの教えではないのだろう？　しかし、あの人々は満足している」

シオニーは相手の肘にさわり、実体があることを発見した――このエメリー・セインが幻と切り離されているというさらなる証拠だ。「学ぶしかないんじゃないかと思うわ」と言う。「どれが自分に合っているかわかるまで探究してみるしか」

セインはこちらを見た。緑の瞳は物思いにふけり、静かに自問しているようだった。「なにかひとつのものを信じているか、シオニー？」

名前を呼ばれて鼓動が速くなった。

投げかけられた問いを検討する。「いままで深く考えてみたことがなかったわ。たぶん信じてないんでしょうね。あなたの言ってることはわかると思うの、どんな信仰にもいいところがあるって。どんな神々にも、どんな信念にも。そのことを考えてみると……たぶん自分にとって正しいと感じることを少しずつとって、それでわたし自身の信仰を作ってるのね。信仰って本当に、すごく個人的なものよ。あらゆることを自分とまったく同じように信じている人たちと毎週会ってないからって、なにも信じてないことにはならないでしょう」

相手はうなずいたが、表情は変わらなかった。

シオニーはその様子を観察した。顎の恰好や横顔の輪郭を。エメリー・セインのような紙の魔術師が信仰を望むとは思いもよらなかった。最初の出会いのとき、相手を表面だけで判断して型にはめこんだのだ。いとも簡単に。ラングストンもそうだった。そんなふうに片面だけの紙のようなものと判断し、切り捨ててきた人々が、ほかにどれだけいるのだろう。

会話の合間にエメリーの心臓のかすかな**どくん**、どくん、どくんという音が聞こえたが、なんだか……疲れたような響きだった。背筋に悪寒が走り抜けた。フェンネルを腕にすくいとり、バルコニーに背を向ける。移動し、進み続けなければ。本物の心臓も紙の心臓も止まらないうちに、現実のセイン師にたどりつかなければならないのだ。

バルコニーから出ていく階段を見つけ、急いでおりていった。ひたすらぐるぐるまわる階段は、一階下のメインフロアに行くにしてはあまりにも長かった。四階分はおりたと感じてから、階段のつきあたりにちらちら光るドアが見えた――握りも把手もない、緋色にふちどられた白いドア。

フェンネルをぎゅっと胸に抱きしめ、片手をのばしてそのドアを押しあける。

周囲の教会も、パーラメントスクエアも消え失せた。シオニーはふたたび、青い静脈と脈打つ動脈に覆われた、天井の高い肉の部屋に立っていた。エメリーの幻全体にこだましていた絶え間ない**どくん**、どくん、どくんという音が耳の奥で鳴り、床を振動させる。記憶にあるより少しゆっくりと響いていた。

十歩も離れていないところに、またもや浅い血の川と弁があった——この前通り抜けたのとは違う弁だ。セインの心臓の第三の部屋につながっているのだろう。そうに違いない。

腕の毛が逆立ち、シオニーはすばやくあたりを見まわした。また切断された手が床からつかみかかってくるのではないかと警戒しつつ、ライラの黒髪を捜す。切除師のことを考えると、エメリーの鼓動におとらず自分の心臓の音が大きくなった。ライラに追いつかれるまでどのぐらい時間がある？ もし次の部屋で待ち受けていたら……

ごくりと唾をのみこむ。フェンネルが乾いた紙の舌でシオニーの顎をなめた。

「小さくなってちょうだい、いい子」ふるえるまいと懸命に努力してささやく。この二十四時間ほどふるえたことはなかった！ こんなに救出が大変だとは、エメリー・セインが恨めしい！

　フェンネルが言われた通りゆがんだ五角形に戻ったので、シオニーは慎重に袋の紙束にはさんだ。弁を見やってまた毒づく。あの息のつまる壁のあいだを通り抜けたときのことを、まだ正確に憶えているのだ。呼吸もできなければろくに身動きもできず、あまりにも暑く暗かった。しびれるような不安を舌の裏に感じる。この弁を抜けられなかったらどうなる？　きつい壁にはさまれて身動きがとれなくなったら……

　不安をのみこむと、喉に不快なかたまりがつかえた。それでも、やらないよりはましだ。いまエメリーを失ったら、二度と自分のことを許せないだろう。引き返すには深みにはまりすぎている。

　シオニーは歯を食いしばり、窮屈な弁に横向きで近寄った。分厚い壁に片腕を押し込み、もう片方の手で腰の袋をつかむ。頭の中で三つ数えた。

　ふたつ数えたところで叫んだ。「ここまでしたら特別手当をもらう資格があるわ！」

その台詞は壁の脈動とは逆の強弱でこだました。

　三つ目で深く息を吸い、壁のあいだに分け入る。

　胴に巻いた防御の鎖が体を抱きしめ、弁の熱い壁がわずかにしりぞいた。呼吸する隙間ができる。シオニーは安堵の息をついたものの、やがてひらいた弁が心臓にどんな影響を与えるか気づいた。

足のまわりに血があふれ、たちまち腿まで達した。どくん、どくん、どくんの最初のどくんにゆさぶられ、三拍子の一拍目が響くたびに体がこわばった。髪が縄のように首に巻きつく。舌をかんだせいで口の中に自分の血を感じた。

息ができない。息ができない。

強引に足を進め、さしのべた手でつかむものを探す。額の汗が流れ込み、ぎゅっと目をつぶった。

肺が破裂しそうになった瞬間、弁の向こうのなにもない空間が手にふれた。弁の端を握り、唾を吐き出してあえぎながら暗い部屋に這い出す。汚れた袖で顔をぬぐってから、頭をあげてあたりを見まわした。暗い事務室のようなところに立っている。唯一の光は、幅が三フィートほどの四角い二枚ガラスの窓から入ってきていた。日よけもカーテンもついていない。外では深青色の夜空に星が二つ三つきらめいている。エメリーが自分の本を書き終えたのと同じ事務室だろうか？　シオニーはいぶかりつつ、まだ折りたたまれたままのフェンネルを袋からひっぱりだした。

足をひきずる音で、窓から注意をそらす。部屋を見渡してその音の出どころを探したが、陰に隠れて見えなかった。

シオニーはたたまったフェンネルを胸もとにかかえた。「そこにいるのは誰？」と問いかける。

影が動き、誰かがとびかかってきて体に突っ込んだ。後ろ向きに飛ばされて壁にぶつかり、頭が板に激突する。せっかく取り戻した空気が肺から叩き出された。攻撃した相手は前腕でシオニーの襟もとを押さえつけた。一瞬、暗い部屋がぐるぐると回転した。

（ライラ！）

だが、暗闇に目が慣れると、自分を投げ飛ばしたのがライラではないとわかった。輝くエメラルド色の瞳でにらみつけているのはライラではなかった。

エメリー・セインだ。

第十一章

暗がりでもその双眸が怒りに燃えているのが見えた。ぎざぎざしたガラスの破片につらぬかれているようだ。前腕が痛いほどの力でいっそう強く喉もとに押しつけられた。影のような黒髪が額にかかっている。防御の鎖はその圧迫を認識していないのか、まるで助けにならなかった。

そしてとつぜん、シオニーは事務室の反対側に立っていた。エメリーの腕が胸から消えている。長い机の脇をつかんで体を支えた。自分は動いたが、エメリーはもとの場所にとどまっている。ただ、壁に押さえつけられているのはシオニーではなくライラだった――現実より若いライラで、束ねていない黒髪の巻き毛が肩にたれているが、その顔には見慣れたきつい表情がちらりとうかがえた。

「よくも！」エメリーは激昂して叫ぶように言った。その言葉にこもった敵意が荒々しく耳を打ち、骨までふるわせる。シオニーはぎょっとした。紙の魔術師の唇からこれほど苛烈《かれつ》な声が出てくるとは。「これがどういうことなのか、そもそも理解しているのか？」

「放してよ！」ライラは叫び返した。

エメリーは手を離したものの、ほんの数インチしか余裕を与えなかった。まだ折りたたまれたフェンネルを握ったまま、シオニーはじりじりとふたりに近づいた。

「三日間なんの連絡もなかった。なにひとつ！」エメリーは声をひそめてなじった。襲いかかるコブラのように両手が宙を舞う。肩をこわばらせたせいで首が短く見えた。「そしていまや、きみはフロイライン失踪の容疑者になっている！」

ライラは目をみひらいた。

エメリーは自分の髪をつかんで一瞬目をそらした——煮えたぎるまなざしがシオニーの上を通過したが、見てはいなかった。国教会でのエメリー・セインとは違い、完全に幻に組み込まれていて、シオニーの存在に気づかないのだ。くるりとライラをふりかえって言う。「しかも知ってさえいないのか。どうして聞いていない、ライラ？　いままでどこにいた？」

「だからなに？」ライラは問い返した。その声は相手におとらず鋭かったが、言葉は空気を燃やすのではなく凍《い》てつかせた。「私はあなたの犬じゃないのよ、エメリー！」

「妻がなんの痕跡も残さずに姿を消したというのに、私には関係ないというのか？」エメリーはあぜんとしてたずねた。大きな音でシオニーはとびあがり、目をこらしてようやくエメリーのこぶしが壁を叩いたことに気づいた。げんこつのまわりのペンキにひびが入っている。

「エメリー」シオニーはささやいた。

エメリーは手を引き、顔をしかめてライラのほうを向いた。「グラス・コバルトだな？」半ば怒り、半ば傷ついて問いかける。感情がびりびりと全身に渦巻き、あの燃えあがる瞳の奥で稲妻がひらめいた。痛めた指の関節が自分の心であるかのようになでさする。

「あの人をこれに巻き込まないで」ライラがぴしゃりと言った。

エメリーはライラの肩をつかんでゆさぶった。「おまえが手を出しているのは切除術だぞ、ライラ！　くそ、切除術だ！　いったいどんな言い訳ができる？　すでにこの世のあらゆる善や正義に背を向けてしまったのか？」

ライラの手がエメリーの顔を張り飛ばしたとき、部屋がうねった。シオニーの肩が事務室のドアにぶつかる――あとずさっているうちに余地がなくなったのだ。事務室の唯一の窓から銀色の光が射し込み、争うふたりの体を照らし出す。これは自分が知っているエメリー・セインではなかった――こんなに鋭い動き、こんなに威圧的なきびしい声。シオニーはおびえていた。

冷たい手で背後のドアの把手を探り、まわしたとたん、仰向けに倒れ込んだ。しりもちをついたのはひんやりと濡れた草の上だった。頭上には帯状の暗い雲に覆われた空が広がっている。細かい雨粒がぱらぱらと顔にふりかかり、あわてて転がってフェンネルを水滴から守った。冷たい空気に鳥肌が立ち、上腕に悪寒が走った。ブラウスの下にフェンネルをしまうと、手をついて膝立ちになり、雨と汗に湿った髪を額からかきあげて周囲を観察した。

シオニーを迎えたのは木も庭園もない平らな芝生だった。鐘のない校舎のような赤い煉瓦の建物がはるか遠くにそびえている。そこまでの道はなかったが、ずっと右のほうで、玉石を敷いた道路が風景をうねうねと横切っているのが目についた。左側には灰色の石の建物がいくつかある。切妻屋根で窓も煙突もない。家にしては小さすぎた。死者の家、墓所のように見える。

ようやく脚が動いたので立ちあがると、袋が肩にひっかかった。反対側にかけなおす。立ったおかげで目の位置が高くなり、地面に整然と間隔をあけて並んでいるくぼみがあるのがわかった。それぞれ名前と日付が刻まれたセメントの墓碑が設置されている。

びしょぬれの花束や枯れた花束が載せてあるものもあった。ひとつには小さな羊のぬいぐるみが置いてある。せいぜいシオニーの手ほどの大きさで、雨に濡れそぼっていた。

あまり墓地には行ったことがなかった。あまりにも悲しい場所だ。天もそう思っているらしく、頭上で絶え間なく涙をこぼしている。

この前墓石のあいだを歩いてから、五年近くがたっていた。

シオニーは後ろへ手をのばし、そこにないことを知りつつ事務室のドアを探った。腕の悪寒が胸と胃に伝わっていく。「ここはだめ」みぶるいしてささやいた。自分の体を抱きしめる。「ここになにがあるか知りたくないの、エメリー。お願い」

だが、場面はゆがみも移りもしなかった。墓地は降り積もる雪のようにひっそりと待ち受け、その光景を濡らす霧雨がブラウスにしみとおった。

シオニーは下唇をかんで玉石の道路へ歩いていき、その道をたどって低い丘に登った。さすがに疲労で歩みが遅くなる。いまは何時だろう？ どのくらいエメリーの心臓の中にいるのだろうか。どれだけ時間が残っている？ 懐中時計は持っていないし、その質問に答えてくれるものはなにもない。疲れ具合から遅い時刻になっているのではないかと想像した……もっとも、ライラと対決したうえ、あれだけ苦労して部屋のあいだをくぐりぬけたら、誰でもへとへとになるだろう。

袋からチーズを少し出し、ゆっくりと食べた。胃が緊張しすぎていてそれ以上なにも入らなかった。脳裏でエメリーの声が壊れた蓄音機のようにまわり続ける。裏切りと怒りに彩られたあの言葉が。この部屋が想像している通りのものだとしたら、できるだけ早く立ち去りたかった。

玉石の道路は小さな丘を越え、その左側に黒ずくめの服装をした少人数の集団が見えた――黒いスーツの男がふたり、白と黒のカラーをつけた牧師、長い黒いドレスを着た女が四人、そのうち三人は幅の広い帽子をかぶって網状のヴェールを顔にたらしている。シオニーは痛む脚で濡れた斜面をあがり、のろのろと近づいた。男のひとりが女のひとりをふりかえり、なにか耳もとでささやいた。顔つきが変わっていたものの、その男――養蜂家――は見分けがついた。変わったのはたんに悲しみで顔に皺が刻まれたせいなのかもしれないが、やつれて見える。くたびれた様子に。養蜂家。エメリーの父親。急にぎくっとした。

新たな力が湧き起こり、墓地まで残りの道を走っていく。まさかエメリーの墓ではないだろう！　どんな人間の心臓だろうと、未来を知ってはいないはずでは？

墓地からほんの数歩離れた位置で、足を踏み出したまま凍りついた。（これが未来じゃなければ別よ）と考える。遅すぎたとしたら？　もしエメリーがすでに……

下唇をかんで、誰ひとりこちらの存在に気づかない女たちを突き抜ける。向かい合った真新しい土の山ふたつには、それぞれ汚れていない墓石が据えてあった。

そのあいだに立っていたのは、腹にちっぽけな山高帽をかかえた、せいぜい三つぐらいの小さな男の子だった。ふんわりした黒髪の巻き毛が雨で重くなり、額やこめかみや耳に毛がはりついている。ちっちゃな口をすぼめているだけでほとんど表情がなく、無心に前方を見つめていた。

シオニーはその隣に膝をつき、濡れた髪を目からかきあげてやろうとしたが、もちろん手が突き抜けてしまった。墓碑を読んだのはそのときだ。「ヘンリー・セイン、一八三九～一八七四」と「メロディー・ヴラダーラ・セイン、一八四一～一八七四」どちらの墓にも、名前の下に飛んでいる鳩と、重なり合ったふたつの結婚指輪の絵が刻まれていた。

シオニーは両手を胸に押しあてた。

「これはあなたのご両親なのね」とささやき、幼い少年を、それから背後の養蜂家を見やる。わずかだが血縁の相似がある顔立ちからして、伯父に違いない。

怒り。背信。死。暗い時期――それがこの記憶だ。これまでにエメリーの喜びと希望を通り抜けてきた。闇のほうも見るのは筋が通っている。傷や欠点を。あの輝く瞳の奥にさした影を。

膝で地面に押しつけられたスカートの生地に、芝を濡らす雨がしみこんだ。男の子は瞼《まぶた》を伏せて大きな瞳を隠し、シオニーを通り越して墓石のあいだのなにもない場所をながめている。雨粒が黒い睫にくっつき、まるい頬にぱらぱらと落ちた。

「お願い」シオニーはささやいた。「ここのどこかにいるんでしょう、エメリー。この子をなぐさめさせて」

もう一度男の子の顔からびしょぬれの髪を払いのけようとすると、今回はガラスのように硬い感触があった。肌や髪そのものではないが、さわることはできる。

幼い少年の肩に両腕をまわして抱き寄せた。「大丈夫よ、約束するわ」とつぶやく。「未来を見たの。あなたはたくさんのことを実現するわ。ご両親はきっと誇りに思うでしょう。これからもっとよくなるの。また幸せになれるのよ」（わたしが必ずそうするから）

エメリーの額にキスすると、その指から帽子を抜き取り、頭にかぶせてやった。雨ですでにずぶぬれだったが、せめて帽子があれば目に水が入らないだろう。立ちあがって顔を拭いてやるものを探したが、ほとんど持っていなかった。雨を避けなくては――体にしみとおってしまったらフェンネルも濡れてしまう。フェンネルなしではこの先長く進めそうにない。この暗い場所では。

うやうやしく墓をまたぎ、養蜂家と牧師のあいだをすりぬけて、葬儀と道から完全に離れた。肩と首をさすって冷たさを追い払う。墓地は地平線を越えた先まで続いているようだった。まるで空そのものが墓の群れでいっぱいになっているように見えるほど、どこまでもはてしなく。

シオニーはとぼとぼと進み続けた。

膝ぐらいの高さしかない石垣にたどりつき、風化して崩れた部分を越える。足の下で芝が短く硬くなり、やがて広い黒白のタイルをコツコツと靴が踏んだ。雲と雨のかわりに、ほぼ三階分の高さの湾曲した天井が頭上に現れる。髪と服はたちまち乾き、空気が室温程度まであがった。

しばらくのあいだ、巨大な吹き抜けの空間——いや、廊下——をじっくりながめる。あかがね色の円柱が左右の壁に並び、そのあいだに設けられた洋ナシ形のアルコーヴにはさまざまな宝物が展示してあった。色を塗った花瓶、厚いガラスの額におさめてある古びて黄ばんだ書類、女王の肖像画や過去の女王たちの胸像。胸像のひとつは、なぜかひときわ鼻がすりへっていた。

天井自体に四角い窓の列が延々と続き、陽射しを取り入れている。どこか見覚えがある場所だという気がしたが、きちんとつきとめられなかった。以前ここを訪れたことはない。いや、ひょっとするとこの角度から見たことがないだけなのか。ブラウスの中からフェンネルをとりだす。墓地の雨で濡れたとしても、場面が転換したときに乾いたらしい。

広げると犬はすぐさま命を取り戻し、左の後ろ足で紙の耳をかいた。シオニーは笑ってその顎をさすった。「そばにいてね、いい子」

歩き出すと、自分の足音はやけに大きく、フェンネルの足音はひどく小さく響いた。犬は円柱のひとつに寄せたシダのほうへ走っていき、陶器の植木鉢のふちを嗅いだ。かすかなささやきが耳に届いた。シオニーは足を止めて聞き耳を立てた。前方のかどをまわった先から聞こえてくる。用心深くその話し声に近づいたのは、これまでにエメリーの心臓で会った人々との状況を考慮したからだ。

どちらの声も聞き分けられた――最初の声はエメリーだ。もうひとつは、よく耳をすましてみると、ヒューズ師の声だった。

かどからこっそりのぞくと、ふたりとも両開きの扉がある部屋の外で壁によりかかっていた。その扉が記憶を呼び起こす。ここは国会議事堂だ。何年も前、父がまだ運転手として働いていたころに一度見学したことがある。

「……うまくいくとは思わない」エメリーが小声で言った。両肘の上を握りしめ、向かい側の壁に視線をあてて立っている。藍色のコートと似ているが、もっとボタンの多い灰緑色のコートをまとっていた。「ずっと放置していた。向こうは一度しかその件を持ち出していないが、いまのところ私が認定を遅らせている状態だ。ダニエルは頭のいい若者だ。もっとましな待遇を受けるべきだし、認定を延期させるわけにはいかないだろう」

「ああ、延期はない」ヒューズ師は同意し、人差し指と親指で短い白髭をしごいた。「だが、教育委員会は配置換えを避けたがるぞ。秩序が乱れるし、授業計画を切り替えて再調整するには時間がいる。きみたちふたりとも、うまく説明する必要があるだろうな」

「私の結婚は破綻しかかっているんだ、アルフレッド」エメリーは言った。長々と息を吐き出し、ポケットに両手を突っ込む。その声があまりに重苦しかったので、シオニーは壁にすがりついた。

ヒューズ師はエメリーの肩に片手をかけた。「残念だ。わし自身も三度目でな。つらいだろうが、きっと少し時間をおけば――」

「妻は切除師だと思う」エメリーはさえぎった。

ろくに聞き取れないほど低い声だったが、その発言はひとけのない廊下に大きく響き渡った。

ヒューズ師は干上がった口でなにかつぶやいてから、唾を飛ばして叫んだ。「まさか……まさか真剣に言っとるわけではなかろう」

「たしかに私は、たいていの場合真剣にふるまうことを好んで避けているが」エメリーは応じた。「今回は兆候を見た」そこでためらう。「といっても、そもそもこの四カ月、妻の姿を見ていない」

ふたりの男は長いあいだ黙っていた。シオニーが立ち去ろうと向きを変えたとき、ヒューズ師が口をひらいた。「きみが実際に知っとることは役に立つかもしれん。わしは陛下の領土から黒魔術を抹消しようとたゆまずはげんどる人々を知っとってな――正確には警察ではないが。その気があるなら紹介してもいい……」

ヒューズ師の唇は動き続けたが、その言葉は声にならず、パントマイム同然だった。シオニーはヒューズ師とセインを交互に見やり、情報が受け渡されるのを待った……だが、ふたりは二体の操り人形と化していた。読唇術は苦手だ。うめき声を洩らし、足を踏み鳴らしたいという衝動をこらえる。

フェンネルが隣でふうふう息を吹き、シオニーはまばたきした。見つめすぎて目が痛い。だが、セインとヒューズ師から遠ざかって花崗岩のアーチ道を離れると、国会議事堂ではなく、混雑した廊下と階段に行きついた。その上の天井は小石に覆われている。頭上で甲高い鐘の音が鳴り響いた。

そこは自分が通った中等学校、グレンジャー学院の中央廊下のつきあたりだった。

廊下には少年少女があふれ、しゃべったり歩いたり昼を食べたりしていた。とりわけ元気な恋人同士が、テニスのトロフィーを飾ったケース――記憶にあるよりトロフィーの数がずっと少ない――の脇でキスしている。だが、そのうちチョッキを着た男が物差しで少年の尻をぴしゃりと打ち、そこをどけと言い渡した。背後には髪をあげて唇をあざやかに塗った三人の少女がおり、手で口もとを隠してひそひそ話している。いちばん背の低い少女が爆笑して鼻を鳴らし、それを受けてほかのふたりが忍び笑いした。鼻梁に眼鏡を載せ、クリップボードを持った細身の女が後ろから階段をおりてきたので、三人は移動した。女は顔をあげず、シオニーを含めて誰も見ないで通りすぎた。

シオニーは人々から視線を離し、ふたたび建物自体に注意を向けた。グレンジャー学院だとわかるが、記憶に残る姿とは少し違っている――床は四年間授業の合間に踏んで歩いたごわごわする栗色の絨毯《じゅうたん》ではなく、リノリウムのタイルらしきものだった。階段の手すりはオークではなく塗装剤がはげかけた松材だ。それをのぞけば建物は同じように見えた。グレンジャー学院はエメリーの中等学校でもあった——これは通っていた当時の様子なのかもしれない。

アニス・ハッターのことが頭に浮かんだ。シオニーはその考えを押しのけた。いま歩いているのはエメリーの心臓で、自分の心の中ではない。

黒髪がちらりと目について思わずとびあがったが、自分とそう年の変わらない別の少女にすぎなかった。ライラに似ているが顔の幅がもっと広く、鼻が大きい。それでもシオニーは歯を食いしばって言った。「ここで誰に出くわすかわからないわ、フェンネル」

この学校にはなつかしいような雰囲気があった。この部屋で前に見た幻とはやや空気が違うのはたしかだ。とはいえ、油断しないようにしよう。なにか普通でないことを見逃したら、フェンネルが気づいてくれるといいのだが。

シオニーは胸に巻いた防御の鎖にふれた。水と血で損傷を受けたとしても、国会議事堂とこの学院に移動したときに復元したらしい。よかった。少し時間をとって、学院の堅い床でもっと鳥を折ろうかと思ったものの、やめておくことにした。セインに折ってあげた貧弱な紙の心臓で手に入る時間は限られている。防御の術と扇子が守ってくれることを信じるしかない。

コート用のフックと、本やまるめた宿題や弁当箱で満杯の整理棚が並ぶ廊下をゆっくりと通り抜ける。授業――あるいは昼食――が終わったばかりらしく、廊下は人でいっぱいだった。最初はよけようとしたが、数が多すぎた。避けなければそのまま体を突き抜けていったので、この場所では自分が特異な存在なのだと思い出させられた。フェンネルもだ。

生徒の大半が通りすぎ、続いてシオニーの数学教師だったミセス・グッドウェザーがやってきた。記憶にあるよりぽっちゃりしていて、いくらか若い。ミセス・グッドウェザーは紫のタイトスカート姿でさっさと行ってしまい、その後ろに少年の集団が見えた。三人は立っており、ひとりは膝に本を載せて床に座っている。床の少年は両手に折った紙を持っていた。黒い髪を目にしてシオニーは駆け寄った。

「エメ――」と言いかけたが、床の少年はエメリー・セインとはまったくの別人だった。たしかにぼさぼさの黒髪だが、にきびだらけの肌は白すぎ、鼻は尖りすぎているし、精巧なフレームの眼鏡をかけている。シオニーと似たようなそばかすが手に散っていて、目は緑ではなく淡褐色だった。

それでも、手に持っている折りかけのものは見分けがついた――偶然の箱だ。いや、その折り始めだった。

「おまえが使えるのは紙だけなんだろ、ええ？」立っている少年のひとりがたずね、仲間がせせら笑った。「そこにいると邪魔なんだよ、もっとましなことができないのか、プリット？」

この幻の中では会話が通じることを期待し、ひとこと説教してやろうとシオニーは少年たちをふりかえった――いじめっ子にはがまんできない。だが、鋭く切り返そうと口をひらいたとき、言葉が口蓋と舌のどこかにひっかかり、意味不明な音になって唇から洩れた。

愚弄している少年は、短い漆黒の髪と輝く緑の瞳を持っていた。

（エメリー）

いまとは違って見える――ずっと若く、ひょろひょろしている。きっと早い時期に現在の背丈に達したに違いない。仲間より頭半分高いのに、せいぜい十七歳といったところだったからだ。顔がもっと細く、顎がたるんでいて、あきらかに子どもっぽい目つきをしている。同情のかけらもない目つき。いかにも思春期の少年らしく〝楽しんでいる〟だけ、という目つき。

「耳が聞こえないのかよ？」エメリーの友人のひとりが問いかけた。左側にいる角張った顔で幅の広い体格の少年だ。足でプリットを軽く押す。「もっとましなことができないのか？　おれたちはここを歩きたいんだよ」

　プリットは眉をひそめて目を伏せた。偶然の箱を本――天文学の教科書――に押しつけて平らにし、次の折り目を作ろうとしたが、エメリーがプリットの脚と教科書の表紙のあいだに爪先をはさんで本をひっくり返した。教科書はプリットの膝から床に転がり落ち、偶然の箱のてっぺんをつぶしてだめにしてしまった。紙と結合していない以上、機能するわけではないが、それにしてもひどい。

　プリットが静かに本を集めて立ちあがると、エメリーたちは笑った。プリットは背を向けた。いじめられっ子はそうしろと言われるものだ。（無視しなさい）と、シオニーの母親はいつでも忠告した。だが、シオニーは経験から、無視したところでいじめっ子がいなくなることはないと知っていた。肩幅の広い肥った少年、ミケル・フィルズドンの姿が心に浮かびあがる。七年生のときに反撃するまで、シオニーはセイウチと呼ばれていたのだ。その前に二年間無視したが、執拗ないたぶりは悪化しただけだった。中等学校の最初の日、ミケルに食ってかかり、きつく非難するまでいじめはやまなかった。シオニーに言わせれば、いじめっ子に効くのはとにかくやり返すことだけだ。ミケルはそのあとシオニーに近寄らなくなった。

「がんばって」気がつくとプリットに声をかけていたが、相手は反応しなかった。

エメリーが肩をぐいっと小突いたので、プリットはよろめいた。「もっと急げよ、紙男」

プリットは歩調を速めて混み合った廊下へ姿を消した。

シオニーは顔をしかめてエメリーをふりむくと言った。「あなたって、昔は本当にいやなやつだったのね」

エメリーはプリットが座っていた場所に身をかがめ、紙袋を拾いあげた――昼食を置いていったのだ。袋を探っていると、右側の友人が腕の脇からのぞきこみ、中身を見ようとした。

「クッキーを分けろよ」エメリーの取り巻きが言う。

エメリーは赤いリンゴをつかんで袋を仲間にほうると、床に座り込んで細い脚を正面に突き出した。袖口でリンゴをこすってから一口かじる。

それから、片側に体をかしげて下に手をのばし、尻に敷いていた折り紙の蛙をひっぱりだした――これもプリットの作品だ。リンゴをほおばったままくっくっと笑い、蛙を握りつぶす。「いかれたやつだ」と言い、まるめた紙を通りかかった浅黒い肌の少女に投げつけた。少女はむっとした顔をしたが、やり返さずに歩き続けた。

「おいで、フェンネル」シオニーは命令した。紙の魔術師が見えなくなると、深く息を吸い込む。結局のところ、これは過去のことだ。動揺してもしかたがない。「だとしても」と声に出して言った。「なんで折り術について考えが変わったのか訊いてみないとね。それに、あの子に謝ってることを期待するわ」

生徒たちが廊下から各教室へぞろぞろと入っていき、人が少なくなると、外に続いているらしい両開きの扉が見つかった。おそらくその扉をくぐれば、エメリー・セインの心臓の別の面があきらかになるか、まだ実際に見ていない第三の部屋自体に引き戻されるのだろう。後者であることを願った――ライラの罠から早く脱出する必要があるし、出口は心臓の終わりにあると考えるしかないだろう――そこにたどりつかなければならないのだ。たとえそれまでにこの中の物語をひとつひとつ体験していく必要があるとしても。

扉をひらくと見慣れた事務室にいた――第三の部屋で最初に入った場所だ。もっとも、いま室内を照らしているのは、あの四角い窓から射し込む薄暗い夕方の光と、机やまわりの棚に置いた蠟燭だった。シオニーは事務室の戸口でためらった。なまなましい記憶がまだくっきりと残っていたからだ。

エメリーが机の前に腰をおろし、薄い紙束を熟読している。といっても、折るための紙ではなかった。片手にペンを持ち、もう片方の手でいまより短く切った髪をかきまわしている。

古びて色あせた床板に広げた栗色の敷物をフェンネルが嗅ぎまわった。シオニーは後ろ手にドアを閉めた。

この事務室は――ロンドン郊外に建つ黄色い煉瓦の家の書斎よりせまい――どこもかしこもエメリーらしかった。棚や旅行鞄や家具が四方の壁に押しつけられ、どれもわずかな隙間さえなくほぼ対称につめこまれている。桜材の立派な棚にずらりと並ぶのは、さまざまな大きさの長方形と正方形に切った淡黄色と黄緑色、薔薇色の紙の山だ。金属の締め具で留めた別の棚には、ひどく古い本の列が延々と続いていた。何冊かはエメリーのいまの寝室にある別の棚に置いてあったものだ。その棚のてっぺんにあるのは、色あざやかな砂を何層もつめたガラス瓶の取り合わせだった。隣にからの写真立てが置いてある。写真が飾ってあったことがあるのだろうか。黄色い煉瓦の家では見かけなかった。

なにかの茶が半分入ったコップが机の端に載っていた。さわってみる――冷たい。においを嗅ぐとほんのりとペパーミントが香った。考えてみると、エメリーの台所でコーヒーを見たことがない――もしかしたら香りが好きではないのかもしれない。あるいは飲むと神経質になるのか。〝神経質〟という特徴はエメリーの性格に含まれていない気がする。

注意深く配置したがらくたが机の全面に散らばっている――筆記用具とコンパスがつまった入れ物、一年の一日ごとに違う種類の木を描いた丈の短いカレンダー、吸い取り用の砂が入った瓶。またもや紙、紙挟み、さらに紙と紙挟みを収納した小さい棚。空いているのはエメリーが例の書類を読んでいる完璧な長方形の隙間だけだ。サリー劇場の模型に視線がとまった。正面の入口にそびえる円柱の列から、劇場のドーム屋根のてっぺんに突き出た尖塔にひるがえるイングランドの旗まで、全体が紙だけで作ってある。しばらく感嘆し、これほど精巧な作品ならよほど時間をかけて正確に作ったに違いないと考えた。すりぬけようとすりぬけまいと手をふれる勇気はなかった。もっとも、正面扉はちっちゃな蝶番で建物の前面の壁にくっつけてあり、実際にひらくようになっているらしい。

エメリーをちらりと見やる。こんなに美しいものを作るとは。

相手は紙を一枚めくり、次のページの下のほうになにか書きはじめた。シオニーはようやく書類に注意を向けた――四方に一インチの余白を残して、法律の専門用語が小さな文字でびっしりと印刷されている。どの段落にも番号がふってあり、全部大文字で打って太い線で強調してある文もあった。いちばん下にエメリーはさらさらと署名した―

―みごとな筆跡だ。小文字はどれも同じ幅だし、名前の大文字のEとTには小さな装飾がついている。あの字をなぞって、この半分も上手に書けるようになりたいと願っている自分がいた。

エメリーはそのページをめくって次のページを読みはじめた。唇をひきしめ、目尻に皺を寄せて文面に集中している。シオニーはページのいちばん上の見出し部分を見た。

「バークシャー州書記官／離婚通知」

太陽がついに地平線の下へ沈み、事務室が暗くなった。エメリーが二番目の署名に並行して書いた日付が目に入る。この記憶から、ちょうど二年五ヵ月が経過していた。そのあいだずっとひとりで暮らしていたのだろうか。

家のほかの場所でなにかがカタカタ音をたてた。シオニーはぎくりとして袋に手を入れ、扇子を探した。だが、エメリーも身をこわばらせている。エメリーに聞こえたからには本物のライラではないはずだ。この心臓の登場人物は、ライラにもシオニーにも同じように反応する――つまり反応しない。あの音をたてたのがなんだろうと、この幻の中に役割があるのだ。とはいえ、まだ鳥肌の立つような感覚が続いていた。

エメリーが椅子から立ちあがった。椅子の脚が古い木の床板をこすって机から遠ざかる。シャツの高い襟の上で、顎がこわばっていた。机をまわってシオニーを突き抜け、戸口に近づく。

一瞬のち、腕組みして言った。「また会うとは思っていなかった」

応じたのは沈黙だった。

長い吐息がエメリーの唇を洩れた。シオニーはその手に腕をのばしたが、自制した。

エメリーは言った。「結界を張っておいたが」

もう一拍おいて、細くあいていたドアがもっとひらいた。ライラが現れたので、シオニーは扇子を握りしめ、これは本物の、現在のライラではないと自分に言い聞かせた。

髪が短すぎるし、顔の悪意がもっと……目立たない。実のところ、エメリーを見つめる目つきは迷い犬を思わせた。叱られた子どものように唇をかんでいる。細身のワンピースを着て、もっと細いベルトでウエストを強調していた。ワンピースの襟もとは途中まで紐がゆるめてあり、やわらかな胸のふくらみをのぞかせていた。

フェンネルが吠えた。なにもかもわかっているのに、シオニーは内心煮えくり返る思いだった。扇子をつかんだ手からむりやり力を抜く。皺をつけたりしたら魔法がだいなしになる。ライラの苦しんでいるそぶりは演技だ——それだけは明白だった。一瞬たりとも信じるものか。

エメリーも同様だったらしい。失望した親さながらに、みごとに表情を抑えている。

「助けがいるの」ライラはささやいた。

「いますぐ電信機のところへ行って通報してはいけない理由がひとつでもあるのか」エメリーはひややかな声を出した。おそらく、最初にこの事務室の幻に登場したときからいままでのあいだに、ライラは何度か法に触れるいざこざを経験しているのだろう。もう人肉と結合しているのだろうか、とシオニーはいぶかり、そのやり方に考えが至ってぞっとした。どうやって切除師になるのかは知らないし、教えてほしいとも思わなかった。

涙が——本物の涙が——ライラの黒い睫にあふれた。たしかに演技の才能がある。

「一晩だけよ、お願い、エメリー」ライラは懇願した。「朝には出ていくわ。ただ泊まる場所が必要なだけなの」

「その目的に適いそうな牢屋の独房をいくつか知っているが」

「私は無実よ！」ライラの言葉に、エメリーは信じられないという顔で片方の眉をあげただけだった。ライラの頬が紅潮し、額にきつい皺が寄った。「あれだけのことをしてあげたじゃない、エメリー！　捕まったらなにをされるかわかる？　私は無実なのよ！」

エメリーは鼻で笑い、両手を脇に広げた。シオニーはたじろいだ。そのしぐさがどれだけ内心を暴露しているか見てとったのだ。なすすべもないシオニーの前で、食堂の壁にぶらさがったエメリーの胸にライラの指の鋭い爪がめりこんでいく鮮明な記憶を押さえつける。

「おまえの正体は知っている、ライラ！」エメリーが声をあげた。「誰もが知っているぞ！　この期に及んで無実を装えると思っているのか？」

「あなたはその場にいなかったでしょう」ライラは叫んだ。シオニーはそちらに近づき、顔を観察して秘密を探り出そうとした。エメリーから押しのけたかったが、物語の本から呼び出された幻影のように、手がライラの胴体を通り抜けてしまった。だめだ、この記憶に割り込むことは許されないらしい。

「あなたにはわからないのよ」ライラは涙をこぼした。

「わかろうとした」エメリーは反駁《はんばく》し、机の端に腰をおろしてこわばった指でふちをつかんだ。「私はせいいっぱい努力した、ライラ。とにかく……出ていってくれ」

「無理よ」相手はささやいた。「ここまであとをつけられているもの」

「ほかの連中は？」エメリーがたずねる。「グラスは？　ミニオンは？　サラージは？」

ライラは必死の様子でかぶりをふった。「ひとりできたの。あんなことから逃げ出したいのよ、エメリー、お願いだから信じて！　でも、グラスや下っ端どもにあれだけ濡れ衣を着せられて、どうやったら疑いを晴らせるの？　警官がひとり残らず私を縛り首にしようとしてるのに、どうすれば新しくやりなおせるの？」

エメリーは頭をふってこめかみをもんだ。「犯罪者はもっと軽い罪でもきびしく裁かれているぞ、ライラ。それとも忘れたのか――」

「私は無実よ！」ライラは叫び、前に出てエメリーの袖をつかんだ。「私はただのマスコットで身代わりにされたのよ！　ばかだったのは知ってるわ、でも誰だって間違いから立ち直る機会をもらっていいはずよ！　それに、ああ……私の間違いは……」

シオニーは眉をひそめた。「もてあそばれてるのよ」と言う。「あの目を見て――これは演技よ。中等学校の科目で演劇をとったもの――わかるわ」

だが、これは過去だ。シオニーには変えられない。この女がエメリーを苦しめるのを阻《はば》むことはできない。心臓をもぎとることは止められないのだ。

それでも防ぎたかった。

エメリーを見ると、目つきが軟化しはじめていた。

「信じちゃだめ！」シオニーはどなり、フェンネルも同意して背後から吠えた。紙の犬でもこの人より分別がある！「この女がどんな人間か知ってるでしょう！　この先どんな人間になるか！」

「いちばんつらいのはあなたのことなの」ライラはささやき、その長い睫をぱたぱた動かした。自分で立っていられないかのようにエメリーにもたれかかる。「あなたは私のすべてよ、エメリー、それなのに全部だいなしにしてしまったわ。あいつらにすっかりだまされて……思ったの、あなたが……」

劇的な効果で言葉を切り、体を離す。「でも、もうどうでもいいわね。私のことを信じてくれないんですもの」

「ライラ——」

「前みたいになれない？」ライラは濡れた目を大きくみひらいて問いかけた。「いまかぶっている皮を全部脱ぎ捨てて、そのまま逃げ出すわけにはいかないの？」

まずいたとえだった。エミリーはふたたび硬化しはじめた。

「私がきみの敵の一員だと知っているだろう」と言う。「前にきみを追跡するのに手を貸した」

「知っているわ」ライラは答えた。シオニーはその顔をよく見たが、今回はまるで内心が読めなかった。あのしみひとつない陶器のような顔立ちがいまいましい。「知っているし、軽蔑されても当然よ。あなたを失ったことはわかっているわ……」ライラがじっとのぞきこむと、エメリーのまなざしが実際にやわらいだのがわかった。シオニー自身、切除師に対する評価がゆらぎはじめる。「それとも、違うの？」

（行ったほうがいいわ。行かなくちゃ）まだ苦々しさをおぼえながらシオニーは考えた。この幻がどうなるのか見ないほうがいいという予感がする。ライラの背後の戸口に手をのばしたが、ひらいたドアの外には廊下と家のほかの部分しか見えなかった。新たな映像も肉の部屋の壁もない。かすかな**どくん**、どくん、どくんという音は、まだどこか手の届かないところでこだましている。弱々しく響いているのが記憶の中に閉じ込められている副作用ならいいのだが。

ライラとエメリーをふりかえる。家の中でほかのなにかがカタッといった。まもなく、はっきりと玄関を叩く音がした——二回ゆっくりと、二回速く。エメリーが眉間に皺を寄せたので、ノックした相手に心当たりがあるのがわかった。

その唇がきつく引き結ばれる。ライラがシャツにとりすがった。

「お願い」とささやく。「お願い、信じて。私のことをいちばん知っているのはあなたよ、エメリー。耳を貸してちょうだい」

エメリーは一瞬ためらってから、ライラの手首をつかんで服から指をひきはがした。廊下に出て——シオニーを突き抜け——玄関のドアへ向かう。進むにつれて、周囲にひっそりと家が築かれていった。エメリーがいることで、幻の奥の暗がりにひそむものが見えるようになるのだろうか。

シオニーはあとについて廊下を歩いていった。玄関のドアには細いガラスの窓がついていたが、あたりが暗すぎて外の黄色い光しか見えなかった。

エメリーがドアをあけると、ふたりの警官がいた。めいめいランタンを持っている。

「どうしました？」エメリーはたずねた。

「こんなに遅くすみません、セインさん」背の高いほうが言った。「しかし、ライラ・ホップソンが街にいるようなので」

「ライラが？」

「だめ」シオニーは後ろでつぶやいた。「だめよ、エメリー。嘘をつかないで。あの女をかばわないで」

警官はうなずいた。「ひょっとしたらこちらか、自分の母親に接触を図ろうとするかと思ったものですから。いかがでしょうか……？」

数秒間ぎこちない沈黙が流れた。シオニーは固唾《かたず》をのんだ。

「残念ながら」エメリーは答えた。「だが、警告していただいて助かりました。家に結界を張りますよ」

「居場所をつきとめるまで別の場所に滞在されたほうがいいかもしれませんな」ふたりめの警官が言った。「もしなにかお耳に入りましたら……」

「お伝えします」エメリーはうなずいて応じた。「もちろん。ありがとうございました」

警官たちは頭をさげてポーチから離れた。シオニーは自分の心臓から冷たい液体が胃にしたたりおち、吐き気をもよおすのを感じた。

支えを求めて壁にもたれたものの、耳もとで蝶番のきしむ音が聞こえただけだった。家の暗い色彩が周囲をぐるぐるまわったが、別の幻に移ることはなかった。かわりに現れたのはフェンネルとライラのいる事務室の奥で、エメリーが後ろ手にドアを閉めた光景だった。

「ありがとう」ライラがささやく。

「こんな配慮はおまえにはもったいない」エメリーは床に視線を落として答えた。

ライラはためらいがちに近寄り、その腰に両腕を巻きつけた。襟もとに顔をうずめて繰り返す。「ありがとう」

シオニーは血の味がするまで唇をかみしめた。体が動かなかった。セイン師が機会のあるときにライラを引き渡していれば、未来はどう変わっていただろう？　命を救おうとして心臓の中に閉じ込められたのに、そもそもこんな状況になったのは、本人がこの最低女を牢屋に送れなかったからだったとは！

顔がほてり、目の奥が涙でひりひりした。反対側の壁へ向かって進む。（行かせて）と訴えた。（どこかほかの場所に行かせて。どこでもいいから）

エメリーがなにか静かに言った――シオニーには聞き取れなかった。

ライラが相手にぴったり体を押しつけたので、いよいよ顔が熱くなった。ライラがつぶやいた。「愛しているわ、エメリー。愛しているってわかっているでしょう。もちろんわかっているわよね」

「ライラ……」

「わかっていなければ、あの連中を追っ払わなかったはずよ」ライラがささやく。「まだ私のことを愛していなかったら」

一歩ごとに毒でからめとる蜘蛛の脚さながらに、長い指がうなじに這う。ライラは相手の唇を口もとに引き寄せた。エメリーは最初抵抗したものの、咬まれた虫のようにあらがうのをやめ、ライラのなすがままに蜘蛛の巣へと引き込まれた。

涙が一粒目からこぼれた。外へ出なくては、だがふたりが戸口をふさいでいる――ふたりが――

あとずさりして壁につきあたり、こぶしで叩く。なにも変わらなかった。二粒目の涙が落ちる前に、フェンネルを床から抱きあげる。「出してよ！」と、自分の鼓膜が破れそうな勢いでどなった。「エメリー・セイン、ここから出して！」

事務室が薄れて影にとけこみ、そして消え去った。四方で活気のない**どくん**、どくん、どくんという鼓動が響いている。自分の心臓の殺気立ったリズムに比べれば、弱々しい物真似といったところだ。（部屋はあとひとつ）と考え、その言葉でほんの少しだけ落ちついた。（残っている部屋はあとひとつ）

だが、第三の部屋の闇はまだ終わっていなかった。第四の部屋に連れていってくれる赤い壁と血の川、窮屈な弁のかわりに出現したのは、見知らぬ街と陰鬱な黄昏の空、そしてまわりじゅうに響き渡る甲高い警察の警笛だった。

第十二章

この街は一度も見たことがなかった。

前方にのびているのは濡れた玉石が敷いてあるせまい通りで、泥でまだらになった数日前の硬い雪が溝につまっている。どんよりした空のせいでなにもかも青と灰色に見えた——黄昏どきに近い夕方のようだったが、太陽がすっかり雲に覆われていたので確信が持てなかった。口の前で息が白く曇った。首筋で血が激しく脈打つ。フェンネルが後退して脚のあいだにはさまった。黒っぽい煉瓦の壁が両脇に二階の高さでそびえている。片側は途切れてアーチ道になっており、ロンドンでは見たことのない建築だった。せまい道は背後で行き止まりになり、なにかの事務所らしい建物のまわりをセメントの階段がめぐっている。道の先は別の煉瓦の壁につきあたっていた。周囲の建物に近づきすぎている建物がふさいでいるのだ。

警笛が金切り声さながらにけたたましく鳴り、煉瓦に反響した。シオニーは耳をふさ

いで目を閉じた。ここにいたくない。(行かせて、行かせて、行かせて)

だが、自分の意思で場面を変えることはできなかった。冷気が指の下から服を這いあがってきて、鼻の内側がひりひりした。警笛が大きくなり、続いて標準規格の軍靴の足音がどすどすと押し寄せた。

シオニーは走り出した。

フェンネルが背後でキャンキャン鳴いたので、濡れた地面から紙の足を守ってやるために一瞬立ち止まって犬をすくいあげ、また走る。煉瓦のアーチをくぐって別の通りに出ると、そこの敷石は砕けていてまばらだった。片足がぬかるみに入ってしまい、冷たい水がスカートにはねて靴下がびしょぬれになった。立ち並ぶ建物——暗い窓の銀行、鎧戸の閉まったレストラン——の中で警笛が重なり合い、あらゆる方向から襲ってくる。白い息を吐き出す合間の沈黙は、静かな**どくん**、どくん、どくんという音が満たすはずなのに、警笛の響きにかき消された。

次の交差点で急角度にまがると、ふたりの警官に出くわしてその体を突き抜けた。つるつるした石につまずいて倒れ、濡れた通りからフェンネルをかばって空中で身をひねる——その動作で道に腰を打ちつけ、尾骨から脚までしびれるような痛みが走った。うっと声が洩れる。

フェンネルが腕の中で身をよじり、かさかさと紙の声で鳴くと、綱のおもちゃで遊ぶようにシオニーのもつれた髪の一部にかじりついた。

シオニーは顔をしかめたが、立ちあがって脇腹にへばりついた泥を払い落とした。歯を食いしばり、泣くまいと目をしばたたかせる。また警官たちが――今度は軍の兵士もふたりいる――こちらへ向かって道を駆けてきた。相手が体をすりぬけていくあいだ、目をつぶってフェンネルをぎゅっと抱きしめた。

どれも現実ではない。自分にとっては違う。だが、そんなふうには思えなかった。これはセインの記憶だとどんなに言い聞かせても、幻らしさが少しも感じられない。

顔から髪を吹き払うと、通りを走ってくる警官たちをながめた。聞き取れない言葉で叫び合い、口をすぼめて頬をふくらませながら警笛を鳴らす姿を。狐を追い立てる猟犬の群れ。だが、狐は誰だ？

「エメリー」とささやく。ぱっと駆け出すと、一歩おきに右の腰が痛んだ。朝にはみごとなあざになるだろう。まだ朝になっていないとすればだが。

袋が下にひっぱられる。実際の五倍も重いような気がした。フェンネルを腕にかかえたまま走りながら、ぎこちなく紐をかけかえる。現実の世界より脚が速く動いた。暗い建物や眠っている物乞い、とけかけた雪の山がくすんだ色のかたまりとなって通りすぎる。

警官の隊長——ふさふさした口髭の男——が腕を大きくふって部下に指示していると
ころへたどりついた。一隊は三つに分かれ、別々の道を通って街の奥へ進んでいった。
海岸まで乗っていったのと似た小さな紙飛行機が空を飛んできた。シオニーの鼻先を
かすめ、警官の隊長の腕をつっついて地面に落ちる。

シオニーは目をみはってながめ、手をのばしたが、隊長が先にひったくった。爪先で
立って肩越しに読むと、紙に名前はなかったものの、エメリーの筆跡だとひとめでわか
った。ぴったり同じ間隔をあけて単語が並んでいる。

やつらは梱包倉庫に隠れている。部下を北へまわせ。そこで落ち合う

「これがあなたのしてたことね。いまもしてるのね」シオニーは言い、警官の隊長の憔《しょう》
悴《すい》した顔を見あげたが、目の前の相手に向けた発言ではなかった。隊長のおびえた様子
はその推論を裏付けた。「あの連中を追いつめてるんでしょう。切除師たちを。ライラ
を。でも、いつ？　これはいつなの？　ここはいつなの？」（あなたは無事なの？）

警官の隊長が警笛を吹き鳴らしたので、耳が痛くなった。隊長は北東へ走り出し、次

の交差点で警官がふたり新たに合流した。

シオニーはひとあし踏み出したが、そこで足を止め、紙飛行機が飛んできたほうへ向きを変えた。エメリーはその方角にいるはずだ。

体は痛み、息は苦しかったが、全力疾走する。

倉庫がどこなのか知らなかったが、必要なかった――これまでの幻と同じように、目の前で街が勝手に展開し、エメリー・セインのほうへ導いてくれた。なにしろシオニーは本人の心臓にひそむ秘密を走り抜けているのだ。オリーヴ色の水がゆるやかに流れる運河の橋を渡り、看板が色あせて窓に板を打ちつけてあるパン屋のかどをまがる。道がせまくなったところで、フェンネルを注意深く肘のくぼみにはさみ、もうひとつ雪溜まりを乗り越えた。共同住宅と酒場の向こうの上空に、平らな屋根と円筒形の煙突を一本備えた大きな四角い建物が広がっている。黄褐色の煉瓦の倉庫だ。壊れた窓は暗く、南側の枠に使われていない鳥の巣がぶらさがっている。

捜していた姿は、把手とへりが錆びた分厚い引き戸の前にいた――街と空に調和した灰色ずくめの恰好だ。顔に泥がこびりつき、やつれて見えた。前の幻より髪がのびてぼさぼさになっている。だが、視界に入ったのは一瞬だけだった。妙に複雑な紙の球を持ち、きっちり折った紙の手裏剣を山ほどベルトにつめこんだエメリーは、すぐに重たげな戸をぎいっと引きあけ、奥の暗がりへ姿を消した。

警笛がやんだことに気づく。警笛だけではない——まわりじゅうが静まり返っている。足音も鳥の鳴き声も、話し声も車の響きも風の音も聞こえない。腕の中のフェンネルがずしりと重く感じられた。肩にかけた袋もだ。

エメリーの名を呼んだり、追いかけたりはしなかった。周囲を包む完全な静寂を破ってはいけないような気がしたのだ。かわりに歩き出した。音をたてず慎重に、一歩一歩濡れた玉石を踏みしめ、じりじりと進む。たどりつくと、戸はひとりでにひらいた。

ふやけた肉——生肉と腐肉——のにおいが冷たい歌のように漂ってきた。倉庫の温度は冬のような外よりさらに低く、体がふるえた。セメントの床に撒き散らされた岩塩をざくざくと踏みしめる。シオニーはフェンネルをおろし、歯をガチガチ鳴らしながら「そばにいて」とささやいた。

くすんだ青灰色の光が高い窓の列から射し込んでいる。ひびが入って厚紙や木の板でふさいである窓が多かった。そこからの光が頭上の壁から突き出た金属の通路を照らし出している。シオニーは右手で紙の扇子を、左手で袋の紐を握りしめた。ライラが——現実のライラが——復讐を実行するには申し分ない舞台だ。倉庫の奥へ進んでいくにつれて肉のにおいがどんどん強くなった。これ以上ひどくならないでほしいと願うしかなかった。

二番目のもっと広い部屋に入っていく。頭の上にはまがりくねった金属の通路が続いている。ここで薄れゆく光が照らしているのは、肉をつるす鉤《かぎ》のついた何十もの鋼鉄の枠だった。二つおきに豚の死骸や牛の長い脇腹がさがっている。たまに鼻づらは残っていたり蹄《ひづめ》のない足があったりしたものの、死骸はもはや動物のようには見えなかった。悪臭を放つ鉄格子や排水溝の上で、白と赤の霜降りになった筋肉のかたまりがぶらぶらとゆれている。

フェンネルが尻尾をふりながら死骸を嗅ぎまわった。ネズミが一匹ちょこちょこと走り抜ける。シオニーは声をひそめて叱り、犬の注意を引き戻そうと手をふった。あいにく、動かしたのはまだ紙の扇子をつかんでいた右手だった。むっとしたいやなにおいの風が扇子の先端から吹き出し、フェンネルの頭上を越えて室内をめぐった。シオニーはあわてて左の手のひらで扇子を閉じた。鉤にぶらさがってぎしぎしゆれる牛肉の厚切りに背中を小突かれ、悲鳴をかみ殺す。

いまやどの肉も前後にゆれ、かかっている金属の梁をきしませていた。その動きのせいで生きているように見えた。わびしげに。

シオニーは白い息を吐いて前進し、暗闇に目をこらした。とうとう広大な部屋の向こう、内臓とソーセージの輪がつるされているすぐ先に、あけっぱなしの戸口を発見する。そちらへ急ぐと、靴音がぞっとするほど大きく響いた。扉が守っていた小部屋——貯蔵室——は埃っぽい灰褐色の光に満ちており、背を向けたエメリーが見つかった。肩を落とし、苦しげに息をついている。警官の隊長が隣に立ち、口髭をこすって顔をしかめていた。ぱっとスイッチをひねったかのように、背後の倉庫がランタンを携えた警官でいっぱいになった。エメリーの心臓がまさにこの瞬間を待ち受けていて、警官たちを幻に盛り込んだかのようだ。誰も警笛を鳴らさなかった——口をきく者さえいない。ぞろぞろと歩きまわってあたりを調べている。どうしていいかわからない様子の警官もいた。

フェンネルがエメリーの脚のあいだに頭を突っ込んでうなった。シオニーは隊長と紙の魔術師をまわっていき、その向こうをのぞいた。

たちまち体がこわばり、耐えがたい吐き気が突きあげてきた。かろうじて顔をそむけ、セメントの床に嘔吐する。喉と鼻の奥がちくちくした。一滴もしぼりだすものがなくなるまで胃が収縮を繰り返す。

ほかの人々にシオニーが見えていたとしても、吐いているぐらいでは、目の前の光景から注意をそらすことはなかっただろう。

死体。

隣室に並ぶ動物の一部や半身とまったく同じような、人間の死体の一部や半身。もう一度見ることはできなかったが、記憶――なんと呪われた記憶力だろう！――だけで充分だった。あの映像……首のない男たち、鋸《のこぎり》で半分に切られた女たち、胸に蛆《うじ》がうようよとたかった心臓のない子どもたち……あの映像が決して、金輪際脳裏を離れることはないと思い知らされるとは……これほどひりひりと乾ききった気分でなければ、涙があふれていただろう。

においは変わらなかった。動物と少しも変わらないにおいがした。口の中で自分の吐いたものの味がして、この哀れな人々の無惨な死体の味ではないことに感謝している自分に気づく。

「惜しかった」警察の隊長がつぶやいた。「惜しかったな。もう行っちまった。こいつは死んだばかりだ、こっちも。あとちょっとだったのになあ」

シオニーはみぶるいしてエメリーの顔を見あげた。落ちくぼんだ目をみひらき、肌は蒼白で、ひび割れた唇をひらいている。口はきかなかったが、考えていることは聞こえてきた。（私のせいで）と思っているのだ。（私が見逃したせいで。私の心が弱すぎたせいで死んだ）

その思いに胸を引き裂かれているのが見てとれた――額には幾筋も皺が刻まれ、首筋はりつめ、瞳は濡れて光っている。シオニーは息を吸い、唾を吐き、口をぬぐった。熱く脈打つ弁の壁のようにエメリーの罪悪感が迫ってきて、窒息しそうだ。空気がよどんでぴりぴりしている。いまでもこの室内の記憶をひきずっているのだとわかった。完璧な記憶力がなくてさえ、忘れられるはずがない。誰であろうと、これをどう感じたか忘れることのできる者は存在しないだろう。

視界の隅に蒸気がうねり、鉄の湿ったにおいが鼻腔にまとわりついた。目の前の凄惨な光景とセインのあきらかな苦痛にもかかわらず、注意を引かれる。

ふつふつと沸き立つ深紅の流れが周囲に流れ込んだ。蛇さながらにこちらをめざし、急に方向を変えて貯蔵室の殺戮現場になだれこむ。そして死体も棚も箱も、なにもかも消し去った。残ったのは壁と警官の隊長と、そしてエメリー自身だけだ。まだ落ちくぼんだ目をみはり、信じられないという思いと自己嫌悪にひからびた唇をひらいて、死体があった場所を茫然と見つめている。その瞳にはシオニーも、指から泡立つ血をしたたらせ、荒々しい目つきで貯蔵室の唯一の戸口から近づいてきたライラ——本物の、現在の、現実そのもののライラ——も映っていなかった。まさに地獄の悪魔の生まれ変わりだ。ありとあらゆるおとぎ話の悪役を切り刻み、かつては美しかったパッチワークに縫いつけた存在。

血のしたたるライラの手を見てシオニーは蒼ざめた。いったいどうやって、その魔術をかけるのか、切除師が血を沸騰させるには、どんなおぞましい行為を——たとえば子どもから心臓をもぎとるような——しなければならないのか、といった考えが浮かんだからだ。シオニーを狙っているにもかかわらず、その血はまだこの体にふれていなかった。シオニーは胸のまわりの紙でできた防御の鎖にさわり、よろよろと立ちあがって、自分の術が効かないことにだいぶ動揺しているらしい黒髪の女からあとずさった。

だが、ライラは体にふれていない。ありがたいことに直接さわられてはいないのだ。いまのところは。考えたくない——

ライラがベルトから例の短剣を引き抜き、手のひらをひっかいて濃い血を手にあふれさせた。なにか耳ざわりな言葉を荒々しく唱えるなり、血のしずくを正面に投げつける。深紅の玉の一粒一粒から湯気があがり、目に見えない炎にゆがんだ。だが、シオニーにぶつかる前に胸を取り巻く紙の鎖が脈打ち、軌道をそらして周囲の壁に叩きつけた。その血で幻の細部がぼやけ、煉瓦の隙間の漆喰や、セメントの床に点々と散った色を吸い取った。エメリーの姿が薄れはじめる。

シオニーの右側、消えかけている紙の魔術師のかたわらに戸口が現れた。緋色にふちどられた白いドアではなく、へりに影のさした赤いドアだ。

「だめよ！」ライラが叫び、血の雨が床にふりそそいだ。真っ赤な手をのばして駆け寄ってくる。

シオニーは捕まる前にドアを走り抜けた。フェンネルがあとに続く。だが、そこにあったのはエメリーの心臓の赤い壁ではなく、またもや暗い事務室だった。唯一の窓の星明かりが室内を照らしている。最初の場所に戻ったのだ。目の前で獲物を狙うように影が動いた。シオニー自身の心臓が胸の奥で縮む。

閉じ込められた。

第十三章

突進してきたエメリーが襟もとに肘をあて、たったいま赤いドアがあった壁にシオニーを突き飛ばした。シオニーはぎゅっと目をつぶり、体がすりぬけるのを、場面が勝手に繰り返すのを待ち受けたが、そうはならなかった。前腕に押さえつけられ、勇気を出して顔をあげると、エメリーの瞳は緑に燃えあがっていた。

皮膚に冷たい汗を感じる。フェンネルが隣でかさかさと吠え、紙の歯でエメリーの脚にかみついた。シオニーはもがいたが、紙の魔術師は動かなかった。

「ここにいる権利などきみにはない」と鋭くささやく。その声はあまりにも低く、荒々しかった。まるでエメリー・セインらしくない。憤怒と悲嘆のとりことなった同じ場面のエメリー・セインでさえ、これほど冷たい声音ではなかった。こんなにがっちりと壁に押さえつけられていなければ、ぶるぶるふるえていただろう。

「ごめんなさい」と声をあげる。「そんなつもりじゃ――」

影のエメリーは身を引いてシオニーの肩をつかんだ。片隅にきっちりと積みあげてある箱と本の山のほうへ軽々と投げ飛ばされる。厚紙のかどがあばらと背骨に食い込み、ペーパーバックの小説が頭になだれおちた。

「あなたを助けようとしてるのに！」シオニーは叫んだ。

影のエメリーは笑った——げらげらと——その音は壊れたオルガンのパイプを思わせ、腕に悪寒が這いあがった。「誰にも助けることなどできない。きみは危険水域に足を踏み入れた、ミス・トウィル」

フェンネルが背をまるめて激しく吠えたが、影のエメリーの目には映らず、耳にも入らなかった。ぎらぎらと輝く瞳がシオニーをみすえる。必死で逃走するネズミをじっくりとながめてから、さっと舞いおりて鋭い鉤爪でさらうフクロウのように。

声を落ちつかせようとしたが、喉の奥でふるえてしまった。「お願い、放して。放してくれたら助けてあげられるわ」

「助ける？」口にした言葉に酸でもまじっているかのように、影のエメリーは苦々しくせせら笑って繰り返した。「では、誰があの人々を助ける？」

幻が半ば薄れた。事務室の黒っぽい木の壁は残ったものの、家具と棚と床は消え失せ、倉庫の貯蔵室の床とその上に散らばった死体の残骸が現れる。

シオニーは目をそらし、片手で口もとを押さえて胃のむかつきをなだめようとした。

「もう一度見る必要なんてないわ！」指のあいだから声をあげる。

「そうか？」影のエメリーは声を高めて問いかけた。「きみの記憶力はどれだけすぐれている、シオニー・トウィル？　もうあの死体のことを忘れたようだな。私が殺した人々を」

「違うわ！」睫を涙で湿らせてシオニーはどなった。それでも見ようとはしなかった。「切除師たちが殺したのよ、あなたじゃない！」

「だが、私はやつらを止めなかった」

「止めようとしたでしょう？」相手にというよりむしろ自分に問う。「止めようとするのを見たわ。救おうとするところを」

「あの人々を救おうとはしていない」影のエメリーは言った。死の幻が薄れて事務室に戻る。物を積みあげた机の影が映り、床に点々と本や紙が転がっている光景へと。「救おうとしたのは自分だ。私は切除師たちを追っていただけだ」

まだ散らばった箱や本に埋もれたまま、シオニーは相手を見あげた。「あの人たちのことは知らなかったんでしょう？　直接には。被害者だけど、あなたの知り合いじゃないわ。名前も知らなかったんじゃないの？」

影のエメリーは顔をそむけた。

「だからなのよ、わからない？」シオニーは訴えた。「あなたが切除師たちを追跡したのは、あいつらが人を傷つけるからよ。自分の知らない人たちまで。どうしてそれが悪いことなの？」

影のエメリーは笑った。「私はあの女と一緒だ。ライラと同じだ」

シオニーはぱっと立ちあがった。「ライラはあなたを操ってたのよ、エメリー・セイン。一度は好きだったんでしょう。好きだったところを見たもの」腕を組んで皮膚をこすり、幻に忍び込んでくる冷気を追い払う。「わたしはあなたみたいに人を好きになったことがないから、完全には理解できないけど、もし恋愛をしていて、ふたりの関係を救う機会があるとしたら、その機会をつかむと思うわ」

（ちょうどいまあなたを助けようとしているみたいに……）

影のエメリーは薄れたかと思うと、ふたたび隣に現れて髪をつかんできた。片側に頭をねじられてシオニーは息をのんだ。

「ここには恋愛など存在しない」影のエメリーはうなり声をあげた。

「ここにはないかもね」シオニーはささやいた。「この部屋には。でも、ここはあなたの一部にすぎないでしょう？　全体の中のたったひとかけら――」

影のエメリーは手を離すと、ぱっと姿を消してまたもや数歩先に出現した。フェンネルが四本の脚全部ではねながらキャンキャン吠えたてる。影のエメリーは顔をしかめてフェンネルをつかみあげ、犬の紙の頭蓋骨を手で押しつぶすと、体を真っ二つに引き裂いた。

シオニーは悲鳴をあげてフェンネルにとびついたが、ていねいに折った犬の体にかけられた術はすでに破られていた。エメリーが手を広げると、大事な仲間を構成していた紙切れが静かにぱらぱらと床板に落ちた。

シオニーは愕然として見つめた。がくりと膝をつく。涙が顔をつたった。

エメリーがフェンネルを作ってくれたのだ。シオニーがビジーを恋しがっていたから。そのことを気にかけてくれたから。フェンネル、ただひとつ心臓の外の現実とつながっている存在。この暗い場所における唯一の友。次々と変化し続ける世界で、唯一たしかなもの。

破れた紙片に手をふれると、命を失ったフェンネルのいびつな頭と同様、自分の心も握りつぶされた気がした。

「これはあなたじゃないわ」生気のない犬の体から冷たい指を離してささやく。「これは本当のあなたじゃない！」

「はっ！」影のエメリーはどなった。「本当の私など、そもそも知っているのか？」

その指がまたシオニーの髪をつかみ、体をひきずり起こす。「暗い危険水域……」と繰り返す。

新たな笑い声が——ライラの笑い声が——室内に響き渡り、シオニーは雪に熱いガラスの鍋を置いたように心が砕け散るのを感じた。だが、姿は見えず、影のエメリーはその声を耳にしなかったようだった。少なくとも反応はしていない。

「知らなかったの、お嬢ちゃん？」壁自体にライラの喉が埋め込まれているかのように、遠い声が暗い事務室にこだました。「切除術の法則はとても明確なの、とくに心臓に関してはね」

「ど、どういう意味なの」シオニーは干上がった舌で問い返した。まだ影のエメリーと目を合わせ、頭皮から髪を引き抜かれないようその指をつかんだまま。

ライラはまた笑ったが、今度は音が少し弱まった。「どんな人間でも、本気で好きな相手を自分の心臓の中で傷つけることはできないのよ。それがどういう意味かわからない？」

「この人はあんたのことなんか好きじゃないってことよ、おばかさん」

この状況が本当に健全で楽しいと思っているらしく、ライラはさらに笑い、やがてその音は静かになった。どこに行ったのかはわからない——笑い声は雨に降られた焚き火のように消え失せた。シオニーをこれだけ徹底的に閉じ込めたので、心臓から出ていき、なんにせよ計画したことを終わらせようとしているに違いない。別の陰惨な術か。エメリーの心臓を伴って海を渡るつもりなのか。

そうなったらエメリーは死ぬ。

さらに涙が顔を流れ落ち、シオニーは影のエメリーの手首を握りしめた。「わかってるわ」とささやく。あなたがわたしを好きなわけじゃないのはわかってるの。

いまはまだ。

力を与えてくれたのは、最後に浮かんだその言葉だった。

「間違ったことをしたのは自分だけだと思ってるの？」とたずねる。「自分以外にはこの世界の誰も間違いを犯してないって本気で思ってる？　この部屋の中しか見えないほど目がくらんでるわけ？」

影のエメリーは歯をむきだしたが、シオニーはひるまなかった。髪が解放されるまでその手首に爪を食い込ませ、それから相手を押しのけた。ここで狩られるネズミになったりするものか。絶対に。

「ライラはどうなの？」と問いただし、切除師が背後に立っているかのように戸口を示す。「ライラがしたことは？」

影のエメリーはさらににらみつけてきただけだった。

「わたしはどう？」両の手のひらを自分の心臓に押しつけ、もっと低い声で問いかける。「わたしの間違いは？　わたしだってそのことを考えるわ。でも、それしか頭になくなったらどうなるの？　罪悪感に溺れるなんて、どんな人間になると思う？

母さんが足の手術を受けることになって、小さい妹を学校に迎えに行くはずだったときのことは？」と訊く。「あれは一月の半ばだったのに、わたしは行かなかったの。次の日に英語の授業でジオラマを見せることになってて、それを仕上げたかったからよ。三時間かかったのよ、エメリー！　妹は三時間も寒い中で立って待ってたの。肺炎にかかって、もう少しで死ぬところだったわ。わたしが宿題を優先したから！

それに盗みをしたこともあるの」と続け、小さく一歩踏み出した。「お年寄りが道端に六ポンド落とすのを見て、ポケットに入れたの。その人に気づかれないように、家まで遠まわりしたわ」

影のエメリーはまたもやげらげらと笑った。「それがこの暗い場所と比較になると思うのか？　きみが妹を凍えさせたり金をくすねたりしたことが私の罪を軽くするとでも？」

「わたしのあやまちと自分の間違いを比べて評価する権利なんて、あなたにあるの？」シオニーは言い返した。記憶がよみがえるにつれ、罪悪感で胸がきりきりと痛んだ。「どうしてわたしがミルスクワッツにあれほど長く住んでたか知りたい？　父さんはいい仕事についてたのよ。首相の家族のお抱え運転手だった。でも、わたしは十二歳のとき、こっそりその車に乗って宮殿の壁にぶつけたの。父さんは仕事を馘《くび》になったし、うちの貯金を全部はたいて自動車代を弁償するしかなかった。それでお金がなくなって、貧しい地区に引っ越すはめになったのよ。なにもかもわたしのせいだわ。車を運転してみたくて、両親にだめって言われても耳を貸さなかったわたしのせい。

それにアニスのことは？　ねえ？」そうたずねると、また涙が顔を流れ落ちた。「アニス・ハッターのことを知ってる？　知ってる!?」

影のエメリーは答えなかった。

「わたしのいちばんの親友だったのよ！」シオニーは叫んだ。「いちばんの親友で、中等学校の一年目はすごく大変そうだったの。どうしてなのかはわからない。一度も訊いてみなかったから。アニスはただ、だんだんしおれて自分の殻に閉じこもって、病気がちになってた。冬休みの前のある日に、家に会いにきてって頼まれたの。話がしたいからって。わたしは遅れた。理由はどうでもいいわ、とにかく遅れたのよ。着いたとき、肘まで手首を切って、浴槽に浸かってるアニスを見つけたの」

手で口を覆ってすすり泣きをこらえる。世間は忘れてしまうだけの年がたっても、その記憶のなんとあざやかなことか。あの事件のあと幾夜眠れずに横たわり、せめて三十分早くついていればどうなっていたかと考えたことだろう。ほかの人なら記憶全体がぼやけ、まるごと悲嘆と涙にくれた日々として思い出したに違いない。

だが、シオニーの記憶は完璧で、そうした夜の数さえ憶えていた。十七夜。泣き続けた時間のすべてを、アニスの白い顔と血まみれの腕、宙を見つめるうつろな瞳が出てきた悪夢のひとつひとつを思い出せる。毎回のカウンセリングも、そのあとにとった悪い成績も、なにもかも。

最悪なのは全部知っていること――全部憶えていることだった。わからないのは理由だけだ。アニスはメモ一枚残さなかった。実の両親さえ、葬儀では言葉を失っていた。

「あれはわたしのせいだったの？」シオニーはささやくように問いかけた。「アニスが自殺したのはわたしのせい？」返事は待たなかった。「ライラと仲間があの一家を殺したのは、あなたのせい？」

深々と息を吸い、唾をのみこむと、小声でつぶやいた。「わたしが許してあげるわ」

影のエメリーはぴくりとひきつった。

「わたしが許してあげるわ、エメリー」シオニーは繰り返した。「あれを全部見てしまってごめんなさい。そんなつもりじゃなかったの。こんな状況を作り出す気はなかったのに」まばたきして涙を振り払い、喉の奥にひそんでいる嗚咽《おえつ》を押し殺す。「でも、わたしが許してあげる。もう大丈夫よ」

相手がみじろぎした。シオニーの胸に温かな希望がともった。いまの台詞のなにかが効いたのだ。ひとあし近づく。

影のエメリーはうなり、シオニーの二の腕をつかんでふたたび床に引き倒した。「きみに許す権限はない」あの低い不自然な声で吐き捨てる。

「だったら自分で許しなさいよ!」シオニーは叫んで起きあがった。壁に手のひらを押しあてて体を支える。「誰にだって影の面があるわ! だけど、それを育てるかどうかは自分の選択よ。わからないの? ライラは自分の影の面を悪用してるけど、あなたは違う。あなたは違うのよ、エメリー・セイン」

「あなたはいい人だもの!」そう叫んだシオニーの声は、さっきのライラの声のように壁にはねかえった。「知り合ってから一カ月足らずなのに、そのわたしにさえどんなにいい人かわかるのよ!」

影のエメリーは暗がりにしりぞいた。

「だからもう自由になって」シオニーは懇願した。「憎しみも怒りも悲しみも手放して。そしてわたしを自由にして。解放してもらえなかったらあなたを助けられないのよ！」

まわりの事務室が赤と桃色に光った。苦しげな**どくん**、どくん、どくんという音が響き渡り、空気がじっとりと暑くなる。まばたきすると、もう一度心臓そのものの部屋にいた。弱まった鼓動をのぞけばあたりは静かだ。自分自身と足もとに転がったフェンネルの残骸以外、誰もいなかった。

膝をつき、敬意をこめて紙でできた友の破片を拾う。くしゃくしゃになった隅をのばし、注意深くもとの折り目にそって折っていった。

「いい子ね」二枚の紙切れを重ねながらささやき、泣くまいとして一呼吸ごとに限界まで空気を吸い込んだ。もう泣くのはうんざりだ。母がよく言っていたように、泣いてもなにも解決しない。

フェンネルを袋に入れてから、パンをひとかけちぎり、おざなりにかんでのみこんだ。空腹の痙攣をなだめるのに充分なだけ。

皮膚と血管が敷きつめられた部屋越しに、弁を見やる。

「あとひとつ」と自分に誓った。「終わりまであとひとつ。もし外への出口がなかったとしても、ともかくやってみたことは自分でわかってるわ。あとひとつよ、シオニー」

第十四章

シオニーは疲れた手足でトンネルを押し分け、やみくもに進んだ。周囲の壁はロンドン動物園の大蛇さながらに締めつけてくる。だが、影のエメリーに対して決意した通り、ネズミになるつもりはなかった。低い声をたてて左脚でもう一度蹴ると、弁の反対側に出た。

第三の部屋と同様、第四の部屋はすでに幻を展開していた。もっとも、今回の幻はどことなく……違っている。そこは室内でも庭園でも街でもなかった。それに、記憶の中の場所でもないという気がする。この風景を見たことは一度もないし、エメリーの心臓の外には存在していないという確信めいた感覚があった。

前方に延々と広がっているのは乾いた土地だ――必ずしも砂漠ではないが、ほかのなにかというわけでもない。くたびれた青銅色の地面が山にも川にも森にもさえぎられることなく四方にのびている。雑草一本、小山ひとつ表面を乱してはいなかった。淡い紅《くれない》の線にふちどられ、永久に日の出の直前にとどまっている灰青色の空に達するまで、その大地はどこまでも続いていく。空には雲ひとつなく、ちらりとよぎる色も、風に運ばれる鳥や種子も存在しない。風も吹いていなかった。

においもしない。埃や土の香りさえ。自分以外がたてる音もない——這う生き物も見あたらず、口笛も雷鳴もうめき声も脅しも聞こえない。泣き声も雨音も。鼓動も。沈黙が周囲を覆っている。無限の平面にいつまでも続く静寂。

このはてしない場所を乱すものはひとつだけだった。心臓を旅する者がその旅路で見逃すはずのない、途方もなく大きなもの。

峡谷。乾いた平らな地面のはるか左のほうに、巨大な亀裂がジグザグに走っている。そう……北だろう。どの方角でも同じことだ。橋はかかっていない。川も流れていなかった。

シオニーは用心深く峡谷に向かい、近づきながら地面の堅さを確かめた。大地と同じ青銅色の砂が谷底を埋めている。以前はもっとずっと底が深かったに違いない。そう考えていると、一握りの砂が空中から落ち、谷底に降り積もった。

シオニーはしゃがみこんで巨大な亀裂のふちをさわった。指では表面がはがれない。爪でひっかいてもだ。岩はがっちりと固まったままだった。また一握りの砂が谷底に落ちたが、峡谷の深さにはまるで変化がないように見えた。だが、充分に積もればいつかは谷を満たすのがわかっていた。結局のところ、人の心を修復するには時間がかかる。これほど傷ついた心でも、時間があれば癒やせるだろう。もう半ば回復しているのだ。

「私は死にかけているようだな」

ふりかえると、藍色のコートをまとったエメリー・セインが目の前に立っていた。晩餐会や教会で見た姿とそっくりだが、もっと……疲れた様子だ。肩が落ち、黒い隈が目をふちどっている。やや半透明に見えたものの、その点は指摘しなかった。

現実のエメリー・セインの一片。言葉を交わすことのできる一部だ。

シオニーは応じた。「ええ」

相手はきまじめにうなずいた。

「でも、わたしがここから出るのを手伝ってくれたら、助けてあげられると思うわ」シオニーは立ちあがってつけたした。「道の終わりに出口がないかと思ってはるばる進んできたのよ」

エメリーのまなざしが広がりを見渡した。「ライラは強すぎる。あれもほかの連中も、私には決して止められないだろう」

「ふたりで力を合わせれば止められるわ」シオニーは請け合い、そう言いながらはっと気づいた。（疑いだわ）と考える。第二の部屋がエメリーの希望だったように、ここは疑いと後悔の部屋に違いない。心臓には光とつりあうように闇が、夢とつりあうように疑念があるのだ。すべてが注意深く平衡を保っている。真ん中にはさまれたシオニーをのぞいては。「でも、あなたの助けが必要なの、エメリー。わたしはただの実習生よ。しかもそんなに長い期間実習したわけじゃないし」

「ふむ」エメリーは肯定でも否定でもなくつぶやいた。その視線が袋に落ちる。「その子を見てもいいか？」

なにを頼まれているのか理解したのは一瞬あとだった。シオニーは袋からそっとフェンネルをとりだし、破れた体をエメリーに渡した。

エメリーはかすかに口もとをゆがめて紙切れを調べた。片手をさしだしてくる。一拍おいて、なにを要求されているのかわかった。シオニーは袋に手を突っ込んで紙を渡し、指に伝わるうずきを味わった。

エメリーはたくみに手を動かした。くしゃくしゃの折り紙から青緑色の首輪を外して折り直し、紙片をもう一度つなぎあわせる。シオニーは二枚目と三枚目の紙を渡し、胸もとで手を組み合わせて、エメリーが以前とそっくり同じにフェンネルの頭を作り直しているところを見守った。

完成した紙の犬を渡され、小声で言う。「息吹け」

フェンネルが頭をふり、おろしてほしがって手の中でもぞもぞ動いた。シオニーは笑って犬を胸に抱きしめた。フェンネルは頬を二回なめてから、またしつこく身をよじりだした。おろしてやると、隣でぐるぐる輪を描いて走り、脚をのばした。

「ありがとう」シオニーは満面の笑みを浮かべて目から涙をぬぐった。「ありがとう」

相手はうなずいた。感謝の言葉を認めたわずかなしるしだ。それから、ふたたび薄紅色の地平線を見渡した。そばにある峡谷には気づいていないようだった。

「きみは生きてここを抜けられないかもしれない」と言う。「そうなったら私のせいだ」

「憶えているかぎりでは」とシオニーは口をひらいた。「助けようって決めたのは自分の意思よ」

「そのくせきみはみずからの疑いに囚われている」エメリーは答え、ふたりの前に広がるなにもない空間を示した。

つかの間そのことを考えてみてから、シオニーは声をかけた。「エメリー」

ちらりとこちらに視線が向く。

「あなただったら、わたしをここに閉じ込めている術が解けると思うの」いくぶんためらいつつもシオニーは告げた。「だって、これはあなたの、あなたの心臓でしょう？　誰より正当な権利があるはずよ、ましてライラよりはね。そうでなければ、どうしてわたしと話していられるの？」

ごくかすかに相手の唇がよじれるのが見えた──もう少しで微笑になりそうなのに、空気にのしかかる疑いの念が阻《はば》んでいる。

返事がなかったので、訊いてみた。「あなたには……視える？　その術が？　どんなふうにかかってるのか」

「いや」と答えが返る。「だが、感じられる。おそらく破れるだろうが、そうすると……疲れるだろうな」

「疲れる？」その言葉に自分の疲労を思い出してたずねる。「そうすると……害があるの？」

またもや、微笑未満の表情が浮かぶ。この幻のエメリー・セインは、悲観的な傾向にもかかわらず、ほかのエメリーより本物に近かった。「なんとかなると思う」

シオニーはフェンネルに手招きした。心が軽くなり、生気がよみがえったように感じた。まるで最後の部屋など存在しなかったかのように。この瞬間がシオニー自身の希望の部屋の土台に加わったかのように。きっと成功する。

「新しい呪文をいくつか教えてもらわないと」と言う。「使えるならなんでもいいの。ただ時間がかからないものにして。あなたは本当にたくさんのことを教えてくれたけど……」

「だが、切除師に対抗するにはたいして役に立たない」エメリーはうなずいた。「わかっている」

まげた指を顎の下にあて、一瞬考え込む。「どのくらい紙が残っている？」

シオニーは少なくなった束を袋から引き出して示した。

エメリーは紙を観察し、視線を上下に動かしながら数えた。それから、肩を落として溜め息をつく。

「でも、状況を考えれば」「本来なら教えるべきではないものを教えよう」シオニーはうながした。

相手はうなずいた。唇がゆがむ。「状況を考えれば。ただし、いったん終わったら忘れたふりをしてくれ……もしどちらかがこれを乗り切ったら」

「大丈夫」シオニーは笑顔で保証した。「きっと乗り切るわ。わたしにも少し考えがあるんだけど、うまくいくかどうか確信がないの」

膝をついて汚れたスカートを膝の下にたくしこみ、紙の束をそばの堅い地面に置く。汚れた紙でもきれいな紙と同様に機能するはずだし、使いたくてもテーブルはない。

エメリーはしばらくこちらを見つめた。瞳に通常の輝きがない。それにもかかわらず、依然として表情が簡単に読めることがわかった——好奇心をそそられている。疑わしげではあるが興味を感じているのだ。とうとう問いかけてきた。「なぜこんなことをしている?」

シオニーは片手を紙束にかけたまま動きを止めた。フェンネルが肘に鼻づらをこすりつけてきた。「こんなことって?」

エメリーは周囲に広がるなにもない空間を示した。「これだ。このすべてだ。なぜ私を助けるためにここまでやってくれた?」

頰が熱くなるのを感じて目をそらし、手をふさぐためにフェンネルをなでた。ここにいるエメリー・セインの一部に告げても問題はないだろう。魔術師本人には絶対に言えないだろうが、話している相手は傷ついた心がつなぎあわせた虚構にすぎないと知っていたので、勇気が出た。

「なぜって、たぶんあなたを好きになりかけてるからよ」と認め、あの紅の日の出さながらに頰が赤らむのを感じた。「長く知ってるわけじゃないのはわかってるけど、こんなにいろいろなことを経験してみると……」大地が空と出会う地平線へと視線をあげる。「あなたのことをずっと知ってたような気がするの。男の人の心の中を歩いたって言える女性がどれだけいるか知らないけど、わたしはあなたの心の中を歩いたわ、エメリー・セイン。それに、この犬が好きだし」

唇の端があがったこと以外、表情は変わらなかった。その動きはほほえみ寸前まで行ってからもとに戻り、口もとがまた疑わしげにひきしまった。

「いいだろう」エメリーは言い、シオニーの向かいに膝をついて、ぶかぶかの長い袖をひきあげた。期待通りの反応とは言えないが、第一歩ではある。エメリーが続けた。

「いちばん複雑なものから始めよう。きみに教えるべきではない術だ」

そう言いながら海緑色の紙に手をのばしたので、シオニーはうなずいた。

視線が合った。「紙がきわめて高速で振動したとき、なにが起こるか知っているか？」

「わたしが知るべきではないこと、かしら」シオニーは推測した。

「その通りだ」という答えだった。「しかし、説明させてもらおう……」

第十五章

シオニーはようやく最後の紙の術を袋にしまった。中に入っているきちんと整理したごたまぜを崩さないよう注意する。きちんと整理したごたまぜ――必要なものが山ほどあって、どれも慎重に配置する必要があるのだ。いまではエメリーが室内を装飾するやり方がいくらか理解できるようになった。使ったのはすべての紙ではなく、大部分だけだったが、それでも腰にかけた袋はたくさんの複雑な折り目でふくれあがっている。

胴に巻いた防御の鎖にさわり、ひとつずつ輪をつまんで無事かどうか確かめた。鎖全体を二回点検したあと、口笛を吹いて指を鳴らし、フェンネルを呼ぶ。

エメリーが脇によけて紙の犬を通した。精巧に作られたフェンネルの前足は、乾いた平らな地面を覆う薄い土の層に四本指の足跡を残したが、その跡はあっという間に消えた。

「小さくなってもらわないと、フェンネル」シオニーは言った。フェンネルが哀れっぽく鳴いたのでつけたす。「また壊れてほしくないし、外は濡れてるでしょう。ほんの少しだけよ」

「そうなるかな？」もう一度広い空間をながめながらエメリーがたずねた。「ほんの少しだけに？」

シオニーはふわりと笑ってみせてから、フェンネルに命じた。「停止せよ」

フェンネルが腕の中で動かなくなったので、そばかすの散った手でそっと折りたたむ。

「あなたの疑いの面はあんまり強くないのね」と感想を言う。「きっとずいぶんたくさんのことに自信があるんでしょうね」

エメリーは答えなかった。

フェンネルを袋のずっと下に押し込んで、シオニーは言った。「わたしの部屋はぜんぜん違うふうに見えると思うわ。もっと崖や急流があるか、いきなりまがりかどに出くわす道ばっかりか。ひょっとしたらライオンもいるかも。人生のいろいろなことに対して疑いを持ってるから」（あなたのことも含めて）

「だが、亀裂はない」エメリーが意見を述べた。

シオニーは地面を切り裂いている深い谷を肩越しに見やった。つかの間、あわただしく紙の術を教えてもらっていたときからどのくらい砂が落ちたのだろうと考える。「亀

裂はいっぱいあるけど、谷間はないわ。いまのところはね」と認める。（たぶん、今回のなりゆき次第なんでしょうね）

立ちあがってスカートの埃を払うと――どれだけ役に立つかはわからないが――三度目に防御の鎖をためし、袋の紐の縫い目を点検した。急いでとりださなければならなくなった場合に備えて、すでに袋に入った術の位置と数はひとつ残らず記憶している。

「幸運を祈る」エメリーが言った。

「ありがとう」と答える。「でも、どうやってあなたは――」

そちらをふりかえったが、峡谷の向こうに夜明け前の空虚な広がりが続いているだけだった。紙の魔術師は――少なくともここに現れた姿は――消え失せていた。

エメリーがいないことに気づくか気づかないかのうちに、地面がゆらぎはじめた。体を支えようと手をのばしたものの、もちろんこの不毛な場所の真ん中ではなにも見つからない。

大地の震動はどんどん激しくなり、ロデオの牡牛さながらにゆさゆさと前後にゆれた。亀裂から二歩遠ざかったところで、シオニーはつまずいて片膝をつき、堅い地面で手のひらをすりむいてしまった。その地面が薄れはじめ、下にある赤黒い肉があらわになる。

幻はゆっくりと崩れた。空がガラスの破片のように割れる。**どくん**、どくん、どくんという鼓動はあまりにも大きく、肺まで響くほどだった。脈拍が加速し、最後の幻がゆらいだ。

エメリーの心臓の壁が脈打ち、波立った。あたりにこだまする鼓動が不規則になり、シオニーの呼吸が速くなった。この響きはおかしい。どこか違う。まさか、シオニーを解放するためにエメリーの心臓がみずからを破壊しているのだとしたら……

手が冷たくなった。エメリー・セインのいない世界。一カ月前まではその存在がない世界に生きていたのに、いま以前の状態に戻るのは……考えただけで吐き気がした。胸がつぶれそうだ。

部屋の外周をめぐる血の川がふくれあがり、流量が増した。空気が曇って熱くなる。料理するために湯が沸き立つ鍋の上につるされたようだ。心臓が片側によじれ、続いて別の側にねじれた。体がかたむくのを感じる。

シオニーは横向きに倒れ、濡れてごつごつした岩に左の頰をぶつけた。湿った涼しい空気が全身を包み、服と皮膚にまとわりつく。塩の味がした。近くで水音がしてしぶきが散っている――岩に砕ける波の音だ。

淡い陽射しが黒い洞窟の入口から流れ込んでいた。カモメの鋭い叫びにはっとしてあたりを見る。

解放されたのだ。

「やってくれたのね」シオニーはささやき、身を起こして立ちあがった。岩棚のほうをぱっとふりかえる。エメリーの脈打つ心臓はまだ魔法の血の池に浸っていた。動いてはいるが、前よりいっそう鼓動が弱まっている。それでも急げば間に合うだろう。

そう祈った。

洞窟の入口に視線を戻す。朝だ。早朝。だが、一晩だったのだろうか、それとも二晩？　疲労で筋肉の奥と脳のへりが痛んだが、何時間たったのかはわからなかった。

シオニーは唾をのみこみ、どれだけ喉が渇いていたかはじめて意識した。

祭壇に近づく巫女《みこ》のように心臓へ歩み寄る。この金色にふちどられた血溜まりは、ロンドンへ戻るまで心臓を生かしておくために必要だろうか？　ライラがなんの呪文も唱えずに——ともかくシオニーに見える形では——エメリーの胸からもぎとったあとも、心臓は手の中で脈打っていた。といっても、魔術師の心臓の仕組みについてはほとんど知らないし、まして切除術の知識はないも同然だ。

心臓を安全に運ぶことのできる道具がいる。だが、なにがあるかと考えているうちに、潮風がひりひりと鼻を刺激しはじめ、腕の金色の毛が逆立った。シオニーは唇をなめてふりかえり、ライラと向かい合った。黒髪がふさふさとつややかに波打って細い肩にかかっている。黒い瞳は暗いアーモンド形に細められ、赤い唇が嘲笑にゆがんでいた。シオニーは顎をひきしめて心臓から離れた。自分を狙ったライラの術が外れ、間違ってあたってしまったらまずい。エメリーの心臓を守り抜いてみせる。これほど粗末に扱った張本人が相手ならなおさらだ。

シオニーを見て驚いたとしても、切除師は顔に出さなかった。白い肌が紅潮し、かわいらしく見えるほどだ。怒り、それとも憎悪だろうか。よくわからない——こんな嫌悪を向けられたことは一度もなかった。これほど強烈には。

シオニーは機先を制して口をひらいた。

「さがって、ライラ」五フィート三インチの背丈をせいいっぱいのばして告げる。「逃げたい？　それなら機会があるうちに行きなさいよ」

ライラは微笑した。半ば野生化した猫にそっくりだ。「持っていく心臓がふたつ残っているうちは行かないわ。グラスがすばらしい戦利品だと思うでしょうね、たとえあの人に渡すのがあんたの心臓だけでも」

血みどろの手をあげると——本人の血か別人の血か判断しようがない——その動きに応じて、地面から死体の切断された手が三組とびあがった。洞窟の床のでこぼこした岩に隠れていて、いままで気づかなかったのだ。

気管がきゅっと締まり、似たような手が喉に点々と残したあざのことを思い出させた。ほんの一瞬身がすくむのを感じたが、エメリーの心臓のかすかな脈動でわれに返る。シオニーはむりやり体を動かした。

袋に手を入れた刹那《せつな》、ライラの弾丸が洞窟じゅうに冷たい血のしずくを撒き散らしながら突進してきた。死体の手が——ぶくぶくとふくれた指が——鳥のように空中に舞いあがり、見えない翼で襲いかかる。

翼。

(鳥だわ)

シオニーは指で紙の鳥たちをつかみ、折りたたんだ体を袋からひっぱりだした。「息吹け!」手の群れがとびかかってきたとき、あえぎながら言う。「あいつらを攻撃して!」

くしゃくしゃになった二羽が洞窟の床に落ちた。心臓から脱出したあと、袋の上に倒れたせいで押しつぶされたのだ。シオニーは体をこわばらせたが、七羽の四角い体の鶴は命令に従って目の前で命を得た——オレンジ、黄色、栗色、白、白、白、灰色。勢いよく羽ばたく音が洞窟に響いた。長い首を前にのばし、ライラの体のない軍勢に向かって飛んでいく。的《まと》に突っ込む前に、命がけの鬨《とき》の声をあげるのが聞こえたような気がした。

二羽が親指と薬指を狙って腐りかけた一本を同時に攻撃し、残りはそれぞれの手に一羽ずつ体当たりする。シオニーから四歩と離れていない位置で、手の群れが鳥たちを握りつぶし、牢屋で戦ったときのように床に落ちた。

頭がくらくらした。アドレナリンが上から下まで体じゅうにめぐり、もどかしくてたまらなくなる。洞窟から出なくては――エメリーの心臓の置いてある場所が戦闘に近すぎる。ライラが入口をふさぎ、次の術をかけはじめた。

シオニーはすでに仕掛けていた。

(標的に集中しろ)新しい術を急いで教えてくれたときのエメリーの声がよみがえる。

(物語の幻のように心で感じ取れ。そうすれば手裏剣が的にあたる)

袋に手を入れ、四つの先端があるきっちり折った手裏剣を引き出す。あのおぞましい倉庫でエメリーが身につけていたのとそっくりだ。ふたりとも固く折ったので、押しつぶされた袋の影響も受けていなかった。呪文を唱えるライラの唇と血まみれの手に視線をすえ、手裏剣を投げて洞窟の入口へ走る。

手裏剣は夏の嵐に巻き込まれた風車のようにくるくると宙を舞った。シオニーはあたったかどうか確認しようとはしなかった。ライラの苛立った金切り声で充分だ。

細い雲の陰で朝の陽射しが白く光り、乾いた目にしみた。眼下の黒い岩の岸辺で、ゆれる海面がきらきらと輝く。あんなにも深い、飢えた海。

でこぼこした海岸へ走り出ると、水がひんやりした霧を体の上に広げた。琥珀色の海藻が足に巻きつき、またはがれおちる。たぶんこちらの切迫感を察知して、邪魔しないことにしたのだろう。

たいして行かないうちに、ぱちぱちと音をたてるリボン状の血糊に囲まれた。胴に巻いた防御の鎖が固くなる。泡立つ血は体からそれて濡れた岩にぶつかり、蜘蛛の巣めいたしみをつけた。術の名残で喉の奥に金《かな》くさい味が広がった。

ライラが渋い顔でズボンのきついベルトから血の小瓶を抜き取った。予備が少なくなってきたらしい。「茶番ね」にやりと笑いながらそう言ったものの、その表情はしかめっつらのように見えた。「ちっぽけな紙の帯なんかで私が止められると本気で思っているの？」

ひとあし踏み出すと、長い親指の爪で小瓶の栓を抜き、中身を手にぶちまける。血液が手のひらにあふれ、足もとのぎざぎざした岩のあいだに渦巻く潮の流れにこぼれおちた。

「もう三回も止めたけどね」ライラが前進するたびに一歩ずつ後退しながら、シオニーは言い返した。「だから、そう思うって言っておくわ」

ライラはにっこりと笑った。一瞬、何年も前にエメリーが惹きつけられた理由がわかった。だが、眉が寄り、額に皺ができて鼻の穴がふくらむにつれ、その顔つきはけわしくなった。なにか異様な言葉を口にすると、クリケットの球を投げるように血だらけの手をふる。

シオニーはさっと袋に手を突っ込んだ。ライラの攻撃に備えて身構える。

攻撃は後ろからきた。

赤い血管の浮いた波が猛吹雪のように冷たく吹きつけ、視界を閉ざす。もう少しででこぼこの地面に飛ばされるところだった。火傷《やけど》したかのような激しい衝撃が臍から頭のてっぺんまで走り抜けた。海へ引き込まれまいと波から逃げたものの、すでに被害は避けられず、全身ずぶぬれだった。

紙の鎖から力が失われるのを感じる。肩甲骨のあいだの輪ふたつが切れ、鎖はくるぶしまでばさりと落ちた。もはやびしょびしょの紙でしかない。

波とともに自分の血も流れ出してしまったかのようだった。白くふるえる指で袋を探り、次々とだめになった術をひっぱりだす。紙の魚、シオニーが手裏剣を作っているあいだにエメリーがみずから折った精巧な混乱の球。それは注意をそらすためだった……

フェンネルの隣にある左右対称のの菱形に手がふれた。つぶれた術のかたまりに保護されて乾いたままだ。フェンネルと拘束の鎖もだった。ありがたいことに、使わなかった紙の薄い束が守ってくれたのだ。

濡れた術を足もとに捨てたとき、ライラが虫を狙う猫さながらに距離を縮めてきた。シオニーはよろめきながら後退し、切除師と血まみれの手から遠ざかろうとした。動悸の激しさで胸に穴があきそうだ。皮膚がちくちくした。干上がった喉に唾をのみこむ。

これほど無防備な状態でここにいるより、エメリーの影にふたたび向かい合うほうがまだましだ。しかし、逃げ出すことはできない。この対決から逃げ、心臓のない冷酷なエメリーのもとへ戻るわけにはいかないのだ。

「あんたは弱いわ、あの人と同じ」ライラはせせら笑った。「役立たず。折り師はみんなそうよ。エメリーが本当の力を持ってたことなんてないわ。あんただってね」

シオニーはあとずさるのをやめた。ネズミにも虫にもなるものか。黒い岩に踵をめりこませる。混乱の球はなくとも、ライラの気をそらす方法はある。

「あの人はね、あなたをかくまった夜に離婚の書類に署名したのよ」と告げ、顔から力を抜いて、人にされたらがまんできないような得意満面の表情を作ってみせた。爆発寸前の怒りをかかえこんでいなければ、ライラが見せたようなしたり顔。「自分で考えてるほど思い通りの状況じゃなかったみたいね」

相手の顔つきは変わらなかったが、左の眉がぴくりとひきつったことに気づく。ライラは進み続けた。シオニーは足を踏ん張り、背骨をつたいおちる冷たい汗を無視しようとつとめた。

「それに、あなたはあの人の心の中にいなかったし」とつけくわえる。「いまの姿ではね。ともかく、牢屋の独房の外にはいなかったわ。もしかして気がつかなかったの？」

ライラは八歩か九歩離れた位置で立ち止まり、目をきゅっと細めた。蛇を思わせる——いまにも攻撃しようとしているとぐろを巻いた毒蛇。シオニーは肉の魔術師のうぬぼれを侮辱したのだ……あるいは、ひょっとしたら、ライラ自身の暗くうつろな心臓の奥深くで、まだエメリーのことを気にかけているのかもしれない。

違う。気にかけてはいない。気にかけているからといって相手の心臓をもぎとる人間はいない。いや、ライラにとって、エメリーの心臓は記念品、賞品なのだ。所有するためのもの。自分や仲間を追いつめたことに対する病んだ復讐。かつては恋人だったかもしれないが、いまでは破滅の原因だ。苦しみのもと。破滅をもたらす存在。

そして、そのことを恨んでいる。

急ぐあまり鞘《さや》をななめに倒しながら、ライラは隼《ハヤブサ》を思わせるすばやさで長めの短剣をベルトから抜いた。壊れた翼のように横に構え、シオニーに突進する。ひっかけだ——ライラは短剣ではなく、真っ赤に濡れた手で攻撃するのだから。

〝わかってもらわねばならんが、パトリス、切除師は扱いにくい問題なのだ〟とヒューズ師は言っていた。〝きわめて危険な存在で、手をふれれば体を通じて魔術を引き出すことができる。人殺しの術だ〟

シオニーはさっと片側によけた。右足が岩と岩のあいだにはさまり、前方につんのめる。ライラがのばした手が頭のあった空間を強く打った。シオニーは隙間に靴を残し、必死で足を引き抜いた。濡れて汚れた靴下越しに、ぎざぎざの岩が足の裏を傷つけたが、かまってはいられない。

ライラがくるっとふりむき、短剣が空を切って旋回した。シオニーはとびすさり、胸もとをかすめた切っ先をかろうじて逃れた。尖った石にはさまれた水に数インチ駆け込んで、袋から紙飛行機をひっぱりだす。

折り目が手の中でばらばらになった。水に濡れすぎたのだ。

ライラが襲いかかってきた。シオニーは金切り声をあげて、皮膚に魔法をかけようとする手をかわし、もっと高い地面によじ登った。袋をひっかきまわし、ようやく使える術を見つける。

「息吹け！」と命じると、紙のコウモリが紙二枚分の翼を広げて宙に舞いあがった。それ以上の指示は必要なかった。フェンネルと同じように周囲の様子を感じ取っているのかもしれない。まっすぐライラの鼻をめざして飛んでいく。

シオニーの指が拘束の鎖をつかんだ。V字型の輪を二列に固く編んだ鎖だ。エメリー・セインが疑いの部屋で教えてくれた二番目の術。

首のまわりに髪をなびかせ、ぱっと向き直る。

ライラが空中のコウモリをひっつかみ、右の翼を握りつぶした。

「縛れ！」シオニーは鎖に命令した。

深海にひそむサメのように、鎖は手から離れてライラに向かい——

——短剣の大きなひとふりで、長さの違う二個の断片に切り裂かれた。拘束の鎖の残骸は、水から出た魚のようにどさりと岩に落ちた。

「言ったでしょ」ライラが口をひらいた。ただし、少し息切れしている。「なんの力もないのよ」進みながら最後の血の小瓶を腰からとり、足もとに投げつける。緋色に煙るつむじ風がその体を包み込んだ——エメリーの心臓を盗んだあと、食堂を脱出するときに使った術だ。

ただし、逃げるのではなく、シオニーの一歩手前に出現する。

吐き出した息が喉のやわらかな肉に食い込んだ気がした。急いで袋に手を入れ、最後の術、菱形を探す――

ぐいっと肘をつかまれ――肌と肌がふれあう――短剣の刃が顎の真下に突きつけられた。

ライラはにやりと笑った。

シオニーは刃を無視し、疲れた腕に残った力をふりしぼってライラを押しのけると、単純な菱形に折った紙を袋から引き出した。

〝紙がきわめて高速で振動したとき、なにが起こるか知っているか？〟

ライラがうなり声をあげてシオニーに体当たりし、海とは逆の側にある浸蝕された岩棚に押しやった。その手が首筋をつかむ。短剣の切っ先があばらにめりこんだ。ライラは血と錆びた古い硬貨のにおいがした。

呪文が始まると、体が温かくなった。不気味なぬくもりだ。熱い。ライラの古代の術は、魂自体を骨からひきはがしていくようだった。

逃げられない。エメリーの術を手に持っているのに、体をひきはがすことができない。

使わなくては。いま。この場で。

「破裂せよ」シオニーはささやき、紙を放した。

菱形はふるえだした。どんどん速く、雀蜂のようにぶんぶんうなりながら、ゆっくりと、のんびりと地面に落ちていく。ぶんぶんいう音が大きく高くなる、大きく、高く……

菱形に折った紙は火花と炎を噴き出して爆発し、銃身のつまったピストルのように外側へ破裂した。

爆風でシオニーは横ざまに崖に叩きつけられた。鋭い岩がブラウスの生地をずたずたにして肌に食い込む。片肘と腰を打って倒れると、灰の味が口いっぱいに広がった。何拍かのあいだ、すべてが朝日そのもののように白くまばゆく映った。色と形と影が徐々に戻ってくるにつれ、耳の奥で音叉のような甲高い音が鳴り響いて止まらなくなった。

手で支えて体を起こした。腕が痛み、腰はこわばっている。岩だらけの海岸が前へ後ろへとゆれた。こめかみがずきずきと脈打つ——**どくん**、どくん、どくん。

エメリー。

岩の向こう、ほぼ波打ち際で、ライラが唾を吐き、弱々しく這いつくばろうとしていた。湿った漆黒の髪がべったりと頬にはりついている。

シオニーは岩棚にすがりついてなんとか立ちあがった。朝の景色がかたむいてぐるぐるまわる。絶え間ない音――たぶん高いBフラット――が頭蓋骨の内側で鳴り続けていた。

動かなくては。ライラはシオニーにさわった――回復すればすぐにでも、爆発でさえぎられたいまわしい術を再開できるのだ。

半ば濡れた紙切れが袋から落ちて地面に散らばっていた。ライラの短剣はふたりの中間に横向きに転がっている。ひとかたまりの苔の上に柄が載っていた。カモメが何羽か、鳴きながら爆発の現場を逃げ出して海上へ飛んでいく。

まだ視界の中で海がゆれていたが、シオニーは短剣に駆け寄った。たれた髪の隙間からのぞいたライラがふらふらと立ちあがり、やはり全速力で走ってくる。

ふたりとも手をのばして短剣にとびついた。

先につかんだのはシオニーの指だった。

シオニーは驚くほど重い短剣を持ちあげ、言葉にならない叫び声をあげながら、刃を上向きにふりまわして不完全な弧を描いた。途中でなにかがひっかかるのを感じたが、動きが止まるほどではなかった。そのまま鋭い刃をふりきる。

ライラが絶叫した。

海岸に血の雨がふりそそいだ。ライラはよろめいてあとずさり、両手を顔に押しあてて、裂けた頬とえぐれた眼球からどくどくとあふれだす赤い流れを止めようとした。シオニーは短剣を取り落とし、胃が裏返しになるのを感じた。ライラがまた声をあげ、手の甲でシオニーの顎を張り飛ばした。

シオニーは倒れ、傷だらけの手のひらで体を支えた。ライラは膝をつき、あえぎながら悪態をついた。指のあいだから血が流れ落ちている。癒やしの呪文を唱えようとしたものの、ひとことおきに息をつまらせる。血が四方八方に飛び散っていた――高潮でできたちっぽけな水溜まりや流れを赤く染め、苔を汚し、岩や紙に深紅の筋を描く。

紙。皺くちゃになり、濡れて破れた血まみれの紙。

シオニーは端の焦げた比較的乾いている紙にぼんやりと手をのばした。ライラの血がじわじわと繊維にしみこんでいる。

他人事のように感じながら、なにも考えずにその血に――体のインクに――人差し指でふれる。頭でその思いつきを処理したわけではなかった。ただ、かすかな郷愁のように脳裏に浮かんできただけだ。まるでずっとそこにあったように。それしか存在していなかったように。

七つの文字を書き、ふるえてはいても力強い声で読みあげる。

「ライラは凍った」

するとその通りになった。

傷ついた顔をかかえてしゃがみこんだライラの動かない像を、シオニーはまじまじと見つめた。両脚からまるめた背へと、氷の触手が這いあがっていく。ライラの口からはうめき声も苦痛のあえぎも消え失せ、唇は呼吸の途中でひらいたままだ。乱れた髪の毛が重力の拘束から解放され、その場所に糊づけしたかのように宙に浮いている。

シオニーはあぜんとした。幻影を描くように紙を読みあげた。『ゆうかんなピップのぼうけん』のように。だが、これは物語ではない。というより、シオニーの物語だ。幻影などではなく。

血に汚れた指を凝視したが、思考は——処理する能力は——まだ復活していなかった。その紙面に戻り、文字を書き、読みあげる。「……そして二度と動かなかった」

依然としてライラの像に変化はなかった。

シオニーは立ちあがり、血文字の紙を岩場に落とした。ものほしげな塩水の小さな渦巻が言葉をなめて吸い取り、海に還した。ライラから七歩あとずさったところで、海上の茶色い点に視線を引かれた。目をこらさなくても形がわかるほど近かった。

ボートだ。男がふたり乗っているが、遠すぎて目鼻立ちははっきりしない。片方が漕いでおり、ボートの両側でオールが調子を合わせて上下している。もうひとりは舵のところに膝をつき、海岸のほうをながめていた。

到着したときに見た異様なカモメを思い出し、シオニーは緊張した。あの生き物が誰かに送り込まれたのだとしたら、あのふたりではないだろうか？　なんとか脚を動かせたのは、ボートが接近したからだった。

洞窟へ引き返す。走りたくてたまらなかったが、体が拒んだ。力がつきたわけではない。そんな気がするだけだ。疲れきって、現実感がないだけだ。

よろよろと洞窟に踏み込み、片手で壁をたどって岩棚に行きつく。くぼみの中で、エメリーの心臓はまだ力強く動いていた。

袋を調べると、フェンネル以外なにも残っていなかった。心の中でそっと犬に話しかける。ありがとうと感謝し、できるだけ早くもとに戻すからと約束した。それから、重要な部分は壊さないように気をつけて紙片を何枚か外し、疲れた手で活力の鎖の輪を折った。成人男性の心臓を囲める分だけ。

ボートが海岸につく前に洞窟から逃げ出し、岩を登った。ふりかえりはしなかった。

巨大な紙飛行機は置いていった場所に見つかった。シオニーは胸もとにエメリーの心臓をかかえ、ロンドンへ飛び立った。

第十六章

痛む体と感覚のない両手を風が勢いよくかすめていく。シオニーの心はエメリーの家へ戻っていった。自分の家へ。出かけているあいだに絶命していたらどうしよう？　遅すぎたとしたら？　命のある心臓は命のない体を蘇生できるのだろうか。

エメリーの心臓は胸もとで弱々しく脈打っていた。魔法の血溜まりからひきあげたあと、残っていた力の大半を失っている。

だが、まだ時間はある。あるはずだ。こういう物語は悪い結末を迎えることになっていない。

シオニーがいないことに、もうアヴィオスキー師とヒューズ師、カッター師が気づいているだろう。だが、どんな反応をされたところで、どうでもよくなっていた。こう決断したことは後悔しない。たとえ下手くそな紙の心臓がエメリーを助けられなかったとしても。自分の折り術が持ちこたえてくれますように、と祈る。

魔術師たちは少なくとも、エメリーの家の屋根の大きな戸をあけておいてくれた。紙飛行機は指示しなくてもさっと舞いあがり、優雅に降り立った。主人の家を心得ているのだ。

シオニーはこわばった指を手すりから離し、腰にこすりつけて関節の動きを取り戻した。雲間を漂っているような感覚だったが、夢心地という意味ではなかった。ただ虚脱しているだけだ。

床板が足の下できしんだ。放置された柱時計の壊れた振り子のように脇で袋がゆれ、自分が紙でできているような気がした。エメリーの心臓を胸にかかえ、階段の壁によりかかって二階へおりていく。心臓に巻きつけた小さな活力の鎖は赤く濡れていた。靴を片方、島の海岸の岩場にはさまれたまま置いてきてしまった。必要以上に長くとどまりたくなかったからだ。靴下しかはいていない痛む足で床を踏むたび、足音が途切れた。

エメリーの部屋の脇を通ると、ドアがあけっぱなしでベッドはからだった。寝室に移さなかったに違いない。まだ下で生きているのだ。シオニーを待っている。自分がいなければ埋葬はしないだろう。それほど長くは留守にしていなかった。

そうだろうか？

図書室と洗面所、シオニーの寝室を通りすぎる。壁にもたれて一階への階段をおりていった。

アヴィオスキー師が八段下でドアをひらいた。

「シオニー・トウィル！」と叫んだ声には、気をもんでいた母親の不安、学院の校長らしい厳格さ、それに春の最初の雨を肌に感じた農夫の安堵がすべてこもっていた。目を皿のようにしている。さぞかしすさまじい恰好に見えるに違いない。

アヴィオスキー師は顔を蒼くして階段を上りはじめたが、シオニーの言葉で足を止めた。「わたしは怪我をしてません」と言ったのだ。実際、おおむねその通りだった。ブラウスから流れ落ちている血は自分のものではない。

襟もとからそっとエメリーの心臓をとりだす。アヴィオスキー師は口もとに片手をあてた。

「それはまさか……」指の隙間からささやく。

シオニーは最後の八段をおりてその脇をすりぬけたが、アヴィオスキー師は制止しなかった。いまは言い争う元気がない。ヒューズ師とカッター師の姿は見あたらなかった。

エメリーを、本物のエメリーを見ると、自分の鼓動が速くなった。そばを離れたときのまま、食堂の床の応急ベッドに横たわっている。その肌はほぼ死者の白さだった。唇はほぼ紫色だ。目はほぼ落ちくぼんでいる。

ほぼ。だが、完全にではない。紙の心臓がまだ胸の内側で脈打っていた。

アヴィオスキー師が階段のドアを閉め、シオニー自身の心に浮かんだ問いを発した。

「うまくいきますか？」

「わかりません」シオニーはささやいた。アヴィオスキー師ほど経験豊富な魔術師からそう訊かれることにおびえていた。うまくいかなかったらどうする？

エメリーの左側にまわっていき、かたわらに膝をつく。片手で心臓を持ち、もう一方の手でシャツをひらいた。皮膚はひんやりしていたが、ひどく冷たくはなかった。

「これにはまだ魔術が残ってます」と言う。そうわかったのは、術がかかっていないのに体なしで鼓動する心臓などありえないし、ライラの魔術は強力だったからだ。それで充分ならいいのだが。

心臓を胸の上に載せる。肌がライラの術の名残で金色にきらめき、胸腔がひらいた。ぱっくりと口をひらいた胸は、事実上その中で過ごしたばかりでなければ、ぞっとする光景だっただろう。

「わたしはどのくらい留守にしてましたか？」とたずねる。紙の心臓がかすかな力ない脈動で迎えた。

「一晩ですよ」アヴィオスキー師が聞き取れないほど低く答えた。

シオニーはうなずいた。エメリーのまだ温かい胸に手を入れて紙の心臓をとりだし、本物をもとの場所に戻す。

背がそりかえり、エメリーは激しく息を吸い込んだ。胸腔がいきなり閉じたので、もう少しで指を引き抜くのが間に合わないところだった。金色のきらめきが消滅する。

シオニーは固唾をのんだ。エメリーは眠ったまま動かなかった。

その胸に耳をあて、鼓動を聴き取ろうとする。緩慢だが安定した**どくん**、どくん、どくんという音が響いた。

シオニーはほほえんだ。それ以上なにをする力もなかった。

「大丈夫だと思いますけど、お医者さんを呼んでください」と言った声は、軽くふわふわしていた。まるで子どもが話しているようだ。エメリーの髪を額からかきあげると、アヴィオスキー師が応急ベッドの足もとから見ていたにもかかわらず、身をかがめて頬にキスした。

「ミス・トウィル――」シオニーが立ちあがると、アヴィオスキー師は口をひらいたが、どんな内容だったとしても、最後までは言わなかった。シオニーがあまりひどい様子だったからだろうか。あるいはいまの行為を親切な行動と受け取ったのだろうか。ひょっとしたら、一晩で百年も年をとったかのようにシオニーの脚がふるえていたからかもしれない。

アヴィオスキー師の視線をちりちりと背中に感じながら、シオニーは魔術師エメリー・セインから離れ、なんとか階段をあがっていくと、自分のベッドに倒れ込んだ。

目覚めると骨が鉛のように重く、額の中央に鈍い痛みを感じた。体になじんだ筋肉痛が——とくに脚と前腕の——明日にはもっとひどくなるだろうと警告している。ファウルネス島の海岸ぞいの岩棚ですりむいた背中の傷がずきずき脈打っていた。胃がひどく縮んだ気がするのに、うるさく食べ物を要求している。口の中にはのみこむ唾液もろくになかった。

誰かが水の入ったコップを渡してくれた。

ベッドの脇に膝をついている男に見覚えはなかったが、アヴィオスキー師がその後ろに立っており、体を起こして枕によりかかるのを手伝ってくれた。シオニーは四口半でコップの中身を飲み干し、もっとほしいと願った。

見知らぬ相手の首にかかった円錐形の聴診器に目がとまり——五十歳ぐらいに見え、髪が一本もなくて丸いレンズの眼鏡をかけている——アヴィオスキー師に連れてきてもらうよう頼んだ医者だろうと結論を出す。自分を診てもらうつもりではなかったのだが。

窓から入る朝の光で、しばらく眠っていたらしいとわかった。

「脱水症状だな」医者は言い、指をシオニーの手首に押しあてると、白い指の跡がふたたび色づくまでどのぐらいかかるか観察した。「それに、かなりひっかき傷がある。風呂に入る必要もあるな。しかし、間違いなく死ぬことはないよ、ミス・トゥィル」

シオニーは咳払いした。「エメリー——セイン——セイン先生」言葉につまり、アヴィオスキー師にじっと見られて頬がほてるのを感じる。「先生は大丈夫ですか？」

アヴィオスキー師が言った。「あなたが予想した通り、ミス・トゥィル、二、三日休めば元気になるでしょう。ニューボールド先生もそう言っていますよ」

ほっとして長い息を吐き出し、シオニーは枕に沈み込んだ。ニューボールド医師は身を乗り出し、無造作に聴診器を胸にあててきたが、医者というのは遠慮がないものだ。そして一度うなずいて告げた。「二十四時間は液体とやわらかい食べ物を。かまなければいけないものは食べないことだ、腹痛を起こしたいなら別だが」

床に置いた短い持ち手の鞄をひっかきまわす。何度か継ぎをあてたらしく、継ぎ目を縫ってある黒い糸はあきらかに三種類あった。ニューボールド医師はその鞄から緑の軟膏が入った浅い容器をひっぱりだした。タジス・プラフの看護師が使うアロエのクリームに似ている。第一ベッドと第二ベッドにはさまれた薬棚の三段目にいつも置いてあるのだ。「これを塗ればすり傷の治りが早くなる」と説明する。「一日二回、もしくは痛むときにな」

「それでエメ――セイン先生は？」シオニーはたずねた。

「あちらにはすり傷はない」ニューボールド医師は答えた。「魔術の傷とは妙なものでな。用心が必要だ。目を覚ましたあと変わった行動をするようなら、もう一度呼んでくれ」指を一本立てて警告する。「それから、自分で起きるまで寝かせておきなさい。体というのは、人間の干渉などなくとも必要なものを心得ていることが多いからな」

「でも、変わった行動をしてるってどうしたらわかるんです？」シオニーは問いかけた。

「あの人はもともと変わってるんです」

アヴィオスキー師が舌打ちしてたしなめ、シオニーは自分がにっこりしたのを感じた。もう一度舌打ちされて、顔から笑みを消し、頬の赤みを相手に見えない胸もとまで押し戻す。

アヴィオスキー師は医師に対して言った。「今晩もう一度往診して、あの人の容態を確認してもらえますか？」

ニューボールド医師はかぶりをふって否定した。「いやいや、その必要はないだろう。

安定している状態に見える。まして、もう自分のベッドに寝ているからな。そうせざるを得ない状況でないかぎり、患者を床に寝せておくのは好かんのだよ」

「わたしが看病できます」シオニーは体を起こして言った。その動作で背中が痛んだ。「大丈夫です。ただよく見ていて、なにもまずいことがないかどうか確認するだけでしょう？」と訊き、医師からアヴィオスキー師へと視線を移す。「わたしは先生の実習生ですし、元気です。それにお忙しいのはわかってますから、アヴィオスキー先生」

アヴィオスキー師は細く口をすぼめたが、それがいまの発言に対する反応なのかどうかは判断がつかなかった。アヴィオスキー師はいつでも口をすぼめているように見えるのだ。

「あれこれ起こったと思ったら、たちまち落ちついてしまって」魔術師は言った。「どうもまごついてしまいますよ。ですが、先生がそれでいいとお思いなら、ニューボールド先生、そういうことにしておきましょうか」

「それでよろしい」医師は答え、鞄を閉じると、低い声を洩らして立ちあがった。そのときに右膝がぽきっと鳴る。「だが、もしまずいことが起きたら電信をよこしてくれ」

「わたくしにもです」アヴィオスキー師はシオニーに言い、背中で手を組んだ。まだ最初に救援の呼びかけに応じてくれたときと同じ服装だ。気がつくと、その迅速な対応だけでなく、ほかのふたりが死にかけたエメリーを放置したのに、ずっとそばについていてくれたことに対しても、アヴィオスキー師に感謝していた。

シオニーはにっこりした。「もちろんです。なにか変化があれば、どんなことでもお知らせします、アヴィオスキー先生。約束します」

アヴィオスキー師はきびしい顔立ちが許すかぎりの微笑を浮かべた。「そう聞いてうれしいですよ。この事件であなたの学習が中断されたことをおわびします」そこで批判的なまなざしを向けてくる。「わたくし自身は、実習において男女がいりまじることを好みませんし、ほかの折り師にしても男性であることに変わりはありませんが、よかったら別の先生への変更を考慮しますよ」

むきになって「いやです！」と口走らないよう、シオニーは口を閉じた。そのかわり、あくまでも冷静に礼儀正しく言う。「セイン先生はこれまでいい先生でしたし、とても辛抱強く教えていただきました。状況が許すかぎりは、先生のもとで実習を続けたいです」

アヴィオスキー師はうなずいた。落ちついた表情にちらりと疑いの色がよぎったものの、なにも言わなかった。「ニューボールド先生」立ちあがって目の高さが同じになった相手をふりむき、声をかける。「お時間をいただいてありがとうございました。請求書は内閣を通しますので。どうぞお帰りください」

医師がうなずいて出ていったとき、シオニーは唇をかんだ。アヴィオスキー師が一緒に行くだろうと思っていたのだ。まだなにか言うことがあるのだろうか。

ニューボールド医師がいなくなると、アヴィオスキー師はシオニーのせまいベッドの端に背筋をのばして座り、口をひらいた。「なにがあったかすべて話してください」

シオニーは体をまるめた。「少しおなかが減ってるんですけど、先生――」

「そんなに長い話なのですか？」アヴィオスキー師はさえぎった。「あなたは指示に逆らってこの家から逃げ出し、切除師を追いかけたのですよ！」なんという行動かと息をのんでみせる。「それなのに生きのびたばかりか、おそらくはイングランドでもっとも才能がある折り師の心臓を救い出したのですから。わたくしにはくわしく説明してもらう権利がありますよ、ミス・トウィル」

「ここにいるよう〝指示〟なんてしなかったじゃないですか」シオニーは言い返した。「食堂から出なさいっておっしゃっただけです。わたしはその通りにしました」

アヴィオスキー師は眼鏡の下の鼻梁をさすった。「またあなたに居残りを命じている気分になってきましたよ、シオニー」

「その話は、ただ……個人的なことだと思うんです」と答える。

「個人的？」あきらかにその言葉の選択に驚いたらしく、魔術師は繰り返した。「なぜです？　わたくしに話せないほど個人的なこととはなんですか？」さっと蒼ざめる。「まさか切除師と取引を――」

「いいえ、違います」シオニーは言い、ちらりと両手を見おろした。爪の隙間に入った血を。両手で血まみれの目を押さえたライラの凍りついた姿が脳裏に浮かぶ。（血の魔法）と思った。（あれでわたしも切除師ってことになるの？）

いままで考える勇気がなかった問題だった。アヴィオスキー師――そして魔術師内閣――は、自分がどうやってライラを打ち負かしたか知ったらどうするだろう？

アヴィオスキー師の目から視線をそらして続ける。「わたしはセイン先生の紙飛行機に――屋根裏にあります――乗って、鳥に偵察させて――紙の鳥です――ライラを追いかけたんです。ライラはきっと、紙飛行機を見てこわくなって逃げたんだと思います。野営してた海岸まで追跡したので。水辺までは跡をたどりました。たぶん国外へ脱出したんです。その……海にボートが見えたので。あれがライラだったかもしれません」

アヴィオスキー師は片眉をあげた。「それで、心臓は置いていったのですか？」

シオニーはうなずいた。

「はるばるここまでやってきたのに、奪っていったものを野営地に残していくとはばかげていますね」とアヴィオスキー師。「あなたの行った先の座標を確認して、刑事を何人か派遣しましょう」

その台詞に息が止まった。アヴィオスキー師が気づいていないことを願う。

「そろそろ休みたいんですが」なんとかそう言った。あの海岸でなにが見つかるかは確信がない――あの男たちはライラを連れていっただろうか、それとも置いていっただろうか。「それになにか食べたいです。地図を見れば、野営地がどこだったか見当がつくと思います……できたら今晩位置を電信します」いくらか時間を稼ごう。

アヴィオスキー師は疑わしげだったが、ひきさがった。結局のところ、居残りの罰を受けようが受けまいが、シオニーはいちばん優秀な学生のひとりなのだ。もう一度唇をすぼめて立ちあがる。「内閣にしつこく追いかけられたくなければ、今夜までに送ってください。ヒューズ先生はとても性急な方で、細部にうるさいですから」眼鏡を直す。

「念のため、タクシーを待機させておきますよ」と言い残して立ち去った。

シオニーは窓の温かいガラスにはりついて、アヴィオスキー師が家の外観を偽装している紙のまじないを通り抜けるのを待った。そしてベッドから起きあがり、そっとエメリーの部屋へ向かった。

ドアをひらくとぎいっときしんだ。エメリーはベッドの上にじっと横たわっており、上に毛布が二枚かかっていた。カーテンが引いてある。

カーテンを半分あけて少し陽射しを入れる。エメリーは前より顔色がよく、元気そうに見えた。

「どうしたらいいかわからないの」シオニーは認めた。規則正しい呼吸とともに上下する胸を見守る。「アヴィオスキー先生に場所を教えなくちゃ。内閣とは話したくないもの。でも……ライラをあの岩の上に置いてきちゃったわ。あんなふうに書いても効きめがあるかどうかわからなかったけど、血のせいでなにかがつながって、うまくいったの」言いながら自分の左腕をぼんやりとこすった。「でも、わたしはライラとは違うわ。お願いだから同じだなんて思わないで」

ベッドの脇に移動し、少しのあいだ温かい手を握りしめてから、体を洗いに洗面所へ行った。できることなら、もう二度と他人の血を目にしたくなかった。

ベッドに戻る前に、セイン師のたくさんの本棚のひとつから旧版の地図帳を引き出し、大雑把な座標をアヴィオスキー師に電信で送る。

そのあとはなかなか眠れなかった。

第十七章

次の日、シオニーは早起きして居間の暖炉を燃やしつけ、石炭の脇にヘアアイロンを置いた。

どうやらアヴィオスキー師が壊れた皿を片付け、食堂のテーブルを起こしてくれたらしい。だが、戸棚をあさって清掃用具を見つけたあと、床を掃いてモップをかけ、台を残らず拭いたのはシオニーだった。流しの食器を洗って拭き、注意深くそれぞれの棚に入れる。冷蔵箱をざっと確認して、昼食と夕食をどうするか考えた。朝食は牛乳とアンズにした。

二階の洗面所で——この家でいちばんいい鏡がある——慎重に髪の毛を巻き、頭にヘアバンドをつける。自分の姿を点検してから、ヘアバンドを外してかわりに脇の髪を後ろにあげ、オリーヴ色の髪留めをつけた。赤毛にはオリーヴ色がいちばん合うと母がよく言っていたものだ。たとえシオニーの髪が赤よりはずっとオレンジに近かったとしても。

化粧品入れからアイライナーをとりだし、注意深く目をふちどってから、コール墨を少し指先にとって金色の睫になすりつけ、濃い色にした。親指で頬紅もいくらかつけると、二番目に上等な服の組み合わせに着替えた。腰のすぐ上で締めた紺色のスカート、襟もとにフリルがついた桃色のブラウス。ブラウスの裾はスカートにたくしこむ。いちばん、いちばん上等の服——短い袖でぴったりした灰緑色のワンピース——を着ようかとも一瞬考えたが、やりすぎたくなかった。

外見に満足して——自信さえ持って——エメリーの寝室に入り、様子を見る。動いてはいなかったが、呼吸が少し楽になっている気がした。

ベッドのエメリーの隣に腰をおろし、黒髪に指先を走らせると、小指で眉の上をたどった。体温を確認したのだ。平熱だった。スープを少々運んできて、気をつけながら少しずつ口に入れる。そのあとはもうほとんどすることがなかった。

医師の命令にもかかわらず、一階でキュウリのサンドイッチとポテトサラダを作る。ふたり分だったが、エメリーの状態が変わらないのでひとりで食べ、残りを冷蔵箱にとっておいた。何度か胃痛に悩まされたあと、夕食にソーセージのグレイビーソースとビスケットとアスパラガスを作った。だが、エメリーは起きなかったので、料理は冷たくなるまで放置しておき、もっとスープを食べさせると、濡らしたタオルで顔と首をぬぐってやった。手早く食べ——座らずにテーブルの前で立ったまま——そのあとで『ゆうかんなピップのぼうけん』を自分の部屋からとってきた。図書室からエメリーの部屋に椅子を持っていき、腰をおろすと、ありったけの感情と個性をこめて本を読んだ。エメリーの胴体の上に淡い幻影が浮かびあがり、灰色の小ネズミがお気に入りのおもちゃを取り戻しに猫だらけのごみ捨て場へ出かけていく冒険が演じられる。それでも目を覚まさなかった。

シオニーは顔を洗って服をかけ、遅くなってから床についた。

翌日は日の出とともに起き、体を洗った。ヘアアイロンを火のそばに置いて玄関ホールを掃き、居間の埃を払い、窓台に行けるようジョントの崩れた体を拾いあげることさえした。また洗面所に戻ると、きのうより少しだけふわふわに髪を巻き、紐で左耳の後ろに束ねて、巻き毛が肩からきれいにたれるようにする。コール墨と頬紅をつけたあと、また桃色のブラウスと紺色のスカートに着替えた。朝食は抜いて、数枚の汚れた洗濯物にとりかかる。

白いブラウス——エメリーの心臓でずっと着ていたもの——はだめになってしまったが、スカートは継ぎをあてれば着られそうだった。ごしごし洗って外につるし、陽射しのふりそそぐ晴れた空の下で乾かす。それから昼食の作業を始めた。またキュウリのサンドイッチを作ったものの、ひとりで食べた。夕食にはローズマリー風味の鶏肉を予定していた。

冷蔵箱から鶏肉を、流しの下の戸棚からしなびたタマネギをとりだし、食堂の戸口の反対側にかけた紐から干したローズマリーを持ってくる。だが、鶏の胸肉を切っていたとき、肉からしたたる水っぽい血に手が止まった。

(ライラは凍った……そして二度と動かなかった)

包丁をおろして両手をながめると、ついていないはずだとわかっているのに血が見えた。(紙)と自分に言い聞かせる。(あれは紙の術だったの、それだけよ)

だが、紙の幻影は現実の人々には影響を与えないはずでは？

唇をかむ。まだアヴィオスキー師からは返事がきていなかった。恩師に疑われているのだろうか。そもそも電信を受け取っているのだろうか？

食堂の奥を見やる。エメリーが眠っている二階に続く階段を。あ、ち、ら、にはなんと言えばいい？

「こんなのばかげてるわ」声に出して言い、包丁をつかんで鶏肉を横に切った。味つけをしてパン粉をまぶし、天火に押し込む。家庭料理の香りと、包丁を洗って片付けたことで気持ちがおさまった。

エメリーの様子を確認しに行ったところ、ただ昼寝しているだけとしか見えないのに、目は覚まさなかった。

夕食のあと、シオニーは袋をとってきてフェンネルを図書室へ連れていった。そこで机に向かい、あれこれ紙を折って自分で作り直せないかためしてみる。しかし、まだ技術が追いつかず、体の継ぎ目や、それぞれ独特なぴんとした折り目に混乱してしまった。エメリーがこの犬を作るところを実際に見ていても真似できないのではないだろうか。術が高度すぎる。

修復をあきらめ、落ち込むまいとしながら、図書室の本を見てまわった。やがて、数ページごとに参考にできる線画がついた『納屋の蜘蛛』という中編小説を見つけた。エメリーに読み聞かせたが、知らない物語だったのでひとつも幻を描けなかった。練習しなくてはなるまい。

その晩、『納屋の蜘蛛』を棚にすべりこませたとき、電信機がカタカタと動き出した。シオニーは手をもみしぼって終わるのを待ち、指の第一関節をかみながらアヴィオスキー師の言葉を読んだ。

座標ヲ確認　らいらノ姿ナシ　内閣ニヨル調査中　万事順調ヲ期待スル

どういうわけか、ライラが見つからなかったという知らせを見ても安心できなかった。むしろいっそう不安になる。

寝つくまでには数時間かかった。心がファウルネス島の海岸のどこかに残っていて、ライラとの対決を繰り返し再生した。自分の首筋に指を二本押しあて、脈を測ってみる。

どくん、どくん、どくん。最後の一拍はあまりにかすかで感じ取れなかった。

翌朝は遅い時間に起き、朝の日課をこなした。髪を巻き、化粧して着替え、家事をする。

朝食には——いや、むしろ昼食を兼ねていたが——ベーコンと卵とトーストを焼いた。ふたり分だ。ひとりで食べたあと、まだ残っている食料を数え、もうすぐ店に行かなければならないと判断する。できればひとりでは行きたくない。

外に出ると、雲と家のあいだに夏の太陽がぽかぽかと照っていた。裏庭の軒下には、ただの紙の模造品ではなく、本物の植物が生えた本物の庭があった。よく手入れがしてあるようだったが、ミントとパセリとハツカダイコンらしきもののあいだに雑草の芽がのびてきている。シオニーはひとつひとつ根ごと引き抜き、堆肥にするため脇に積み重ねた。土に人差し指を突っ込む――水をやる必要がある。

だが、水差しをとりに台所へ戻ったとき、かすかだが耳慣れた音が食堂から響いてきた――吠えているつもりでかさかさと紙が鳴る音だ。

内臓がばらばらに砕けるのを感じ、のろのろともう一度組み立てたが、心臓は喉の奥にはさまったままだった。

フェンネルがさかんに吠えながら台所に駆け込んできた。紙の足がなめらかな木の床板の上をすべる。一度転んで起きあがり、シオニーの足もとに走り寄った。大きく口をあけたシオニーは捕まえようと膝をついた。フェンネルが紙の舌で袖口をなめ、尻尾をあまり激しくふったので、尻からとれて冷蔵箱まで飛んでいくのではないかと不安になった。

「ほらね！」と声をあげ、耳の後ろと顎の下をかいてやる。「そんなに長くなかったでしょう？」

だが、フェンネルが奇跡のように自分だけで命を取り戻したわけではないとわかっていた。静かな三拍目がはっきり聴き取れるほど脈がとどろいている。

二呼吸おいて、階段へのドアがばたんとひらき、エメリーが足を踏み出した。例の藍色のコートを羽織っているが、シャツとズボンは着替えている――ついきのう洗濯した灰色のスラックスだ。

シオニーはゆっくりと立ちあがり、顔がほんのりと染まるのを感じた。猫背気味に歩いている様子から、軽い不快感をおぼえていることが見てとれたが、それをのぞけばすっかり元気そうだ。

視線が合うと、その瞳が――あの美しい緑の瞳が――ほほえんだ。

「なにか途方もないものを見逃したに違いない、という気がするが」と言う。声が少ししゃがれており、続ける前に咳払いした。「それに、信じられないほど腹が減っている」

「あら！」シオニーは言い、フェンネルの脇を通り抜けてパン箱へ向かった。「なにか作るわ。座って。キュウリは好き？　もちろんよね……あなたのキュウリだもの」

エメリーは片方の眉をあげたが、瞳はなおも笑っていて、その笑みが弧を描く唇に反映されてさえいた。「自分でサンドイッチを作れる程度には元気だと思うよ、シオニー」

だが、シオニーは首をふってまな板をとりだし、冷蔵箱から最後のキュウリも出した。

エメリーは食堂と台所のあいだで一瞬迷ってから、あきらめて椅子に腰かけた。

「どんな気分？」シオニーはたずねた。まだ耳の中が激しく脈打っている。おかげでキュウリの皮をむいて切るあいだも手がふるえていた。指を切り裂いてしまわないように、むりやり手を遅くする。

「誰かが胸の中をずかずか歩きまわって、見るべきではないものを見ていったという気分だ」

切っている途中で包丁が動きを止めた。シオニーはエメリーと目を合わせ、おもしろがるような表情の裏ですべてを知っているのだと悟った。

首筋と耳がかっと熱くなる。「な、なにがあったかわかってるんでしょう?」

相手は髪をひとすじ指にからめた。「私の心臓だ、シオニー。むろん中になにがあるかわかっている。少なくとも大部分は」

(大部分?)赤くなった顔を隠そうと戸棚をひらく。キュウリを切ることに集中しようとした。(〝大部分〟ってどれぐらい?)

第四の部屋での短い会話を思い、あまり肌がほてったので、服に火がつくのではないかと不安になった。

戸棚が閉まり、シオニーはとびあがった。エメリーが隣にいたのだ。手から包丁をとりあげ、調理台の上に置く。「だが、その前になにが起きたかは知らない。そのあともだ」視線がシオニーの首筋に落ちた。片手をのばし、指の関節でシオニーの顎を押しあげる。そこにある薄れかけたあざを観察しているのだと気づいた。ライラが放った死体の手につかまれた名残だ。

身を引いて肩に髪を押しやり、あざを覆う。「紙飛行機を盗みました」

「そうなのか？」

シオニーはうなずいた。「紙の鳥を偵察に送り出して、そのあとを追いかけたの。あの女――ライラは――ボートで逃げようとしてたみたい――」

「だが、逃げなかった」それは問いかけではなかった。そのまなざしは覚悟を決めたようでもあり、驚嘆しているようでもあった。

口から言葉があふれでた。「海岸でライラに会ったの、洞穴の中で。あなたに――あなたの心臓に――なにかの術をかけて――だからわたしが中に閉じ込められたのよ。〝ずかずか歩く〟つもりなんてなかった。どうしようもなかったの」

気がつくとどんどん早口になっており、射抜くような瞳から目をそらすことができなかった。「最後までたどりつきさえすれば出られるだろうって思った。ライラもどうやってかあそこにいたわ。ただ、ずっとじゃなかったけど。わたしは急いで進もうとしたのよ。あなたに死んでほしくなかったから」

「それから外に出たの」と口走ると、相手はうなずいた。なるほど、その部分は憶えているのだ。顔に全身の血が集中し、足が冷たくなった。「そしたらライラもそこにいて、折ったものが全部濡れて、ライラに捕まってあんたの心臓も抜いてやるって言われて——」

さらにあとずさり、流しのふちに背中をぶつける。「わたしはあんな人間じゃないわ、エメリー。そういうつもりじゃなかった……でも起こってしまったの」

エメリーの額に皺が寄った。「どういうつもりではなかったんだ、シオニー？　なにが起こった？」

「ふたりとも同時に短剣に駆け寄ったの」文脈なしでも話を理解してもらえると思っているかのように説明する。「わたしが先につかんだわ。そしてライラを傷つけた」ライラの皮膚が切り裂かれたのと同じ部分に手をあてる。「血がまわりじゅうに飛び散って。紙が……あなたがくれた術のせいで、岩場全体に紙が散らばってた。破裂の術よ。それでわたし、紙の上に書いたの、ライラは永久に凍ったって……」

喉にかたまりがこみあげ、声を低めるしかなくなった。のみこもうとしたが、かえって痛むだけだった。「そしたらその通りになった」とささやく。「あいつらが迎えにこなかったら、まだライラはあそこにいたはずよ。血で書いたら術が効いたの……」

目の隅に涙が溜まった。何度もまばたきしてとりのぞこうとする。「わたしはあんな人間じゃない」とかすれた声を出す。「切除師なんかじゃない……」

エメリーの手を肩に感じ、シオニーはその顔に視線を戻した。どんなにばかげて見え、ばかげて聞こえることだろう。

「そうだ、違う」エメリーは言った。シオニー自身が感じているより、はるかに確信のこもった声だった。「きみは紙と結合している。切除師ではありえない。そんなことは不可能だ」

シオニーは相手を見つめ、緑の双眸の一方からもう一方へと視線を移した。「でもライラは――」

「ライラは私が出会ったとき魔術師ではなかった」相手は答えて手を引いた。「看護助手だった。それで血のようなものも気にならなかったのだろう。気にならないのだろう」

やや茫然とした気分で、シオニーはのろのろとうなずいた。「じゃあわたしは別に……わたしは禁制の魔術を使ったわけじゃないのね?」

「きみがなにをしたのかは知らない」エメリーは答え、片手で髪をかきあげた。つかの間、背後の窓の外を見る。「だが、違法なことではない。法廷で有罪にできるようなものではない、もしそのことを心配しているのなら。きみは私の命を救ってくれた、シオニー。実は死んでいて、死後の世界がどんなところか大きく誤解していたというなら別だが」

シオニーは下を向いて安堵と微笑を隠した。「これが死後の世界で、あなたが死んでいるっていうならあんまりよ、エメ――セイン先生」と言う。「だって、はるばる海まで空を飛んで往復したのに、まるで無駄だったってことでしょう」

フェンネルが吠えてシオニーの靴を嗅いだ。エメリーはほほえんだ。

「さて」居心地が悪くなるほどの間をおいて言う。キュウリの薄切りをつまみあげ、自分でパンに乗せると、戸棚から皿を一枚出した。テーブルへ歩いて戻って先を続ける。「これでようやくこの食事にありつけるかな？」

「こ、この食事？」シオニーは味気ないサンドイッチを見やってたずねた。この人はマヨネーズさえつけずにかじりついている。「わたしがちゃんと作った食事はどんなものでもキュウリのサンドイッチよりずっと格が上よ。もし憶えておいでなら、料理人になることだってできたんですからね」

「そうなのか？」エメリーは問い返し、もう一口かじった。

シオニーは自分用にパンを二枚薄切りにしはじめたが、一枚目の途中で手を止めた。

「ちょっとだけ言うことを聞いてくれない？」

「きみがうちの玄関から入ってきて以来、ずっと言うことを聞いている気がするが」と返事があった。

シオニーはにっこりした。「ほんのちょっとよ」

パンとキュウリをほうりだして書斎へ急ぎ、机の後ろの棚から正方形に切った空色の紙を一枚選ぶ。それを机の上に置くと、注意深く三角折りと二重三角折りにした。記憶の中から、ライラの名前さえ知らないうちに〝冒険〟を約束した偶然の箱の作り方をひっぱりだす。ペンで運勢の記号を書きなぐり、五つ描いたあとで手を止めた。

箱を食堂へ持ち帰り、エメリーに見せた。「ここにはどれを描くの？」

おもしろがるような色を瞳に浮かべて――その表情を好んでいるらしい――エメリーはペンと紙をとりあげ、食べながら最後の三つの模様を自分で仕上げた。それを記憶にとどめてから、シオニーは箱を指でつまみ、エメリーにさしだした。

「お母さまの旧姓は？」と訊く。

相手はテーブルに頬杖をついた。「憶えていないのか？」

「憶えてるわ」と切り返す。「でも、不運を招きたくないの。いいから答えて」

「ヴラダーラ（Vladara）。rはひとつだ」緑の瞳がきらめく。

シオニーは七回箱をひらいたり閉じたりしてから問いかけた。「生まれた日付は？」

「七月十四日、一八七一年」

箱を前後に動かす。「数字を挙げて」

エメリーは少しのあいだ黙ったままシオニーの顔をながめた。内心を読み取れないまなざしだ。だが、シオニーがまた赤くなる前に口をひらいた。「一を」

三つに分割された正方形が走り書きされた蓋をあける。エメリーが描いた記号のひとつだ。そこをひらくと、ほんの一刹那《せつな》無地の紙が見え、続いて心にどっと映像が流れ込んできた。最初に相手の未来を占ったときよりはるかにいきいきと。

見覚えのある光景だ——沈みかけた夕日、プラムの木、野草の花々と雌日芝《メヒシバ》に覆われた丘。そよ風が土とクローバーと蜂蜜の香りを運んでくる。

エメリーが木の下に敷いたパッチワークのキルトに座っていた。髪はいまより短く、藍色のコートがきちんと脇にたたんである。無言で日没を見つめており、輝く瞳には満ち足りた思いが浮かんでいた。

隣には横向きに寝そべった女性がいて、そばかすが三つ散った指でエメリーの手の甲の静脈をたどっている。オレンジ色の髪をきれいに編んで一方の肩からたらしていた。木の反対側では漆黒の髪を持つ小さな男の子がふたり、ブランコで遊んでいる。お互いに前や後ろに押し合い、綱をつかんで笑い声をあげていた。

シオニーは蓋を閉じ、まばたきして夕焼けの色を払いのけた。喉のかたまりは消え去り、心臓はあるべき場所で着実に脈打っている。

「それで？」エメリーがたずねた。

「自分の未来を知ることは不運を招くわ」と答える。

「不運を招くのは自分の未来を読むときだけだろう」逆襲された。

「念のためやめておきましょう」笑顔を抑えようとしてみごとに失敗する。椅子を後ろにずらしてテーブルにつき、訊いてみた。「でも、プリットのことは不思議だったの。あなたは折り術が嫌いだったのに、どうして紙と結合することを選んだわけ？」

「きみと同じ理由からだ」相手は椅子の背によりかかって言った。「自分では選んでいない。それで結局はうまくいった。どうだ、シオニー、きみが考えるより私たちは似ているようだな」

「ええ」シオニーは満面の笑みを浮かべて応じた。「そうね、たしかに似てるみたい」

謝辞

この本が実現したことで感謝すべき方々は本当にたくさんいます。誰よりもまず、途方もなく大雑把な草稿を読んでくれ、文学的なあざができるほどあらゆる思いつきをぶつけられるはめになった夫のジョーダン。

それから、初期の読者全員にも心からの感謝を――ジェシカ、ローラ、ヘイリー、リンジー、ウィット、アンドルー、そしてとりわけ、書く原動力としてわたしとわたしの物語への信頼を注いでくれたジュリアーナに。

また、家族にも深く感謝します。友人全員に宣伝してくれたかわいい妹のアレックスにも。

数え切れないほどの質問原稿を読んで、プロットの問題を解決する手助けをしてくれたローレン、ありがとう。

どんな作家志望者にとっても最高の師であるブランドン・サンダースン先生に御礼申

し上げます。また、かつての書き手仲間に、まともな文章を組み立てられるようにしてくれてありがとう。誰のことなのかはわかっているでしょう。

そしてもちろん、わたしに機会をくれたマリーンとデイヴィッド、それからこの本とこの夢を可能にしてくれた47ノース・チーム、ありがとう。

最後に、天上においでの偉大な方に感謝申し上げます。この本のページの中に才能の切れ端でも見つかるとすれば、間違いなくその方からいただいたものですから。

訳者あとがき

鉄道が普及し、電信機で通信がおこなわれている時代の英国。魔術は高度に専門的な技術として認められており、魔術師はエリートの職業だ。専門の学校を卒業し、二年から六年の実習期間を経て、国家試験で資格を取得しなければ開業できない。

魔術師養成学院を首席で卒業した十九歳のシオニーは、金属の魔術師としてはなばなしく活躍する未来を夢見ていた。ところが、人材が不足しているという理由で、選択の余地なく人気のない紙の魔術に割り当てられてしまう。しかも、師事することになった魔術師のエメリー・セインはまだ若いくせに交際嫌いで、家じゅうに紙細工を溜め込んでいる変人ときている。苦い失望をかかえて実習を開始したシオニーだったが、気の進まない勉強を続けるうち、紙の魔術ばかりでなく、指導役自身の意外な魅力に気づきはじめる……

二〇一四年九月に発表された長篇ファンタジイ *The Paper Magician* の全訳をお届けする。

本書は著者チャーリー・N・ホームバーグのデビュー作で、同名の三部作の第一巻にあたる。原書の出版元はSFやファンタジイ、ホラーなどのジャンルを扱う47ノース――というと聞き慣れないかもしれないが、アマゾン・ドット・コムの書籍出版部門、アマゾン・パブリッシングの一部門である。二カ月後に出版された第二巻 *The Glass Magician*、二〇一五年六月発表の第三巻 *The Master Magician* とともに大好評を博した。二〇一六年にはディズニーが映画化権を取得しており、人気の高さがうかがえる。ちなみに、映画のプロデューサーとしてディズニーの実写版『シンデレラ』（二〇一五年公開）や『ローグ・ワン／スター・ウォーズ・ストーリー』（二〇一六年公開）の製作を担当したアリソン・シェアマーの名が挙がっているらしい。

さて、それほどの注目を集めることになった作品の見どころとは？　日本の読者なら、まず魔術の道具として折り紙が使われている点に興味を引かれるのではないだろうか。切ったり貼ったりする場面もあるが、なにしろ紙の魔術師の呼び名自体が〝折り師〟である。著者へのインタビューによれば、そもそも物語の生まれるきっかけとなったのが、折り紙を操る人物が頭に浮かんだことだったという。著者は子どものころよく折り紙で遊んだそうで、鶴、手裏剣など定番の折り紙が出てくるところでは、むしろ英米の読者よりわれわれのほうがにやっとしてしまいそうだ。また、主人公シオニーが未来を占う〝偶然の箱〟は、パクパク、ぱっくんちょなどと呼ばれる折り紙のことだ。訳者も同様に文字や記号を書いて占い遊びをしたことがあり、なつかしく思い出した。

また、本書のキャラクターも大きな魅力といえるだろう。優等生のシオニーは、当初指導役であるセイン師のことをひきこもり気味の変人とみなし、ひそかに見下している。物語が進むにつれ、その気持ちがどんなふうに変化していくかに注目してほしい。個人的にはセイン師の人物像が興味深かった。人付き合いが嫌いで内心をあまり表に出さないヒーローというのはさほどめずらしくないだろうが、蒐集癖があって几帳面で、細部にこだわるタイプというのはなかなか見かけない気がする（ついでに中学校時代〇〇っ子だったというのも……）。

最初、この作品は三部作として構想されていなかったという。たしかに、第一巻だけでも物語はきれいにまとまっている。長篇としては短めであることも、気軽に読める理由のひとつだ。そして、序盤のユーモラスな語り口から、一転して緊迫した状況を迎える展開など、さすが話題になるだけのことはあると思わせる。読者を惹きつける力を充分に備えた作品なので、ぜひ一度手に取ってみていただきたい。

このあたりで、日本に紹介されるのははじめてとなる著者について少々触れておこう。チャーリー・N・ホームバーグは米国ユタ州に生まれ育ち、ブリガムヤング大学で英語を専攻、副専攻として編集を学んだ。物語を書きたいと思うようになったきっかけは、なんと十三歳のときに観た日本のアニメ『天空のエスカフローネ』（英語版）だという。その経験からなのか、高校と大学では日本語を勉強したとのことで、日本に対しては非常に親近感を持ってくれているようだ。書き手としては、十代で〈スタートレック〉シリーズの二次創作小説を書くようになり、大学時代に本格的に創作を始めていくつかのライティング・コンテストに入賞したという。二〇一〇年に卒業後、まもなく結婚。出産と子育てのかたわら、断りの返事にめげることなく出版社に小説を送り続け、ついに二〇一三年、47ノースと *The Paper Magician* および続篇の出版契約を結ぶことになった。九作目の小説だというから、たしかに相当粘り強い。もっとも、それ以降は作家デビューから映画化の話まで、まさにとんとん拍子に運んだといえるだろう。先の話になるが、二〇一八年には番外篇として、同じ世界を舞台にした *The Plastic Magician* の出版も予定されているようだ。なお、三部作以降にも何作か一話完結の小説を発表しているので、簡単なリストを載せておく。

Followed by Frost（二〇一五）
Magic Bitter, Magic Sweet（二〇一六）
The Fifth Doll（二〇一七）

ところで、このあとの第二巻、第三巻については、それぞれ『硝子の魔術師』、『真実の魔術師』のタイトルで引き続き邦訳出版が予定されている。シオニーとセイン師のその後を知りたくなった方のために、少しだけ二巻の内容を紹介しておこう。

〝血みどろの〟冒険から戻ってきて三カ月後。シオニーはセイン師との関係にあまり変化がないことを嘆きつつ、もとどおりの生活を続けていた。しかし、実習の一環として紙工場の見学に出かけた日から、次々と危険な事件に巻き込まれることになる。自分が狙われていると悟って不安にかられるシオニーだが、魔術師内閣もセイン師もただの実習生にはなにひとつ教えてくれない。ついにしびれを切らし、みずからの手で解決しようと決意するが……？

『硝子の魔術師』のタイトルからも予想がつくように、次巻では紙の魔術以外の物質魔術にも光があてられることになる。また、ポーカーフェイスのセイン師が現実でも感情を示す場面があるので、お楽しみに！

最後に、この場をお借りして、早川書房の皆さまをはじめ、今回の翻訳・出版に関してお世話になった多くの方々に感謝の気持ちをお伝えしたい。とりわけ、お忙しいなか助言してくださった David Bradley 氏に厚く御礼申し上げる。

I would like to express my heartfelt thanks to the author, Charlie N. Holmberg, for kindly answering my questions.

訳者略歴　早稲田大学第一文学部卒，英米文学翻訳家　訳書『ミス・エルズワースと不機嫌な隣人』コワル，『仮面の帝国守護者』タヒア（以上早川書房刊），『白冥の獄』ヘイル，『うちの一階には鬼がいる！』ジョーンズ他多数

HM=Hayakawa Mystery
SF=Science Fiction
JA=Japanese Author
NV=Novel
NF=Nonfiction
FT=Fantasy

紙《かみ》の魔術師《まじゅつし》

〈FT595〉

二〇一七年十一月十五日　発行
二〇一八年　四　月十五日　二刷
（定価はカバーに表示してあります）

著　者　チャーリー・N・ホームバーグ
訳　者　原《はら》島《しま》文《ふみ》世《よ》
発行者　早　川　　浩
発行所　株式会社 早　川　書　房
郵便番号　一〇一 - 〇〇四六
東京都千代田区神田多町二ノ二
電話　〇三 - 三二五二 - 三一一一（大代表）
振替　〇〇一六〇 - 三 - 四七七九九
http://www.hayakawa-online.co.jp

乱丁・落丁本は小社制作部宛お送り下さい。
送料小社負担にてお取りかえいたします。

印刷・中央精版印刷株式会社　製本・株式会社川島製本所
Printed and bound in Japan
ISBN978-4-15-020595-9 C0197

本書は活字が大きく読みやすい〈トールサイズ〉です。